張恨水書信

谢家顺　张伍　张明明　辑注

黄山书社

图书在版编目（CIP）数据

张恨水书信 / 谢家顺，张伍，张明明辑注. — 合肥：黄山书社，2023.10

ISBN 978-7-5737-0864-9

Ⅰ. ①张… Ⅱ. ①谢… ②张… ③张… Ⅲ. ①书信 - 作品集 - 中国 - 当代 Ⅳ. ① I267.5

中国国家版本馆 CIP 数据核字（2023）第 161944 号

张恨水书信
ZHANG HENSHUI SHUXIN

谢家顺　张伍　张明明　辑注

出 品 人　葛永波
责任编辑　刘莉萍
装帧设计　有品堂_刘　俊　张俊香
出版发行　黄山书社（http://www.hspress.cn）
地址邮编　安徽省合肥市蜀山区翡翠路 1118 号出版传媒广场 7 层　230071
印　　刷　合肥华苑印刷包装有限公司
版　　次　2023 年 10 月第 1 版
印　　次　2023 年 10 月第 1 次印刷
开　　本　710 mm × 1010 mm　1/16
字　　数　360 千字
印　　张　26
书　　号　ISBN 978-7-5737-0864-9
定　　价　86.00 元

服务热线　0551-63533706

销售热线　0551-63533761

官方直营书店（https://hsss.tmall.com）

序

从古到今，在没有互联网的漫长岁月里，人们的各种交往，包括互致问候、传递信息、交流思想、讨论学术、表达情感的主要载体，就是书信。书信又有书简、手札、信函、尺素、彩笺等多种雅称。古人咏书信的千古名句甚多，如“烽火连三月，家书抵万金”（唐·杜甫句），“一行书信千行泪，寒到君边衣到无”（唐·陈玉兰句），“欲寄彩笺兼尺素，山长水阔知何处”（宋·晏殊句），“云中谁寄锦书来，雁字回时，月满西楼”（宋·李清照句），等等，举不胜举。即便到了今天的互联网时代，“微信”不也就是书信的当代版么？只是不用笔和纸来书写罢了。我就有几通发给一位友人的“微信”，被他收入纸质的友朋书信集中了。

从中国近现代文学史这个角度视之，凡卓有成就的作家和学者，无不是写书信的大家。鲁迅、周作人、胡适、茅盾、巴金、沈从文……哪位没有留下大量引人入胜的书信？鲁迅生前就出版了与许广平的《两地书》，《鲁迅书简》手稿影印本在其殁后次年也出版了。周作人生前也出版了《周作人书信》。有影响的现代作家书信选集，20世纪30年代有孔另境编的《现代作家书简》，鲁迅还为之作序；20世纪40年代末则有平衡（平襟亚）编的《作家书简》和以学者书简为主的《名家书简》。这一系列书信集的先后问世，对研究这些近现代作家的思想、交游和创作都是不可或缺的。因此，搜集、整理、释读近现代杰出作家的书信，就成了研究这些作家必不可少的一环。而编订这些作家的文集，尤其是全集时应有书信卷，也就成了题中应有之义。

张恨水是20世纪上半叶中国通俗文学领域极具影响力的大家。从《春明外史》到《金粉世家》，从《啼笑因缘》到《夜深沉》，从《八十一梦》到《山窗小品》，大江南北，京派海派，谁人不知张恨水？张恨水创作之勤，成就之大，影响之深远，在中国现代通俗文学领域里几乎不作第二人想，皇皇六十四卷本的《张恨水全集》（2019年1月北岳文艺出版社出版）就是一个极为有力的证明。然而，《张恨水全集》也有一个明显的不足，即没有书信卷。而缺少了书信卷，《张恨水全集》就名符其实的“不全”了。这个令人遗憾的空白，现在终于由谢家顺兄辑注的这部《张恨水书信》填补了。

《张恨水书信》分“编辑、读者间通信”“与报刊编辑通信”“同事、朋友间通信”和“与亲属、子女间通信”四大部分，共三百余通，起讫时间则为1922年至1966年。张恨水1924年以九十万言的章回小说《春明外史》一举成名，1967年初逝世。因此，这部书信集几乎涵盖了张恨水整个丰富多彩的文学创作生涯，蔚为大观。

张恨水是大小说家、大散文家，同时也是十分了不起的编辑家，他先后主编了北京《世界日报·明珠》《世界晚报·夜光》、上海《立报·花果山》、南京《南京人报·南华经》、重庆《新民报·最后关头》等副刊。而张恨水编辑副刊的一个鲜明特色，就是在副刊上不断以书信的形式与读者互动。我不敢说这是张恨水的首创，但确实是张恨水与广大读者交流的一个颇为有效的方式。于是，我们看到了张恨水在《明珠》上连载《春明外史》时，如何吸引了广大读者，而广大读者又如何不断对《春明外史》提出批评和建议，如小说中的地名之误、引诗之误，还有小朋友指出的《春明外史》第二集第八回中一个细节前后矛盾，张恨水均虚心接受。除此之外，《明珠》的宗旨、《明珠》开辟“诗之讨论”专刊、张恨水笔名的由来、副刊为何少刊短篇小说、“戏谈”与“戏评”有何不同，等等论题，张恨水也都在与读者的通信中一一陈述。张恨水与读者之间这些书信，虽然早已公开发表，但谢家顺兄精心搜集，首次编集，不仅集中展示了一个与读者平等探讨、对读者耐心解答、勇于向读者致歉的虚怀若谷的张恨水的新形象，还展示了《春明外史》等张恨水连载小说有趣的诞生和修改过程，这些都是我们以前所根本不知道的。

《张恨水书信》所收的信札中，与各地报刊编辑同仁和友朋间的通信，也占了一个相当的比例。其中一部分，如致钱芥尘、汤笔花、余大雄、郑逸梅等有名编辑的信札，尽管已在各种报刊上发表，但搜集并非易事。还有一部分，如致姚民哀、刘半农、左笑鸿、华林、张九皋、郑拾风、曹聚仁等通俗文学和新文学名家的信札，均为首次发现。这些信札从各个不同角度体现了张恨水在不同历史时期的交游、人脉和所关心的文事，同样具有不容忽视的史料价值。

在各种书信中，家书带着天然的私密色彩，真实性也特别强。《张恨水书信》中所收的致亲属、子女的信札都是首次公开，虽然数量不是很多，但其中充溢着张恨水的亲情和爱心。他于 1965 年至 1966 年致女儿张明明和张蓉蓉的那些信，先用毛笔后用钢笔书写，手颤几不能成文，但问寒问暖、牵肠挂肚依旧，深切的想念之情不能不令人动容。

读这部《张恨水书信》，我有一个强烈的感受，在一个相当长的历史时段里，由于众所周知的原因，与现代通俗作家的创作不受重视、备受冷遇以致大量散失一样，他们的书信也是如此遭遇。迄今为止，有多少通俗作家，即便是大家，出版过书信集？好像都没有。自从范伯群先生提出中国现代文学“多元共生”“双翼齐飞”论至今，已经获得了越来越多的共识，但通俗文学这一翼包括作家书信在内的史料的大量缺失，也是不争的事实。多少有价值的关于通俗文学方面的信札湮没了，这是令我扼腕叹息的。

因此，我要强调的是，张恨水作品整理和出版史上第一部张恨水书信集，虽然姗姗来迟，但是终于来了。我们终于能够在小说张恨水和散文张恨水之外，读到书信张恨水，这实在是件值得庆幸和有意义的事。尽管可以肯定，《张恨水书信》所收录的还只是张恨水一生所写的为数相当可观的书信中的一小部分，但它对于研究张恨水的生活、交游和创作，进而对于研究整部中国现代通俗文学史所起到的重要作用，是完全可以预期的。

谢家顺兄长期从事张恨水研究，广泛占有张恨水史料，编撰了较为翔实的《张恨水年谱》。这次他又与张恨水四子张伍先生、长女张明明女士通力合作，辑注了这部《张恨水书信》，使这些书信特别是家书以原貌呈现给读者。全书图文并茂，增加了这部书信集的史料性和可读性。

谢家顺兄嘱我为这部充满温度和风雅的《张恨水书信》写篇序，我不是专门研究张恨水的，虽然也曾为他编过几本书，但是谢兄盛情难却，故不揣浅陋，写了上述这些话，不当之处，祈盼方家指教。

陳子善

2023年端午节于海上梅川书舍

目　录

一九二七年

一九二八年

一九二九年

一九三〇年

一九三一年

一九三二年

一九三四年

一九三五年

一九三六年

一九三八年

一九三九年

一九四〇年

一九四二年

一九四三年

第二辑　与报刊编辑通信

一九二二年

一九二四年

一九二九年

一九三〇年

一九三一年

一九三二年

一九三三年

第三辑　同事、朋友间通信

一九二三年

一九二四年

一九二五年

一九二六年

一九三四年

一九三八年

一九四一年

一九四三年

一九五〇年

一九五五年

一九五六年

前　言

（一）张恨水（1895—1967），中国现代著名报人、作家，从事新闻工作 30 年，文学创作 50 年。一生交游广泛，除进行文学创作外，还留下了大量书信。迄今为止所能收集到的书信自 1922 年至 1966 年，共 314 封。

（二）所辑书信，分“编辑、读者间通信”“与报刊编辑通信”“同事、朋友间通信”和“与亲属、子女间通信”四辑。为保持其原来面目，均全文照录。为便于当代读者阅读，标点、字体均按现代汉语语言习惯作个别调整。

（三）所选书信均按年代先后顺序编排。

（四）所选书信后的附件，凡注有“附”字的，为原有的附件；凡注有“【附】”字的，为辑者收入的与原信内容有关的附件；辑者辑注部分，均标“【注】”字样。

（五）残缺或模糊难辨之字，以“□”代之。错字、别字的校勘，年月日的补注，以（　）标明，均加在正文之内。

（六）凡书信有手稿的，均附于信后。

第一辑

编辑、读者间通信

本辑收录的通信均选自张恨水主编《世界晚报》《世界日报》《立报》《南京人报》《新民报》副刊时与读者交流的往来书信。

一九二六年

（一）上场白·偶然得到的一个特刊

诗之讨论

我是旧诗旗帜下的一个信徒，所以我最不爱新诗。但我的反对新诗，并不是徒尚意气，要就事论事，切切实实的和别人讨论，所以我又很能容纳别人和我谈新诗的文字。

旧诗的近体，诚然是有些束缚人的（但是作家工夫到家，也不受他的束缚），古体却不如此。读者若是偶然肯翻一翻唐诗，念一念《将进酒》《高轩过》《蜀道难》那样才气纵横的文字，你才知道旧诗一点不会束缚人。

旧诗的价值，无论如何，有令人记诵的魔力，不像新诗会受人家的厌弃。这话不妨反言以明之，设若任取一本旧诗给人看，除非那人根本上不爱诗便了，否则他决不能说看了头疼。

我很有一种心愿，把旧诗无病呻吟的味儿去掉，专门做一点性情文字，所以我这回有征诗之举。此外，我也很愿意有人出来讨论新旧诗，以便我们多得些真理。恰好手边有这些稿子足够发一天专刊用的了，于是我就发一个专刊。

（原载1926年5月6日《世界日报》副刊《明珠》）

【注】此文是张恨水为自己主持的《明珠》副刊《诗之讨论》专刊所写的开场白。之所以将其列入书信，实则是张恨水借此向《世界日报》读者表达自己的诗歌主张。其后张恨水与读者有多次通信。

张恨水具有较深的韵文学修养，对古典诗词情有独钟。十岁时即开始阅读古典小说并接触古诗，借诗词抒发情怀。他于 1921 年 11 月 21 日在上海《晶报·毛瑟架》发表《纯粹的新诗决做不好》一文，参与该报因胡适的新诗《一颗星儿》而引发的一场关于白话新诗的讨论。该文在责难了新诗的三大问题（“不讲究韵脚”“无审美性”和“没有什么章法”）后说：“我对于新诗，有这三样的感想，觉得是难于好。至于胡适之的诗，他是旧书堆里钻出来的，是在诗词曲三样里面练过的，所以有那么一回事。”时张恨水初到北京，可谓初生牛犊不怕虎，直言不讳地表达了自己对白话新诗的看法。

由此可以看出，张恨水此时在自己主持的副刊上开辟关于诗的讨论专栏当在情理之中。

（二）上场白·又一个诗的特刊

诗的特刊，只过去了两天，今天又因为有几篇稿子，再发一次。这不是我好谈诗，大概是大部分的读者，愿意研究诗罢。

第一，我们今天破例登了兰轩的几首诗。这或者是我们研究学问、商榷艺术、批评人物的《明珠》所不应当的事。我先也是这样想，决计把他的稿子摒弃。后来一想，《明珠》登稿子，还许分阶级吗？你征诗，他应征，只要诗还可以一看，有什么理由可以把他摒弃了？诗坛里面，不是早就有了薛涛吗？武昌妓吗？他若仅仅是为做诗而到《明珠》里来投稿，是决不容拒绝的。而且登出来了，多少可以给研究妇女问题的一点材料啦。结果，我到底登出来了。

第二，征诗之初，好诗很少，关于百花杂韵的稿子，尤其令人失望。谁知道这两天，好诗慢慢的来了，择好的登载，还要许多天才可以登完，我欣愉得很。我想趁此机会，立一旧诗社（做旧诗，或填词），不知道读者高兴不高兴。如若高兴，请和我通信。若有七八个同志，这事就成了。

新诗的新作家，整千整万，旧诗的新作家，我想也不至于……我将证之于征诗以后。

征诗披露·春闺（兰轩）

自踏红尘十五年，怜春从不肯无言。
旧来诗思今何在，剩有茫茫感万千。

阿侬家住大江东，二月桃花似火烘。
此日天涯归未得，不胜愁恨睡朦胧。

深闺无计遣芳春，惯似醺醺酒乱神。
背倚南窗一回首，落花飞絮好惊人。

杨柳频分绿半棂，瓶葩香透醉魂馨。
明窗兀座浑无事，漫写多心一卷经。

一从身世付青楼，金缕歌残宴未休。
镇日兰闺门若市，难消傀儡为人谋。

为感飘零瘦减闺，江州司马果伊谁。
自怜不及堂前燕，犹得南来两两随。

流年似水逝如斯，又是红稀绿暗时。
姊妹倦游归说道，园林还复旧丰姿。

附函

主笔先生大鉴：

阅前日贵报征诗启事，即跃跃欲试，昨又拜读应征诸作，尤觉动人。佳什连篇，穷极风雅之能事。兰轩赋性奇拙，不解词章，于诗一途，尤为门外汉。然尝侧闻先儒之教，略通平仄，不揣冒昧，录呈《春闺》七首，敬请斧削，设可供人一粲，则请赐登《夜光》（记者按：当是《明珠》之误）栏。兰轩身为弱妓，卑劣可怜，幸先生不以人废言也。如梦赐酬，请以《春明外史》为愈。

专此敬颂

撰安

兰轩谨启

文人好事，常喜与秦楼中人为代笔先生，京某小报，所揭之妓诗，十分之九，皆赝鼎也。上诗及函，绝似读书不多，略解词章之女子所为。而笔力嫩弱，尤非男子所能伪造，诗出兰轩，或无疑也。惟如此聪明，岂不能得一人出之？而乃自称卑劣可怜，望吾人不以人废言，亦可哀矣。如约赠《春明外史》一部，请遣人携名片至本报发行部取去，读外史花君之嫁、梨云之死，其速自拔哉！

（原载1926年5月9日《世界日报》副刊《明珠》）

（三）张恨水代答陈易凄

燕邯之商榷（陈易凄）

昨读宛乘君《随风珠玉》一篇十分亲切，惟后段云："愿得黄金三百万，交尽美人名士，更结尽燕邯侠子……"敝人翻阅《龚定庵全集·我又南行矣》一篇，系云："愿得黄金二百万，交尽美人名士，更交尽邯郸侠子，来岁长安春事早……”其中，“邯郸”与宛乘君以为然否？

恨水代答：邯郸者，燕地也，则称燕邯何害焉？

（原载1926年5月10日《世界晚报》副刊《夜光》“免费邮筒”）

【注】此信是张恨水针对读者陈易凄所提问题而作的回复。为便于读者理解，现将原作者“宛乘”的回信（载于1926年5月13日《世界晚报》副刊《夜光》“免费邮筒”）附录如下：

答易凄君

恨水先生，顷读陈易凄君燕邯之商榷，并承代答，至感。比以风鹤仓皇，旌旗杂迁，恶绪纷来，赖以愈甚，不为《夜光》执笔者有日矣。日前偶就所感，写成数则，所引定庵词，适案头无书可检，仅就记忆所及，信笔写出，是否，抑是书版本或有不同，愿与熟读定庵词者，共商榷之。按此词系金缕曲，则此句应作仄仄仄平平仄仄，第二字尤必须用仄，不若第一第六字尚可通融。前人此调可复按也。更结尽燕邯侠子，似不舛谬，若系更交尽邯郸侠子，则交字系平声，误矣。至燕邯与邯郸，似均可用，惟邯郸义狭耳。且上句系交尽美人名士，此句仍用交字嫌稍呆弱，不若易一结字，较为有力。以定庵之才气纵横，岂能见不及此？高明以为何如？再此系就词论词，与走引用之意，可谓毫无关系也。久不款奉，尊候奚如？小月旦题目枯窘，亦可既已！宛乘顿首。

（四）敬告《明珠》作者

一件小事

投稿诸君：

我先说一句对不住！本栏所登的稿件，无论长短，除是记者通信外，一例用现金奉酬，钱固然是很少，但不白登人家的稿子罢了。

至于这回征诗，奉送《春明外史》，是我和赐诗诸君结一重翰墨缘的意思，并不是报馆里把这个坏东西来搪塞酬金。现在有许多不是应征的稿子，也指定要《春明外史》，也许误会了。特地声明一下。

恨水敬白

（原载 1926 年 5 月 16 日《世界日报》副刊《明珠》“免费邮筒”）

（五）上场白·告一个段落

第三次诗的讨论

关于新旧诗讨论的文字，一星期以来，收到的很是不少，若是要完全发表，就是再发三个特刊，恐也不能完事。如若是一律束之高阁，对于投稿诸君的捧场，又未免有些校斋煮鹤，大煞风景。

我几次考虑的结果，决定再发一个特刊，以便对于以上两次的特刊，作一个结束。以后我们也许还有这个机会，但是主日子兑现要再离远些。一来是免得挤掉了别的稿子，二来特刊这样东西，也不贵乎接二连三上场的。

末后，我声明一句，我很欣慰。因为几次讨论的结果，我知道就是爱新诗的也有些怀疑了。于是我这个新诗的叛党，得了这一线曙光，越加要努力。同志们，你们以为如何？来！

（原载 1926 年 5 月 19 日《世界日报》副刊《明珠》）

【注】此次关于诗的三次讨论，自 1926 年 5 月 6 日开始，至 5 月 19 日结束，以征诗和讨论的方式进行，共刊发旧体诗作近五十首、有关新旧诗的评论文章八篇，实现了张恨水当初开展新旧诗讨论的初衷。

（六）复李牧人先生函

一篇之线索物

牧人先生：

大示拜读，深知足下富于感情之人也。承询一切，实无从答，盖作社会小说，例须以一人为全篇线索，而此人之人格，自然不能下得太下流。此有例，如《野叟曝言》之文素臣，《绿野仙踪》之冷于冰皆是也。《春明外史》中之杨杏园，当作是观。如必作为不才之自传，殊不敢承认。吾友曾云：人生快活，莫如作小说，欲自己为神仙，便写自己为神仙；欲自己为豪杰，便写自己为豪杰。为深知自道之论。不才果自传，何不写杨杏园为神圣，为天人，而独写为落拓京华之旧文人乎？此可见杨杏园之杨杏园，仅在为一篇之线索物而已。谨复。

恨水

（原载 1926 年 5 月 21 日《世界晚报》副刊《夜光》“免费邮筒”）

【注】《春明外史》自 1924 年 4 月 16 日起至 1929 年 1 月 24 日止，连载于张恨水主编的《世界晚报》副刊《夜光》。全书百万字，是张恨水的成名作，被誉为“民国野史”。

《春明外史》第一集共十三回，1926 年，张恨水弟弟张啸空主持印刷，发行一千余册；第二集共十三回，1927 年，《世界日报》经理吴范寰合并一、二集出版；世界日报社于 1929 年出单行本第三集，共三十九回。现在看到的较早版本是 1931 年世界书局出版的八十六回本，分上下函，共十二册，约七十八万字。

此信是张恨水对读者李牧人的来信《寻找杨杏园》而作的答复。李牧人的来信（原信刊载于 1926 年 5 月 20 日《世界晚报》副刊《夜光》“免费邮筒”）附录如下：

寻找杨杏园

恨水先生:

《春明外史》这本书听到许多人说好,一时好奇心切,也就买上了一部,我拼命看下去,一天半居然毕业了。

你那种白描的笔墨,使我十分的敬服,尤其是对现社会的种种恶劣现状,能露骨的表现出来,我读了比吃冰激凌还痛快!

□□女士是谁,我都猜着了,总之那一些下流的角色,我都猜着一大半,不过那些没有价值的东西,实在不值鄙人一盼。不过有一个角色倒还不错,是这部书里主干人物,你道是谁?便是杨杏园这后生。这个人做事和富于情感的人生观,在现在恶浊的社会上,我认为倒可算一个"人",有以别乎这些人头畜鸣的动物。

不过我疑惑的是,社会上果然有这样一个多情多义任才任侠的人吗?因为我跑南跑北遇着的都是禽兽,没有遇着一个人,有时遇着半个人,或者四分之一的人,不久也变成了兽物。

果然有杨杏园这样一个人,我希望你代我致一点敬意,但是我不希望与他见面,做什么酒肉朋友,我很希望与他做一神交,文字上来往来往,讨论一些做人的方法。不知杨杏园先生能否用哭情人的情义,来交些江湖下士吗?

恨水先生,你若能把这封奇怪的信在《夜光》发表,那更是感激!尤其是希望你加些附注或答复。

祝

你的福

李牧人草呈

（七）“绿软”之商讨

绿　软

承谬奖，不敢当。以后如有所讨论，请去客套。阁下对于“软”“绿”二字之争，足见已推敲者再四。愚以为“绿”字与“香”字，不能对。何则？“香”可以寻出迹来，“绿”固是色，与声无涉也。譬如咏雪：苍茫映月白无声，可乎？更如咏柳：东风撩乱碧无声，可乎？故“绿”字着字似漂亮，而终嫌不合事实。阁下又云：软即无声，无声即软。仆亦有辩。昔人咏春草云：踏青渺渺春无迹，埋玉深深下有人。此固佳诗。宁得谓渺渺与无迹，埋玉与人，一而二，二而一乎？愚意如是，阁下又以为如何？

恨水拜手

附来函

恨水先生：

昨阅报知前者鄙俚之词已蒙登录，并辱承不弃，惠赐教言，铭感何似？细读斧削处，然后知先生才之高、心之细，果不可及也。楼上一联生动有致。易“临”为“愁”，易“向”为“暗”，俱见细心之处，非炉火纯青，曷克臻此？“罗带”一联，仆自知其俗，而终不知其俗之所以在。经先生点破后，则恍然若揭，相差仅一字，而所隔若此，诗之用字，不可不慎也。先生易“绣”字为“凤”字，顿觉此句与前不同，前之所谓俗者今则无有矣。点铁成金此之谓欤？惟仆尚有疑于怀者，不得不再求教于先生，谅不以愚昧见责也。“绣鞋踏去绿无声”之“绿”字，先生易为“软”字，似不大妥。盖芳草之为物质，本柔软。踏之而无声者，意即含有无声之意也。软与无声，一而二，二而一者也。故用“软”字，适足以见其板而不灵。若“绿”字，则似较胜，因其较“软”字为灵活，且颇耐人寻味。且“绿”亦即以形容芳草之色，以与上句“罗带拖来香有迹”之“香”字，隐隐相对，而又不明用色字，正显先生所谓“此中甘苦，不足为外人道也”。先生以为如何？尚蒙辱而进教之，则幸甚。

（原载 1926 年 5 月 25 日《世界日报》副刊《明珠》“免费邮筒”）

【注】此文是张恨水就 1926 年 5 月 21 日编辑修改吕律初《百花杂咏·春草》一诗时陈述的理由。现将原文附后：

春草（吕律初）

春风骀荡起江城，对此年年旅感生。
楼上有人添风醉，天涯何处是归程。
琵琶塚上愁明月，鹦鹉洲前暗晚晴。
偶惹落花惊过客，芳尘不起马蹄轻。

东风袅袅送春晴，紫陌芊芊一望平。
罗带拖来香有迹，凤鞋踏去软无声。
晓风三径客寻梦，烟雨半溪人问程。
挨得严霜过残腊，郊原千里任纵横。

恨水谨按：大著之后，自加改诗，并注嫌杂嫌俗。诚哉，如君者，始可与言诗也矣。君第一首第二句云：“幽草芊芊遍地生。”对下提不起，故易为“对此年年旅感生”。以下君原句云：“罗带拖来香有迹，绣鞋踏去绿无声。”君云俗，诚然，但亦不过一“绣”字之故，因谮易为“凤”，而“绿”不能无声，又易为“软”。此中甘苦，不足为外人道也。惟此联与上句不称，完全去之，遂代拟一联。如此，全首乃摇曳有致。君以为如何？琵琶联并不坏，可存，因“临明月”不妥，“向晚晴”亦不响，乃易为“愁”为“暗”。结句“只为多情能碍路，长堤到处马蹄轻”，似太率直，乃改为“落花”云云，自视亦不佳，病中不能构思，容异日商榷之可耳。

第二首，起平，亦无大毛病，而以第一首三四句承之，颇合。至原句“浅没绣鞋微有影，暗遗金剑听无声”，君或以为能刻画，其实俗也。三四句极佳，直入宋人之室，君自谓尚可，吾知君盖非不知锻炼者矣。结句不佳，因病小愈，尚无力为之易之耳。君不以恨水不才，再三相嘱，彼此商榷，故代为易数字，他山之石，可以攻玉，当不嫌其孟浪也。扶病书。

（八）本地风光：答读者问

或问：张恨水？（古翁侠者）

或问：张恨水是否安徽人？

我答道：是。

或问：张恨水此番征诗，是否自居主考地位？

我答道：未必见得。我想补充两句话，此间不是安徽，现在并无主考，但我不及张嘴了。

或者又说：我不过学着说说罢咧！

我道：那么，请教“鲍廷玺父子”，恨水不敢当，我可代表的呀！再不然，还有一位“向观察”咧！

恨水答：张恨水虽没穷昏，大概不至于见钱而逃。真是有人送钱给我，要求在《明珠》上登几首诗，这个我很愿意办。不过我近来得了一个奇癖，不愿意出大门，这种买卖，倒没有路子兜揽，很希望有侠气的侠者，给我介绍介绍呢。

（原载 1926 年 6 月 1 日《世界日报》副刊《明珠》）

【注】此函是张恨水针对《明珠》读者的疑问而作公开的答复。

（九）答叔简先生

三问答

叔简先生：

你所询的三件事，大概也是其他的读者所要问的，顺着你这一问，公开的答出来。

一、实在谈不到宗旨。我觉得谈主义的人，没有一个人能保守他的主义的。大概的说罢：说说小公道话，提倡小文艺罢了。（至于小的界限，请你看一看庄子《齐物论》）

二、这很容易答复了，干脆两个字，吃饭。

三、没有意义。不然，水与我何仇而恨之？不过我觉得水活泼清明，是好东西。常常幻想，身化为水，流到天的尽头，不见这污浊世界。我的身世，那是不必谈了，斗方名士之所谓恨，我是有的。于是把这二字凑在一处。“恨”字当动词看，那是不通的。你一想到古书的“古”字，明月的“明”字，就了解了。但这还是废话，其实是没有意义的。我另外有个名字，那也无提起之必要。别号很多，《明珠》《夜光》上就有十几个。

恨水敬复

附来函

恨水先生：

我以“碌碌之才”现在大着胆，冒着险，在先生面前领教一点小小的事情，很盼望速速赐示给我。此祝，快乐。

一、《明珠》栏的宗旨何在？二、先生抱着什么目的来办《明珠》栏？三、“恨水”二字是何意义？“恨水”二字是“尊名”抑是“别字”？

那叔简

一九二六年六月二日

（原载 1926 年 6 月 4 日《世界日报》副刊《明珠》“免费邮简”）

【注】此函是张恨水最早的关于“恨水”笔名的解释。此后，他又在多种场合、多篇文章中作过解释。

（十）告读者：由病榻上写来

一病五日，今天才好些。好些虽然好些，腰腿还不十分强健，只是拥着一条布被，横躺在那绿槐窗下一张破沙发椅上罢了。这个时候，正是中国词人所谓枣花香后、梅子黄时。窗子外面，是一阵子雨，一阵子淡黄日影，一阵子夹竹桃花清香，一阵子槐树叶子沙沙的响。平常对于这些事都不注意，病在床上，眼睁睁的守着一个窗户，都觉得增助许多呻吟意味。再一回头，面前茶几上，药瓶子、茶壶、饼干罐子零乱无次的堆着，看见又教人烦恼起来。

病人睡觉，是没有一定的时间，一不愿意，闭着眼就睡了。醒了过来，槐树西边的枝叶，已晒着一大片太阳。屋子里扫了一个地，茶儿上药瓶子、饼干罐子，等等，都挪开了，只有一壶冷茶。这又合了我脾胃的事，不知是谁，在桌上铜香炉里，给我燃上一根香，这时只好剩半寸。正是茶冷香消，倒凑就了一团子诗意……

写到上面这个意字，我人就往后一倒，不能再写了。这是怎么说？原来这是今日午后一点钟的事，我看见窗外槐阴转午，对着这小昼如年，却大作其袁安之高卧，真有些过意不去。勉强爬了起来，走进我那斗大的书室，打算扶扶笔。这一来不谈什么桑田沧海，至少也有些物因人重之感。书桌上的飞尘，不要用厚可积寸的那句套语，大概差不离一分厚。我叹了一口气，想我若是死了怎么样呢？自己估估量，坐是坐不起来的。我曾看见许多留学过日本的朋友，他能够一手拿纸，一手拿笔，凭空写字，我何不躺在破沙发上试试？谁知这一试居然奏效。便在那茶冷香消、绿窗人静之际，要写一点病里的感想，不料起了一个帽子，人就倒了。

次上面的一段，要算是帽子的帽绊儿，这么该写一段正文了。不过又有一层，须得交代。就是我倒了以后，怎样又做起来了呢？原来我那时一睡，直睡到日影西斜。揉揉眼睛，觉得精神好了许多，拧着电灯，看了一段《儿女英雄传》，觉得竟不乏，于是躺在沙发上，将被服盖了“两条腿”（无意中嵌上了一个书名，一笑），依旧如法炮制，赓续日间的工作。

这是真正的帽子底下了。说什么呢，我第一感到做工的人，是不许病的。若是病了，手停口停，真不是一个办法。我又更进一层想，若是这时死了，“身后萧条”四个字的评语，更又不待盖棺论定。外国的卖文家，他们都有个储蓄会。平常大家都储款在会里，若是哪一个文人不幸死了，又合着身后萧条那句话，那么，会里就拿出钱来做抚恤费。我想，这事，中国上海、北京两地，有举行之必要。

其次，“无病呻吟”的这四个字，那是新文豪批评旧式文人的一个铁案。其实，无病呻吟，照目下看来，倒不论什么新旧。有些人无病固然不呻，可是矫枉过正，几乎有病也不敢呻，那有何必？昔人说：时非南唐，人非重光，何必为悲天悯人之句。太平之时，可以这样说。以言今日，我们哪个不是岁月干戈里、家山涕泪中？不必有病，也就可呻，何况是有病呢？

昔更说：丧欲速贫，死欲速朽，那是有为而发的。我却不问这些，很赞同这句话。一个呻吟病榻，一天两天不能好，又加上些子风雨交加的环境……

算了罢，我的意思只在敷衍一天的稿子，何必如此如此的写了下去？病榻上的感想尚多，等我把关于文学上、思想上，比较可以商榷的，明天坐起再谈罢。

（原载 1926 年 6 月 22 日《世界日报》副刊《明珠》“信手拈来”）

【注】我们从《世界晚报》副刊《夜光》连载长达五年的《春明外史》以及之后《世界日报》副刊《明珠》连载的《金粉世家》中，可以发现常有“恨水病，《春明外史》暂停一日”或“恨水病未痊愈，《春明外史》再停一天，明日一准续登”等字样。张恨水对读者负责，每次事后均以不同方式解释病因。

其实，张恨水自1919年秋天从安徽芜湖《皖江日报》辞职北漂，身兼数职，赚钱养家。他虽身居京城，无不心系故土以及亲人。试举几例：

伤心人语（一）

客馆灯青，风摇壁撼，倚枕听雨，不知更尽，江干旅舍，夜可听潮。雨窗拥被而卧，闻夜涛奔拜，檐溜淅沥，愁肠百结，转生恐怖。眠草青青，故人①深卧，只鸡斗酒，攀杨恸哭，欲挽以诗，一字不得。

三年一归②，母亲倍老。未及十日，忽又拜别。老母送至门首，含泪盈眶。垂头急转巷角，不敢回头。

病重昏卧，不知身世。夜深忽少醒，念家山千里，事业未竟，不期枕之湿透。

饥来驱我，与俗人伍。目不愿见者见之，耳不愿闻者闻之。奈何奈何。

我未负人，人疑负我。方欲剖白，疑者已死。海枯石烂，此恨何极。

傀儡婚姻③，期以白首。锦样年华，为谁老了。满池黎云，一钩残月。愁肠寸断，诗绪如潮。

（原载1922年8月19日《工商日报》）

【注】①指故友张楚萍。②指1922年张恨水赴芜湖陪母亲过春节。③指张恨水与徐文淑的包办婚姻。

伤心人语（四）

予处愁境，尝闭门终日不出，惟架上书愈加零乱而已。

昔日致友人函，常拉杂千余言，有时作完，付之于火，火后复书，书又复火。自亦不知何故。近佣书甚忙，无复狂奴故态矣。

日前患脑充血症，自加冰冕治之。痛少止，即执笔疾书。一日旁午，得一书，不署名，亦不详其自来，仅素笺上飞舞五字，珍重千金躯而已。予知之，报以诗云：原无古井波能起，只有来生事可图。尚写千金珍重句，知君血泪已模糊。果然如此死何妨，呕出心肝血已凉。只是蚕眠丝未尽，教谁替我去收场。青山老屋梦中寻，白发高堂夜夜心。九死难偿家国债，不徒珍重为知音。

思潮忽来，终宵不寐，凉月如丸，檐头窥人。披衣起坐，自亦不知是何境地。

近挽友云：儒佛夙双修，结局如斯，何处三生问因果？天下正多事，盖棺休恨，免留两眼阅沧桑。

（原载 1922 年 8 月 22 日《工商日报》）

隔巷卖葡萄声

予有十余年[①]之时期，不能闻北平小贩吆喝葡萄声。其后离平居京[②]，更入川[③]，此事遂废矣。先是予居平之三年[④]初秋，患伤寒，甚殆，幸不死。卧床亦久，由中元至中秋，均缠绵床褥间。予青年困于婚姻，且以父丧失学，备极懊恼。时昏卧会馆，鲜有照顾者，而孀母幼弟正群客芜湖[⑤]，北上未能，且赖吾三四十元之接济。予病，自秘之，家中浇裹亦勿能寄，枕上无事，惟思不得意事自遣。复念病或不起，孀母丧其长子将不能堪，其下除仲弟[⑥]已冠，可经商外，其余弟妹四人，均弱小将失学，其不幸更甚于我。以养母育弟，予固跪誓于先君弥留之际也，思极而悲，泪涔涔落枕上。长午如年，小院人静，两扇纸窗外，惟隔院之碧槐巨影相对，而扰其思潮者，则为永巷唤“甜葡萄嘎嘎枣”声。时内乱未起，民熙熙拥戴违法之总统，物价极贱，葡萄一斤不过洋数分，而物愈贱乃愈多，唤葡萄枣儿声，此落彼起终日不绝。亲友之问讯不至，而此吆喝声遂永留脑际不去。自后，入秋每闻此声，则卧病滋味即在目前，盖印象深也。

（原载 1946 年 9 月 26 日《工商日报》）

【注】①指1935年至1946年。②指1936年至1937年，张恨水由北平至南京。③指1937年底至1945年底张恨水在重庆的八年生活。④指1922年秋天张恨水病卧潜山会馆。⑤1921年，为方便弟妹上学，张恨水委托郝耕仁将母亲与弟妹迁至芜湖，1925年将全家移居北平。⑥指二弟张啸空。

（十一）告读者：谈丑

谈丑（圣吁[①]）

民九[②]以前，予爱作诗看小说。民九以后，予爱听戏看电影。识是故，往日与友人谈话，则无往而不小说与诗，今日与人谈话，无往而不电影与戏。以予本人之感想言之，则昔日酸苦而今日甜爽也。入夏以来，蛰居少出，良友多不会晤，二三同调，尤不易见面。故近日不但少看电影少听戏，而谈亦不得其由矣。予非入新孔夫子庙之人，更不想吃新两庑冷肉，故绝不避戏评而不为。既不能与友谈，则述之于报，一与读者商榷之，亦可小过瘾也。言戏角者，恒曰生旦净丑，兹倒其秩序，先一谈丑。就耳目之所及，为简单之月旦，勿捧勿骂，仅在于谈。所谓有周郎癖者，进以教之欤，辞以辟之欤？皆乐闻也。

萧长华。萧演戏，于谑浪笑傲之间，无叫嚣不宁之态，极所难得。其演方巾丑，有时大袖宽袍，酸态可掬；有时巧言令色，笑里藏刀。形容腐朽与卑鄙之徒，一时无两。萧之能戏颇多，不胜枚举，审头刺汤之陆炳，群英会之蒋干，尤称绝艺。据萧云：丑非能昆曲，则非正宗。萧固自认身段道白，得力于昆曲也。年来萧在富连成教戏，故文丑戏，富连成弟子，声音笑貌，皆绝似萧氏云。

王长林。王手足矫捷，京音爽脆，为丑而长于武者。王之不能演方巾丑，亦如萧长华之不能开口跳，分道扬镳，各有长短也。人徒以打渔杀家之教师爷，认为王之拿手，其实小放牛之牧童，时迁偷鸡之时迁，乃王真正得意之作。前五年予尝见其与老十三旦演小放牛，歌舞翩翩，腰腿如绵，从背影观之，真不料舞台上一对痴儿女，乃共有一百三十岁也。（演毕，王对台下曰：诸位！多认为咱们小孩儿俩，共总起来，不过一百三十岁，故云）

慈瑞泉。慈本不足为名丑，然今日与萧王外，不能不数及之矣。慈戏甚多，颇能师法王萧，而天雷报之老旦一角（反串），王能之，彼亦能之。尤为学王明证。惟打渔杀家之教师爷，则嫌做作不如王耳。连升店一剧，以萧长华、程继仙合作为最妙，曾在开明观慈与张连升合演，亦属不恶。总之，慈于丑角，以下路角色为最宜，盖去下等人，偶然毛手毛足，固与戏情不甚悖耳。

曹二庚。曹初无籍籍名，与程艳秋合作后，名始彰耳。盖程多演新编本戏，而本戏中丑角，有恒占重要位置者，故曹与小生王又荃，均以与程配戏之故，大占便宜。曹之表情，趋于冷峻一路，似学故伶张文斌，但不甚深刻耳。尝见艳秋演起解，曹去公差，谐谑风生，不落窠臼，颇妙。至艳秋演审头刺汤，曹去汤勤，则嫌过火。此角除萧长华外（评萧文内，谓萧去陆炳，一时错误，附正如此），殆无人能尽善尽美矣。

（原载 1926 年 7 月 12 日至 15 日《世界日报》副刊《明珠》“艺海一勺”）

【注】①圣吁，系张恨水笔名。②民九，系 1920 年。

（十二）答不愠斋主

不愠斋主来函

恨水足下：

前寄短稿，承即披载，并承更其命题，顿觉活泼多多，慰佩无量。京中各报报尾巴之能值一看者，非走拍足下之马，舍《明珠》与《夜光》外竟无其二。惟近来《明珠》稿件，似较前为枯寂。如数日前所载之苗瑶风土等记，均已见诸前人笔记，今日所刊之讼师二则，亦经刀笔菁华所刊，惟字里行间略加篡改而已。此种投稿，望足下以后加以审慎留意，此非走之好事而有意吹《明珠》之毛，良以走爱《明珠》，甚不欲《明珠》以此种投稿而隳其声誉。热血来潮，走笔书此以告足下，想足下明达而能宥我衷曲也。（中略）

匆匆布达即请撰安。

不愠拜手

恨水复函

不愠斋主大鉴：

来示甚感。但编报者耳目难周，此时岂能尽免，惟望投稿者诸公自爱且爱《明珠》，勿故意为之耳。至枯寂非报的问题，乃时代问题，足下以为然否？来稿《我理想中的恨水》，本拟不发表。如沪报所载《周瘦鹃搬家》《严独鹤老太太过生日》等，甚觉其肉麻而无聊。细思此有射覆意味，究与编辑先生之起居注不同，勉试一次，且以报知恨水者，但后勿复耳。谨拜复。

附

我理想中的恨水（不愠斋主）

当我的两双眼睛，正在看恨水的作品时，我的脑子里，就在联带冥想“恨水是怎样一个人”。我想：恨水必定是个年纪二十五六，最多到二十八岁的一个青年（不中，不远）。面孔必定黄而且瘦（不对），中等身材，多愁多病（对）。吸纸烟但不酷嗜（近已戒绝，但嗜茶成命），爱听戏（且爱外国影片）。有时还同几位朋友,去逛逛□□。欢迎结交识字而性格静默的姑娘(五年前之事矣)。中央公园不常去，公余无事，恒喜横陈一榻手一卷以消遣。不爱修饰（极对）。善巧辩（不对）。能勉强打几句半三半四的苏白（对）。秉性极厚道，而谦恭多情（愿如此耳），好交朋友（但不善应酬，得罪人不少）。在爱情上曾经受过极大刺激者（由《春明外史》得来乎？）。

拉杂书来。不知对与不对，还望恨水先生加以注释以纠正之。

恨水遵命注释。足下虽未能全中，亦猜到十之七八矣。

（原载 1926 年 7 月 22 日《世界日报》副刊《明珠》“免费邮筒”）

（十三）答蝤先生

抄袭问题（蝤）

恨水兄：

半农才大骂𢍰手，《明珠》栏又嚷起抄袭问题来，何《世界日报》之小编辑，不幸都受人之揶揄也?

关于半农的事，逍遥生既自承“阿拉”一稿两投，并非抄袭，这里可以不谈。这里我所要说的，只是不愠斋主之公案。

不愠斋主说波君和菀林君所记讼师二则，都是“见诸前人笔记，亦经刀笔菁华所刊，惟字里行间略加篡改”。而波君及菀林君则先后来函声辩。其实，波君和菀林君决不至那样下流，抄袭旧东西，出这不算什么的风头；他们定是耳之所闻，笔之为文。不愠斋主疑他们是专干的嫌疑犯，未免“不谅人只”！

但是波君和菀林君总是“咎由自取”，他们不是𢁉手，却是“拾人之遗”者，和𢁉手的居心不同，结果却不异。因为他们所记的都是“故事”，都是“传诵于人口”的故事，不是新发生之“今事”，那么，自不免“故人”已曾记这“故事”，“今人”再记，无意中便有抄袭的嫌疑了。

此种例子，古人已不少，即正史中，且亦常有十之二三，尤其是古史，张三李四可以有同一样的事实，王五赵六可以做同事的记传，又何必求波君与菀林君？

我所欲规二君者，只是请他们彼此少写些记“故事”的文章，因为这类文章，偶一不慎，便犯抄袭之嫌了。连类我要劝投稿先生们的，还有二事，便是笑谈和什么海外珍闻。这些东西，写时或译时，也都要慎重，不要说人所说过的话。

本来论说文和诗词小说之类都应该说自己所欲说的，而记事之文，则应取材“今事”，如你现在要写岳飞传，那正如你做人云亦云的诗古文辞，即不是抄袭，也惹人厌恶。波君和菀林君之受侮，岂无故而然哉？

末了，我再对恨水兄，你，说一句话，关于取稿的问题。你如怕受了投稿者的欺骗，你莫如向你靠得住的朋友要稿子，做一个偷懒的编辑，不管他“怨声载道”。再次，则你应多登些涉及现在的事情的稿子，关于故事，笑谭，《明珠》向无此栏，今偶言及，珍闻之类，应特此留意；这些稿子，大都无时间性，不妨留着，博访于你的顾问，证明“大约”不是抄袭或与人雷同，然后披露。

“阿拉”，假阿拉的意思如此，不知你以为然否？

顺颂“吃”安！

恨水按：读不愠斋主二函，余本欲有言，得此信，以为甚属持平，可以无辞矣。众神将，收兵哪！

（原载 1926 年 7 月 28 日《世界日报》副刊《明珠》“免费邮简”）

【注】关于副刊投稿者“抄袭”问题，一直为读者所关心，蛸先生信中所指“半农”，即刘半农。“波君及菀林君……先后来函声辩”指1926年7月24日、25日《明珠》副刊所载的来函，“不愠斋主二函”指1926年7月28日《明珠》副刊刊发的答波君和菀林君之文。信后的“恨水按”，实则是作为《明珠》编者的张恨水对“抄袭”现象讨论的一个总结。

（十四）恨水代复众异先生

问《斩鬼传》

忧夷[①]先生鉴：

就《明珠》中已管窥《斩鬼传》[②]趣妙之一斑。仆又夙闻《脱空传》[③]，寓意甚佳，但清末以为禁书。疑二者即系一种，因借欲见其全豹，乃赴市觅购，则二者俱无。偶得北新书局新出《何典》，乍一翻阅，见其内虽一现脱空祖师，似未可以名书，即可展柜之说，亦全非先生所介绍。且先生谓一二十个铜板买一小本，《何典》则定价五角，不折不扣。究竟《斩鬼传》尚有其他何名，某处出版，某局发行，务请明白示复为幸。

众异

恨水代复

众异先生：

忧夷不当见面，此书转去又费事，因先生热心，特代答之。《斩鬼传》，市上出版者，标签曰：第九才子钟馗捉鬼传。袖珍四本，油光纸石印，价值实不过四五十枚耳（二十枚恐买不到）。此书无版权，印者甚多，东安市场青云阁劝业场各书摊上，均有出售，不难觅也。至《脱空传》，实未寓目，特复。

恨水

（原载 1926 年 8 月 1 日《世界日报》副刊《明珠》“免费邮筒”）

【注】①“忧夷”，即张友渔，字友彝。时供职于《世界日报》。《世界日报》创刊之后，张恨水同时要编两个副刊，还要写作《春明外史》，忙得不可开交。于是，报社招聘了四个特约撰稿人作为他的帮手，其中就有张友渔，另外三人为马彦祥、胡冰春和朱虚白。②《斩鬼传》，又名《钟馗斩鬼传》《钟馗捉鬼传》《捉鬼传》《平鬼传》《钟馗传》《第九才子书》《说唐平鬼全传第九才子书》等，是清代刘璋所作长篇神魔小说，成书于清康熙年间。张恨水曾仿这部小说的笔法，创作滑稽小说《新斩鬼传》，于 1926 年 2 月 19 日至 7 月 4 日在《世界日报》副刊《明珠》连载，对当时社会上存在的“人中之鬼”现象进行了有力的嘲讽。③《脱空传》系蒲松龄所著。

（十五）答范维真先生并告一部分读者

吉林风俗问题

记者先生：

今天贵报《采风录》内登载拙愚生著的《吉林风俗一斑》一文，内多差误，而非事实。内言“儿童初生，睡的枕头满装硬豆，使儿童脑袋齐平”，查儿童初生，头骨未坚，若枕以硬豆，何等痛苦。且硬豆作枕，必有凸凹，儿童枕之，久之，脑后亦必成凹凸之形。不知此说，何所由出？又言“全家无论老幼，到晚都共寝一炕，虽外来亲友借宿孤客，也没有上下炕的区别”。我想作者贵处的炕，必然是很大，不然何能睡如此多的人呢？

总之，连日所载，均非吉林风俗，此盖道听途说，固作怪诞之辞，以希登载得酬者之所为也。吉林奇特风俗虽多，但不如彼所说。故请记者先生为之登载声明，以维事实，而杜虚妄。拙愚生之姓名籍贯，亦请登载，以明真象。

专此敬请

撰安

范维真

七月三十一日启

记者曰：抬杠者，何其多也！不愠斋主那场笔仗，刚刚收兵，《采风录》里面，又生出这一个岔子，这倒有趣呢。拙愚生的姓名籍贯我都不知道，范君所问，无从答复。我想拙愚生决不是南边人，所纪必也有所本。我愿拙愚生先生出来答复这个问题，以证所纪之不虚。

【注】为便于读者理解此函，特将有关回函附录于后。

拙愚生来函

恨水先生：

昨见贵报“免费邮筒”吉林风俗问题，说敝人作的吉林风俗，内多差误，而非事实，兹答复如下：范维真说“儿童初生，头骨未坚……”吉林人就是取他头骨不坚，才好后脑齐平，若头骨坚了，怎样可以压平呢？又云“硬豆作枕，必有凸凹，儿童枕之，久之，脑后亦必成凹凸之形……”此条拙并没有说一定要豆才行，是说硬豆等类，等类者，就是指旁的硬类，范先生何小心如此。又云“我想作者贵处的炕，必然是很大，不然何能睡如此多的人呢？”北方数省的炕，都是占大半间屋子的。那么，吉林的炕，当然也是如此。难道所说一家人，一定就是几百十人才行吗？不许几个人也是一家吗？范先生真是“刻舟求剑”了。

总之，“均非吉林风俗”，何范先生均无以证其不确？至希望得酬云云，范先生试想，拙愚若是希得酬金，何以恨水先生不晓敝人的姓名籍贯呢？

吾人文里有错误初不反对人之指明，如“希望得酬”云云，则骂街口吻矣。敝人的姓名籍贯，为避范先生嫌疑起见，暂时不说出，范先生可以放心了罢。乞为登录《明珠》，以便剖白于读者。

此请文安。

拙愚

（原载1926年8月5日《世界日报》副刊《明珠》“免费邮筒”）

范维真答拙愚生

记者先生：

昨天拙愚生的来函，敝人已经看见了。他说敝人无有确实的证据，以证明其不确。好啦，今天敝人给他一个证据。查吉林人枕内，均装“麦皮”或“蒲绒”，向来没有用硬豆的。此其错误之一。并且他辨白说：他并没有说一定要豆，是说硬豆等类。即此可知其不确。他设若知道是用何物，一定可以直接说出来，何能说此含混的话？且吉林男女界限极严，女子长大，均不与其兄弟同室，何能与外来的亲友及过往孤客同睡一炕呢！这又是他的一大错误。他又说：北方数省的炕，都是占大半间屋子的。那么，吉林的炕，当然也是如此。就此可以证明他不但非吉林人，而且未到过吉林，不然，绝不能拿北方数省的炕来推测吉林的炕，而用当然二字。此其不确之证明又最显著者。查吉林人称吃烟之具曰烟袋，他则称曰烟筒。由此更可证出其非吉林人。既非吉林人，其所写之吉林风俗，当然是道听途说，而非事实。故请记者为之登载，使在光天化日之下，读者耳目不为此辈所扰乱，借以固读者对贵报之信仰。

此请撰安。

范维真

八月六日启

（原载1926年8月9日《世界日报》副刊《明珠》“免费邮筒”）

绿豆枕头问题

记者足下：

贵报因拙愚生君云，吉林小儿以绿豆实枕及合家同睡一炕诸事，颇遭范维真君不满。仆南人，不解吉省风俗，惟敝内娶自京师。今夏四月新举一子，因尊亲属俱在原籍，一切事务，当然请岳家照料。敝内在医院生产，回家后，敝岳母即以红布作小枕，中实绿豆，且整个不破。仆以小儿骨软，不能当绿豆之硬，曾再三阻止，不听。谓京中风俗如是，不能改变。叩其理由，仅谓绿豆性凉，小儿不起头火。至询其何不研为细末？则云睡久后，因小儿头骨之压，自必碎破。乃不出仆所料，枕月余，小儿头骨后部即起凸凹不平之状，圆与绿豆无异。复询敝岳母，则云：头后枕骨隆起，殊不雅观，须使之平。此凸凹处长大时即平，惟不以研碎绿豆实枕，使生后十余日之婴儿，终不日受罪其上。以理质问数次，均以故老相传如此，不能，变为词，是则不能不怪北人（非广义，请北方同胞勿误会）之固执不通也。鄙岳为汉人，其所谓习俗如此者，或京畿一带之汉人，亦皆如是。旗人如何，则不知之矣。鄙意北十数省风俗常有相同，南十余省风俗每多相同，以此推测，吉林之某处，或某某多处，以绿豆为小儿实枕，亦未可知。盖严格言，各省内之风俗，皆大同小异，且有同一县而一事数异者。拙愚生君谓吉林如是，范维真君则谓吉林不如是，恐皆蹈以一部现象误断为全部现象之病。安知其非此如是而彼不如是也？复次置二君之是非于不问，试问二君曾历吉林全省，周咨博访于通都僻野，而无所遗耶？必如此，乃能作全称之肯定、否定。明乎此，反复辩难可息矣。仆与二君素昧平生，以久辩将无时而止，且目击京中有绿豆为儿实枕之习惯，故破例草此以执调停之役，且明天地间不合理之习惯因所在多有也。知我罪我，所不敢计。倘有因此见责者，恕不作答。即希足下揭之报末与读者诸君共见焉。

仲连

八月九日

（原载 1926 年 8 月 12 日《世界日报》副刊《明珠》“免费邮筒”）

告一部分读者

我在本栏征求旧诗旧词，无非是供给一部分读者的消遣，我决不敢撑起护法的旗子，和旧诗坛作什么韦陀。当然，我也不是什么诗家词家。不料有些投稿的朋友，都在稿后另加一行，如甚盼恨水先生斧正发表等字样。这太看得起我了，我不能不受宠若惊，有违遵命。因为改诗不像改文那样便宜，要就原意原韵下笔，极为费事。若是一二个字呢，拚捻断未来之数茎须，还可商量一下，要是意思都不佳，那就简直没法了。这是实在情形，借着这一小角空白，特此声明一下。

（原载 1926 年 8 月 2 日《世界日报》副刊《明珠》“免费邮筒”）

【注】此文是张恨水针对此前《明珠》副刊的征诗专栏而作的说明。

（十六）为敏君函敬告读者

《记事珠》又生问题

恨水先生：

近来的《明珠》，好像有二三位投稿家，因为抄袭与不抄袭的问题，将开笔仗了。而在这未明究竟的时候，“又”？有抄袭来惠顾了；这真是《明珠》的不幸啊！——但还算是不幸中的幸呢！

先生，还记得吗？二日的《记事珠》是一位署名“森”的，作了一篇《深夜与黎明》。原来在其他的刊物上，已竟发表了；并且署名不是“森”，现在我把这个刊物附上，但是请你不要怪我多事啊！

现在，总算把我爱护《明珠》的责任尽了，就此打住。其他的一切应当说的话，请先生来发发了。因为我没有功夫！

即祝

“明”安！

敏上

为敏君函敬告读者

读敏君函，我除感激外，只有自增惭愧。是我信用未孚，以致发生许多旧事重提的事。不过敏君来函，太含混了，令读者莫名其妙。现在忠实的告诉读者：敏君函内，附有去年九月十五日出版的《疏星》定期刊一张。《深夜与黎明》这篇写景的文字（原注散文诗，似不符）连载在上面，下面署名是闻国新。读者不知，以为在本报所登，必是森君抄袭闻君之作，其实不然。原来“森”，就是闻国新君的别署。因为这篇稿子来时，闻君有一张信给我，说了他的真姓名。其所以不署真名而署森，大概是避免一稿两投之嫌，让看过《疏星》的读者，疑惑出于另外一个森君所抄。至对于本栏和张恨水，取的什么态度，我就不敢妄为揣测了。我没有别的话说，我只惭愧见闻未周，耗费报馆里的酬金（极薄极薄），不能取信于投稿诸先生，反要劳爱读者这样的来指导。这实在是辱没煞人！我真对不住一般爱《明珠》者！

（原载 1926 年 8 月 5 日《世界日报》副刊《明珠》“免费邮筒”）

（十七）复王荫槐先生函

王荫槐先生来函正误

◎《春明外史》误引《随园诗话》

恨水先生：

大著《春明外史》，余无日不看，以其描写京华情形有声有色，真有引人入胜之魔力也。昨晚所载引《随园诗话》一段："夕阳无限好，只是近黄昏。天意怜芳草，幽人恋夕阳。"余于数年前，曾读此书，记为"天意怜幽草，人间重晚晴"。简斋当年所以编入诗话，以宾主所引，皆为李商隐之诗也。想系先生为当时情景所限，故为改作。或为手民排误，不得而知。敢请考查，免为白圭之玷也。耑此上达，敬颂撰安。

王荫槐启

八月五号

恨水复函

荫槐先生：

来示拜读，恍然大悟，实仆之误，非故意如此，亦不能诬赖手民也。弟作小说时间，约在每晚十二点钟，构思既熟，信笔便书。前记《随园诗话》一段，仿佛如此，忘却宾主对答，借引李义山诗，致有此误。甚惭甚惭！小斋斗大，书虽不多，《李义山集》《随园诗话》，则尚备有，惜当时未肯牺牲十余分钟一翻诗话耳。义山《晚晴》五律，为眼前之诗，竟至忘却，可笑孰甚。衣食相驱，进德无方，"清明时节雨纷纷"之句，将来恐亦不免遗忘矣。所述刊单行本时，自当更正，并将原函发表，以彰弟过。并望不时指正为幸。

恨水

（原载1926年8月6日《世界晚报》副刊《夜光》"免费邮筒"）

【注】张恨水所撰小说常在自己主编的副刊连载，连载过程中，常有读者致函询问有关问题，张恨水会及时回复。这可以视为作者与读者之间互动的范例。

（十八）敬告《明珠》读者

约法三章

许多人写信来问，《明珠》是什么宗旨？从前我总是这样复人：没有宗旨，不过望其好玩与有趣罢了。现在感觉到没有宗旨的好玩与有趣，实在有些若太空之野马，似乎不是办法。而且《明珠》向来抱住了一个信条：“卑之无甚高论。”设若因为没有拘束的原故，偶然来一篇高论的稿子，偶然又发表出来了，那就有点位卑而言高了。

因此，我以为有和读者声明之必要，以便偶然高兴赐给我们一篇稿子，有个八九不离十，免得白花那一分邮票。以后，我们打算专往极小问题上做去。自然，这无非是些柴米油盐酱醋茶一类的题目。高明些，也无非是书画琴棋诗酒花罢了。虽然，还怕读者不明白，与诸位约法三章如下：

（一）绝对不谈大问题。政治上也罢，社会上也罢，只拣些琐碎的事来说。好像人家吃面包，我们只在桌上去搜罗些面包屑。

（二）绝对不批评大人物。我们从前就犯这个毛病，蚍蜉撼树，要想……而实在不平的事也太多，管得了吗？

（三）不研究高深的学问。这条似乎累赘，柴米油盐酱醋茶里面，哪有什么高深学问？不过凑成三章罢了。

（原载 1926 年 8 月 7 日《世界日报》副刊《明珠》“本地风光”）

（十九）复春柳先生函

谈《夜光》两件事

春柳先生：

承示《夜光》栏目，为人捞去殆尽，此捞字字入神，甚佩甚佩！至嘱有所剖白，则大可不必。因《夜光》《明珠》栏内，除《趣之素》《半哭半笑》二三项外，余皆现成典故。我能贩卖，彼亦能贩卖。书上并未规定许《夜光》《明珠》专卖，则从何而剖白乎？尊嘱谓《夜光》戏评尚可，宜多作，敢不努力？但投稿者以为吾人亦如他报谈菊，未尝注重艺术上根本之讨论，故多弃之耳。谨复。

恨水

（原载 1926 年 8 月 18 日《世界晚报》副刊《夜光》“免费邮筒”）

（二十）复新雨君函

新雨先生：

两示均悉。《春明外史》，蒙逐回批评，极感。但足下所言，十九皆加以奖许者。此项文字，若在《明珠》《夜光》上披露，仆未免如走方郎中带喇叭，有自吹自卖之嫌。人或不足下谅加以互相标榜之语，则深负足下之盛意矣。《明珠》《夜光》“免费邮筒”之设，其意固在商榷文艺，然对主撰者，实只容吹求，不容夸奖耳。此信本无公开之必要，因足下通信地址，适为仆所遗忘，故披露于此。

恨水

（原载 1926 年 9 月 4 日《世界晚报》副刊《夜光》“免费邮筒”）

（二十一）致飞来君

飞来先生：

示悉，当然有酬金。同人对于投稿诸君心理，皆所深知，无待君之自白，但今日登报，明日奉酬，则司会计者，不胜其烦，事实上，无法办到也。本报奉酬，均于各月底结账，特此奉闻。

记者

（原载 1926 年 9 月 8 日《世界日报》副刊《明珠》“免费邮筒”）

（二十二）复泥佛、奋已先生函

泥佛先生：

昨出城浴身，偶过该处，果见此名。但个中人取字，无非风花雪月，偶然雷同，亦属常事，未见即利用《春明外史》也。此事不容放在心上，仆亦不会放在心上也。

恨水

奋已先生：

索隐是，而理由则非。然何苦如此费研究耶？仆署名在十数以外，大都偶然想到，即引为用，并无意义也。

恨水

（原载 1926 年 9 月 14 日《世界晚报》副刊《夜光》“免费邮筒”）

【注】此信是张恨水针对读者泥佛和奋已询问《春明外史》里地名、读者的索隐而作的回复。

（二十三）致振森、久厂先生

两短柬

振森先生：

示悉，庚真韵实不可通。昨者，发稿时，抽出尊著，略感未能一气贯通，因就起结两句之意，从二三句钻易数字。“半生尘”三字，乃手民误植，实为“半尘生”，盖亦无巧不成书之类也。惟“半尘生”句虽可通，究嫌生硬。好在八庚韵宽，足下不妨另易之。

恨水

久厂先生：

迭蒙惠玉，极感，稍当迟有薄酬奉赠。仆年来喜填词而不愿作诗，即有所作，亦多断句，无法表价值也。至词，一下笔，又不禁呻吟满纸，颇以为病，故亦日久不弹此调矣。承询特复。

恨水

（原载1926年9月17日《世界日报》副刊《明珠》“免费邮筒”）

（二十四）复爱读《夜光》者函

唱与听之辨

哀梨[①]先生大鉴：

二十二日《夜光》，大著小月旦《看戏何如听戏好》。鄙人曾于某书中见此联为“凡事莫当先，唱戏何如听戏好；为人须顾后，上台终有下台时”。先生以“唱”为“看”，自然不得其解矣。谨以奉告，不知先生以为然否？

此颂

著祺

爱读《夜光》者谨上

二十三日

复　函

读者先生：

尊论极是，如此便佳。但仆亦得自书中。该联载在民国八年[②]出版之《春柳》第三期，五一四页上。仆非敢凭空擅改旧联也。

哀梨

（原载1926年9月24日《世界晚报》副刊《夜光》“免费邮筒”）

【注】①“哀梨”，系张恨水笔名。②民国八年，系1919年。

（二十五）答幽亭君

填词之一得

《明珠》读者，不以仆为不学，常自撰诗词或小品，令贵一得。在仆对影自惭，殊未敢以此自任。然一一置之不理，则人以骄妄相责，获罪相等。无已，姑就所知，略择一二，披露本栏。讨论者，暂以诗词小品为限，其他问答，仍付“免费邮筒”内。所以别庄谐也。谚曰：他山之石，可以攻玉，知我罪我，是在读者。

在《明珠》以小词相赐者甚多，要皆近是而实非，无法披露。最近如铁门幽亭君，象来街陈振森君，东四六条飞白君，均曾以小令见示，且令一加商榷。仆玩味之余，意非不佳，而因未得门径，遂有词不达意之苦。此无他，少读少作之病也。振森、飞白二君之作，平仄无大误，幽亭君则失粘处太多，请先以鄙意相告。

学诗学词，有三个步骤，不能不做到滚瓜烂熟之境。其事为何？一即辨声、储材、饰词是也。就作诗而言，先只须辨平仄，至于填词制曲，则非平上去入皆能一一分辨不可。但辨平仄之事，非笔墨所能讨论，必出于口授。勉强述之，大概平声字，念之必平和清远，仄声则反是，非激起则短促。若以此项定论，尚嫌空泛，则有一笨法可用，即将唐诗七绝，选出若干首，一一圈其平仄，以资练习。如吾人已知平起之七绝第一句，为平平仄仄仄平平矣，则吾人对于一诗摸索得开首二字为平，其下各字，按图索骥，甚易圈出。虽一三五之间，有不尽合者，然五字失粘者占少数，一三之间，则吾人不妨以二四两字为准也。

诚如上法试验矣，但第一字属平属仄，又乌从而知之？予曰：此亦有术。譬如取“葡萄美酒夜光杯”一句试译之，予可先以“葡”字，用俗音谐之，知与吴、孤、补、甫等字相近，则在诗韵六鱼、七虞、六语、七遇等韵内，觅其下落。既而于七虞中得之，吾知其为平声矣。“葡”字既明，再译“萄”字，及于四豪中觅得“萄”字，知开首二字皆平，合于平起“平平仄仄仄平平”之例，除“美”字不散必知外，则“酒”“夜”二字之为仄，“光”“杯”二字之为平，所可断言者。如此办法，以检阅二三字之劳，可知二十余字之平仄，行之既久，当不期然而然，悟平仄之道矣。平仄既明，再分四声，则偶翻诗韵，即可了然，勿须赘述，而第二步则为储材。

何以谓之储材？即准备材料耳。填词非可一蹴而就即至，必先为诗，犹之学代数者，必先能算术也。故于学填词之先，至少须能作七绝七律二项（五律风格须精炼，甚难，《红楼梦》中，宝钗教香菱为诗，先习五律，大谬）。若诗一道，能铺景叙情，无格格不吐之病，然后取《绝妙好词》《花间集》《白香词谱》（须天虚我生考证者，非此则谬误百出，不可用），日月，当恍然词之为词，与诗不同。更取名家词集，任意读之。则晓风残月之景，人比黄花之情，不烦推敲，当有能恍然大悟者。至此，偶把笔为小令，吾知必不至有无从说起之困难矣。

盖填词非如作诗可以任意为之。彼所用之字眼（虚字尤甚），所布之章法，皆在一定规矩之中，非多多诵习，无所取鉴。至于能词以后，则熟能生巧，自可在规矩之中，极尽变化。譬之习工笔仕女，规矩极矣，然习成之后，或为仇十洲，或为王小梅，又各自可发挥其个性也。

能辨声矣，能按谱填词矣，则尚有修饰章句之一事，不可不知，否则终其身仍为门外汉也。吾尝见少年著作家，偶占一句两句，未尝不头头是道，及令试填一阕，则毫无是处。何则？彼盖见谱上有一句，即照样填一句。一句既得，再续二句，依次填完，而词成矣。此其病，非支离破碎，即杂沓重复，将令读者绝不知其命意所在。故吾人欲填某调，必须先将全部结构拟以大意，然后再就吾意照谱填之。如此，乃为以吾意思支配某调，非以某调支配我之意思也。

词之章法，小令在文行于空，不得铺景叙事。中调则不妨情景兼重。长令，则大概上半阕叙景，下半阕描情。而能于叙景中，略点缀一二描情语，尤觉全体生动。总之，当使一气呵成，不露拼凑痕迹也。

以上各节，皆就初学为词者之通病，略补正其一二。学词之要诀尚多，容得暇择要述之。

（原载1926年9月25日、26日、27日《世界日报》副刊《明珠》“他山之石”）

（二十六）复朱江君

论玉兔

朱江先生：

来示读悉。甚感甚感！但仆之考奔月，根本系求证于典籍，非求证于小说演义，故于说部，未尝留意。中国戏剧材料，取之于说部者，占十之八九，以西游而为剧中嫦娥玉兔之证，自是可通。但玩味奔月剧情，实来自《淮南子》《搜神记》，恐编剧者或亦未尝忆及《西游记》之九十五回耳。特复。

恨水

附原函

恨水先生赐鉴启者：

兹阅《世界日报》第七版内，载贵作“艺海一勺”之《嫦娥奔月考》一节，备陈解说，自系稽考古今，备证鲜明，诚为佳作。惟于兔儿爷一段，丙演汉书注解说，批评剧者之虚讹亦不为无故。然愚见《西游记》中之第九十五回，假合形骸擒玉兔一节内云：玉兔因要报素娥一掌之仇，便偷开玉关金锁，私下降凡，以神术抛弃西竺国公主（即素娥）于荒郊，而自身则变为一假公主（玉兔），深居宫中。后遇孙行者悟空识破，轮棒截打，追赶上云霄，于空中得遇太阴星君带同嫦娥仙女（即遇娥）来解救得脱，当时玉兔即偕同太阴星君并嫦娥仙女同回广寒宫去。又谓玉兔为广寒宫捣玄霜仙药者……据此，则嫦娥与玉兔，显系二人无疑矣。似剧中以玉兔与嫦娥别为二人，当亦不致于讹之又讹也。事系神话幻说，本不应上驳。著者但以不明其中底妙，故特以疑词询问以求亮达也。倘不弃，有以示复为幸。

朱江谨及

（原载1926年9月25日《世界日报》副刊《明珠》“免费邮简”）

（二十七）告《夜光》读者函

未购得《春明外史》者注意

《春明外史》第一集，京中仅发行三千部，今夏六月，即已售尽，故后购者，均有向隅之叹。今在外埠搜罗尚未售出之书，共得百余部，特寄回北京发行，以答需阅诸君之雅意。欲得《春明外史》者，应请速购，因再版尚未有时期也。

发售处本报发行部劝业场会友书社，东安市场花园路西文美书庄。

（原载 1926 年 9 月 27 日《世界晚报》副刊《夜光》“免费邮筒”）

【注】此函告示了《春明外史》第一集在北京的发行情况。

（二十八）对瘦瓢君三诗之商榷

徐瘦瓢君前寄集放翁句三首，又自撰诗三首，嘱加商榷，因事冗久未作复，今小暇，试就原诗略论之。

徐君诗亦自有章法，如述怀第二首，即布置甚当也。但其病在诗不炼句，句不择字，遂甚见力弱气稚。如“黄金散去”四字，“事事难”三字，均极俗。至颈联因对“母平安”之故，乃上凑“更短促”三字，十分刺目。若改为“归日应教悲老大，家书空自报平安”，则觉灵活已多。腹联如欲用“夜夜”字样，亦可免重复。但原来乾韵二句，较起句尤俗，须另改造。结句嫌泛，了无余味，此大忌也。

第二首，起平淡无味。颈联造句不妥，莫如改为“世乱笑啼都不是，家贫去住两般难”，则能互相唤应矣。腹联以下皆可。

五律，全局皆非。咏人诗，要有独到之议论，人云亦云，不如无有也。

且五律体裁，须高古，用字须飘逸浑脱，每下一二虚字，须有画龙点睛之妙。如诗所事非其主，此吾人口头语耳，岂能作此大题起句哉。通篇皆议论语，无一串精神，结句与小徐为人毫无关系，不知命意何在。徐君有志此道，请仍先作七绝七律，五律可缓，集句尤无意思也。

附原件

客中述怀

黄金散去未成欢，羁旅他乡事事难。归梦每嫌更短促，家书先问母平安。年年客归秋偏早，夜夜征衣泪不干。揽镜自惊消瘦尽，无人朝夕劝加餐。

弈棋今又换长安，过眼繁华带醉看。客况温良全不适，乱时去住两多难。梦中云水家山远，塞上风烟鼓角寒。何日红尘一挥手，扁舟归理钓鱼竿。

又《读徐又铮小史》

所事非其主,空怀割据心。死生关大计,褒贬少知音。一世雄安在，千秋恨亦深。长江流日夜，谁与发高吟。

（原载 1926 年 9 月 28 日《世界日报》副刊《明珠》“他山之石”）

（二十九）致谈诗诸读者

赐诗诸先生鉴：

大示均已拜读，苟有所知，敢不竭诚奉告。惟不知何人念紧箍儿咒，近日头痛不堪。力疾编报，已迫于不得已，谈诗之作，不能不稍搁，容疾小愈，必当分别作复。恐劳悬盼，谨先奉闻。

恨水

（原载 1926 年 10 月 2 日《世界日报》副刊《明珠》“免费邮筒”）

（三十）对伯雨君来诗之斟酌

大凡以诗咏时事，有两法：一为竹枝词，一为七古。此一种体裁，各以所咏之事，自为斟酌。譬如同一国庆，写提灯会，则宜用竹枝词；写阅兵，则宜用七古也。最近之万县案①，实为最大之国耻，诗须一字一泪，一泪一血宣之篇章，方为得体。然非七古，无法安排，一首七律，实不足以尽之也。且七律重对偶，此等事无典可运，无情景可描写，若以议论语为对仗，任何琢磨，不能成规矩。运用外交等语，尤感浅俗。

至《中秋偶成》之七绝，亦多可商。若第一首云："人满天街夜色凉，远逢佳节更思乡。多情应笑团圆月，不入闺房入客房。"第一句云天街人满，即不可押"凉"字韵，且月色，只有清晖，黄昏无凉热也。第二句，化自"每逢佳节倍思亲"之句，此等处宜切改，否则永不能文自己出也。三四句有意思，惟道不出，而月天下同照，亦无入一房不入一房之事也。若改为"团圆却笑当头月，相对孤窗一味凉"或较原句含蓄。第二绝改云："倚栏不觉醉颜酡，记得苏家水调歌。我亦乘风归未得，一樽清酒伴姮娥。"原句"通宵欢醉是东坡，千载犹传水调歌"，与下文不接。而"我欲乘风"，用苏词原句，亦不妥。且末句，与"白云明月吊湘娥"之诗，亦有貌似处。只能云平适，意亦未超脱也。

（原载1926年10月5日《世界日报》副刊《明珠》"他山之石"）

【注】①万县案，指1926年9月5日，英国在四川万县制造的一起野蛮屠杀中国军民的暴行，史称"万县惨案"。

（三十一）答渊如君

词句之一斑

所询词句安排法，此亦无多秘诀，吾人只是照谱填之耳。宋时词与乐合，好弄之士几无不能歌，故其填词，可径改原谱，甚至增多一二字，或减少一二字，亦于事无伤。何则？彼亦能增减工尺也。近代之词，在读而不在唱（而亦无人能唱，其法亡已久矣），吾人只可以诗文视之，求其朗朗上口。盖古人所填词，由乐中化来，可入丝竹，当然铿锵可念，故吾人惟有按谱以求之，勿稍自聪明也。

尝见初学填词者，平仄无误，词藻可观，而于句调，往往发生绝大错误。盖词之句法，有上几字与下几字之别，非可□□念去者，如《醉太平》末句五字云：更那堪酒醒。仄平平仄平也。又《生查子》后半阕起五字句云：今年元夜时，亦可作仄平平仄平者也。但一为上一下四，一为上二下三，句调遂完全不同。吾人苟改更那堪酒醒，为不堪□（此处任加一平声字）酒醒，即不成话说，无论句调如何也。又如：正落花时节，此为上一下四之句，冷冷清秋节，为上二下三之句，读之皆顺，平仄亦同。然亦决不可互易。词中句法，与全体脉络，大有关系，偶然不同，即全局皆非也。悟乎此，则六字句之上三下三，七字句之上三下四……皆可举一反三也。

（原载 1926 年 10 月 9 日《世界日报》副刊《明珠》“他山之石”）

（三十二）答何贞兰女士

小令中之虚字

词中之衬字，即虚字之谓，非如曲中之衬字也。衬字最多三字，只可用于长调。小令中以一字为最好，三字则宜绝对少用也。其用法甚多，殊难一一举例。兹将用于首句尾句中者，就忆想所及，列一表如下。

用于句首者：有想正纵但奈已恐怕是待记又算漫恁似料更念看只恰（正面用），况甚岂怎问（反问用）

用于句中者：又也乍了是都似莫休可犹（其余不限于一字，从略）

用于句尾者：也了是得绝在矣者耳（此三字在小令中甚难用，录之聊备一格），些（叶平），休（以上顺用），何么否未（以上反用）

以上所举，不过一斑。且大抵如是，亦不必看死，所谓神而明之，存乎其人也。

（原载 1926 年 10 月 10 日《世界日报》副刊《明珠》“他山之石”）

（三十三）复万先生

五指与无子

哀梨先生：

读十月六日，本报“艺海一勺”栏，载先生所作之小戏评，有关于《状元谱》之一小段。文为“《状元谱》张公道问陈员外有几个儿子，陈员外伸五指表示无子，若陈员外者，真可谓善谐声者矣。然于理似未可通”。此戏仆于日前曾在中和观过一次，忆及演至张公道问陈员外有几个儿子时，陈员外伸手一摸胡子，随口应了一声，吾么？后遂俯首太息不言。观此种动作，好像表示自己年老无子，被人一问触景伤怀，有说不出之一种苦衷。先生所谓陈员外伸五指表示无子一节，想有误会矣。未知先生以为然否？

万拜手

哀梨附复

足下疑吾言乎，请录剧本一段为证。（丑）请问员外，有几位令郎公子？（生）我么。咳！（丑）啊！我问道员外有几位令郎公子，他伸了五个指头，莫非有五个儿子？待我问问陈芝哥。陈芝哥！（院）何事？（丑）我问员外有几位令郎公子，他伸了五个指头，莫非有五位公子？（院）员外乏子无后。（录自《京调戏曲大观》第二册）

（原载1926年10月12日《世界日报》副刊《明珠》“免费邮筒”）

（三十四）复非誊手的文丐先生并投稿诸先生

请蝤先生出台

恨水先生并转蝤先生：

好久不见蝤先生的大作了。上月仆偶然吹毛，反对先生的门罗主义，承先生答复，说是并不一定主张如此，并说以后如果要有麻烦，请找恨水。蝤先生！你推得如此干净，就不露面了么？先生的意思，我很谅解。恨水大主笔居然把我的此话发表，真是赏脸，更无麻烦敢生出来。我只请蝤先生赶快出台罢。

非誊手的文丐谨肃

十月十一日

记者附按：像蝤先生和非誊手的文丐先生（一个名字真短，一个真长），彼此的谦让，真也不可多得。但是蝤先生于致非誊手（中略）先生之书以后，恰好不登台则别有故，非因非誊手之一度反对而逃。非誊手先生因此不安，亦误会也。

投稿诸先生鉴：

诸公赐稿，多有署却酬，而登出又来函索酬。敝社原不敢吝此区区之费，惟于结账时，发生极大困难。以后索酬之稿，均请注明，并书通信地址。否则以却酬论也。

恨水

（原载 1926 年 10 月 13 日《世界日报》副刊《明珠》“免费邮筒”）

（三十五）答陈逸飞君

学曲入门

制曲非仅文字之学，且为音乐之学，欲学曲而不懂音乐，如学英文者，不解拼音而谈翻译。故学词不过辨四声，而制曲更须辨五音，五音维何，宫商角徵羽是。宫商角徵羽者，即皮黄中之工尺上四合也。吾人如学制曲，当先随能昆曲者，学习昆曲。（北京授昆曲者，只是照套吹笛传授，何字属宫，何字属商，彼一概不知。但将南北曲学得数套之后，自己不难研究以悟之）此关既过，则照谱填词，应手成曲矣。

上就制曲而言也。若曰吾仅欲知曲之构造，何者为引子，何者为换头，何者为尾声，则是殊不难。只须购《九宫大成》一部读之，则曲之构造，与文字上所可学习者，已应有尽有。惟此书价值甚昂，在京师购之，当在百元以上，岂吾侪措大所能办？因陋就简，可费洋二三元，购《遏云阁》一部自相揣摩。此外《雍熙乐府》《绣余旧谱》等等，随便购置三四部，以资参考。至欲阅传奇，《桃花扇》《琵琶记》，立翁十种，大抵读之不至误事也。

仆于曲，亦粗知大概而已。偶填散套，乃供书案上玩视游戏之作，从不敢示人。以上所述，只是介绍可读之书云耳。

（原载 1926 年 10 月 21 日《世界日报》副刊《明珠》“他山之石”）

（三十六）论词答太瘦生

凡人初学填词，恒不免按谱造句，杂凑以成之，仆前此已言之屡矣。所录大著，亦正坐此病。其实填词之先，必学为近体诗，近体诗能朗朗可诵，则学小令甚易。诗未能达清顺之境，而便欲填词，则如未学算学者而学物理，任何聪明，不成章法也。

词中叠句叠韵，最难。斫轮老手，犹不敢尝试，遑论初学哉？调笑令起首两字叠句，坚不可易。大著风风雨雨，是叠字，非叠句，且平仄亦误。应作平仄平仄，非平平仄仄也。而六七两句，又必须颠倒第五句之末二字。如《白香词谱》所举王建句云：“谁复商量管弦？弦管，弦管，春草昭阳路断。”是必如“弦管”“管弦”四字，可互相颠倒，而天衣无缝者，始能用之（又末一句，叶第三句之仄韵，大著未叶韵）。否则成笑柄矣。

词之五字七字句，固有可以诗之绝句视之者，但有时为上一下四、上三下四之句，则迥不相同。好事近之两结句，皆为上一下四之句，作仄平平平仄（大著作仄仄平平仄，误）。试观“蝴蝶不随春去，入薰风池阁”两句，不甚明了乎？若此犹不经意，则难言之矣。

（原载 1926 年 10 月 28 日《世界日报》副刊《明珠》“他山之石”）

（三十七）答《夜光》读者

杨杏园未访何剑尘

十月二十八日所载《春明外史》，吴碧波赴何剑尘家，其过节云：“谈了一会儿，他二人到何剑尘家来。”此“他二人”三字，实系作者为文草率（仆有一毛病，为文不预构。必至用时，始草草成之。甚至排字房不能等，而以误卯一二词句），盖当作为吴碧波自向何剑尘家来也。不然，二十九日稿，吴何大议婚事，杨何以堪？日前某君来函（惜忘其名，歉甚）代为更正，又未发表。兹蒙某君函询，特刊正，以告读者。蒙读者如此注意，仆以后临稿，惟有谨慎，以符雅意耳。

（原载 1926 年 11 月 5 日《世界晚报》副刊《夜光》“免费邮筒”）

（三十八）复陈庚唐先生

白话文问题余波

恨老先生大鉴：

十一月五日《夜光》中有知非君的《我恐怕……》佚文，把我骂了个狗血淋头。但这我却并不生气，而且早就想给他个答复，除热诚的敬领教益外，也将他误会了我的地方，加以相当的说明。不过这几天我却很忙，没有法子提笔；也不知恨老先生肯否把我给他的信发表。所以现在要预先的请恨老先生费点神令人在排字房里将我那篇《白话的创始问题》找了出来，以作我给他说明的一个证据。这固然是麻烦人到万分的事情，但知非君所说：白话与白话文竟是一家，及该文“话虽如此”一段，都有以原文证明的必要，我想先生也许能俯如所请的吧。

顺颂

撰安

陈庚唐上

十一月十日

恨水按：此事实在无法办理，只好候先生稍暇，文以驳之耳。

（原载 1926 年 11 月 13 日《世界晚报》副刊《夜光》“免费邮筒”）

（三十九）复青草先生

怪他则甚

青草先生：

得示，甚感。我是旧文学界的不屑弟子，又是新学者所鄙弃的臭文丐。据我想，我这种不新不旧的态度，作出来的东西，当然也不新不旧，什么调和，骑墙而已。不过大教授们既然表示不满，至少看了《春明外史》一眼，这也就不胜荣幸之至。怪他则甚？骂尤不敢了。

恨水谨复

（原载1926年11月18日《世界晚报》副刊《夜光》“免费邮筒”）

（四十）复博峰先生

商榷我们是欢迎的

博峰先生：

尊示拜悉。展阅数过，趣则趣矣，却不知尊意所在。若说编辑先生必要受人的恭维方肯登稿子，阁下恐怕有些误会。至于和编辑捣麻烦呢，麻烦得有趣，倒也可以登。日前有人写信给我们，上天下地，牛头不对马嘴，骂了一顿。我数一数别字带笔误，共有十一个之多，也就好笑死人。他最后还声明一句，登是要酬金的。我想编辑先生有这样一副贱骨头吗？除此之外，和我们正式的商榷文字，我们是欢迎的。特复。

记者

附原函

《明珠》先生：

近来草了好几篇臭稿子，预借先生的地盘一用。但是我的许多许多朋友，都连二连三地挡我的驾！我以为他们看了我的稿子，觉得不顺眼，而来这一手，免得我现丑。及我追问了他们以后，反说出一段责难先生的话。我看他们或许是面子上要客气，所以如此以搪塞我。然而他们所责难先生的话，若用科学的方法分解一下，而取同舍异，倒也有几样成分，为先生过去的历史上所有的。故不妨向先生翻一翻“老婆舌头”。他说：因在十六分天下有其一的《明珠》上便登刊的文章，向例是有薄酬的，所以一般墨客争相晋谒，生恐被拒不见，而尝闭门羹之辛味，致有以“明如镜，清似水”的一尺五高帽子作礼，以求其“不惜阶前盈尺之地，而使其扬眉吐气”。更有因无相当礼物，反以“眼差……”等檄文大兴问罪之师！你瞧！你的稿上，既无“明如镜，清似水……”等字样，又无草檄举旗的勇气，结果，不是换洋取灯，便是扔进毛厕，这何苦呢？还是请你坐那儿坐着！不用劳驾了。不然，你试作上一篇稿子寄去，十有八九不登，假使破例登刊，我恐怕原定的轮流登刊而被挤丢的某，或某，不敢定还要大兴问罪之师呢！或竟转其锋而及捻笔的你，彼时你将悔不听关通之言哩！他们走后，我就写了这几句话奉上，而把我那几篇稿子折起，预备换洋取灯的来了，我自个去同他交易，不劳贵处差人的大驾！假使因我翻了这几句话，而生其他枝叶，那我那儿能管得了许多，只好用一用某君的摇头法了。

博峰

十一月二十一日

（原载 1926 年 11 月 25 日《世界日报》副刊《明珠》“免费邮筒”）

（四十一）复凡鸟先生函

凡鸟弟：

外史、光报，都收到了。劳驾！

水

（原载 1926 年 12 月 4 日《世界日报》副刊《明珠》“免费邮筒”）

【注】“凡鸟”系马彦祥。

（四十二）复负生、确生先生

负生、确生二先生鉴：

上月份所登大著，略有薄酬，请示知地点，以便将通知书奉上。

水

（原载 1926 年 12 月 13 日《世界日报》副刊《明珠》“免费邮筒”）

（四十三）复实一、知一先生

实一、知一两先生鉴：

示悉，容下月份一并补上。实君笔记稿，另函寄还。

水

（原载 1926 年 12 月 18 日《世界日报》副刊《明珠》“免费邮筒”）

（四十四）答殷可光君

帮喘生君姓全，并非张慰慈君。张慰慈君之作，弟亦曾看过一遍，与帮喘生之文，仿佛不相同。因为日已久，不能记忆矣。帮喘生君是否抄袭，此事有证明之必要。请阁下指出《晨报副刊》日期，当一对之。同时并望帮喘生君有以自白也。谨复。

附来函

恨水先生鉴：

连日在《夜光》“趣之素”栏内，登载《养妻如养虎》一文，著者署名帮喘生。此篇作品，曾见诸数月前之《晨报副刊》。作者系张君慰慈。兹鄙人所欲问者，则帮喘生与张君不知是一是二，若不是一人，则抄袭家之问题，又发生矣。乞示知。

顺请

撰安

殷可光上

十二月十八日

（原载1926年12月20日《世界晚报》副刊《夜光》“免费邮筒”）

（四十五）复孟斧、芙萍先生

孟斧先生鉴：

大作收到，颇似张织云，容制版于明年发表，并谢厚赐。

水

芙萍先生鉴：

尊著《老妈妈论大纲》，近来颇多欧化语，恐非二十世纪之老妈妈所能为，乞注意。

水

（原载1926年12月23日《世界日报》副刊《明珠》“免费邮筒”）

（四十六）答刘燕桂君

示悉，第二集止于此矣。赓续十四回一层，则殊不必，盖稗官虽小道，彼亦自有其章法，到收束时间，不得不收束也。惟仆以读者诸君既深嗜痂，亦不妨勉奋余勇。拟自明年正月起，再续一集。其章法一如一集集之与二集割之固为一部，合之亦仍是一部也。至杨杏园与李冬青之结局如何，足下不妨当一哑谜猜之。若必如事先道破，则味同嚼蜡矣。

（原载1926年12月23日《世界晚报》副刊《夜光》“免费邮筒”）

【注】此信系张恨水回复读者刘燕桂关于《春明外史》第二集即将结束的有关问题。《春明外史》第二集共十三回，1927年1月31日连载完毕。因值春节，《春明外史》第三集自1927年3月5日开始连载。

（四十七）敬告读者：关于马凡鸟道歉

马凡鸟登报道歉这桩事，因为《语丝》上曾一度提到，就有许多朋友问我，究竟是怎么一回事？我也曾说过，凡鸟有一封很详细的信给我，业已为《大同晚报》索去在晚报上发表了。不过问我的人，都已忽略过去，未曾看过，不容我不再说一遍。原来马凡鸟在上海，曾和几个朋友办一张小报，三日一刊，名曰《爱丝》。《爱丝》的一半，是专门讨论戏剧的（也可以说是专门攻击海派旧剧）。在若干次上，凡鸟曾做了一篇《旧剧破产》，大骂上海伶人和票友（原文见诸“免费邮筒”），于是得罪了海派四凶之首的小达子。他在伶界联合会开会，组织敢死队身带手枪，要拆《爱丝》报馆，打死马凡鸟。其中有人早得消息，托该会会长潘月樵转圜，由《爱丝》报马凡鸟情亏理补，定了许多条件。而实行的，却是登报道歉这一条。据凡鸟来信说：他原想硬干到底，可是（一）在上海不能立足了，要牺牲学业（不能在复旦读书）；（二）恐怕连累朋友，只得照办了。当条件议好之时，敢死队的汽车，已经出发，可谓险矣。

其实，我们看看那篇《旧剧破产》，虽然措词稍为激烈，仍旧是在艺术上立论，何至于令小达子和马凡鸟以死相拼？而马凡鸟又何至受伶人处以死刑？设若当日敢死队真找着了马凡鸟，将他打死难道也不用得偿命吗？这个问题，我倒是很疑惑的。我想我也有到上海去的日子，怎敢得罪这些带手枪的名伶，也不愿说什么了。将马凡鸟寄来的那篇《旧剧破产》，公诸读者罢！现在的文坛上，真是遍地荆棘呀！

（原载1926年12月27日《世界日报》副刊《明珠》）

附

友彝、春冰两位仁兄请了：

昨天接到恨水的信，才知道你们为了我和伶界联合会的事情而不平，并且替我在《晚霞》上帮拳，这是我万分感激的！现在我将这次惹祸的那篇《旧剧破产》附登在后面，请你们看一看。记得去年在《明珠》和《夜光》做稿子的时候，说话何等的方便，不料一到上海就吃亏了。详细情形，恨水都知道，我也不愿再说。总之，这次能够道歉了事，总算是万分的幸运。现在我打算暂时不谈戏，无聊的时候，就玩玩小报。希望你们和我通信！

弟凡鸟上

旧剧破产

上海的旧剧破产了，这话恐怕谁都不相信。上海的剧园有多少，锣鼓震天的响着，怎么说旧剧破产了呢？诸位当真不信吗？且听我道来。旧剧的精华是什么？旧剧何以能够延迟他的生命？这是个问题，凡是稍微有些戏学常识的人，一定回答说，旧剧的精华是“唱”和“做”。旧剧之所以能延迟生命者，就是依着“唱”和“做”。因为旧剧除了这两事以外，实在说不到有什么价值。剧本这样的陈旧，剧词这样的不通，能说是旧剧的精华？从前新剧反对旧剧，说旧剧思想太腐败，这话的确可以承认。不过他们又主张要废“唱”“做”，这就外行了（理由容当别论）。何怪乎他们要失败呢！总而言之，统而言之，旧剧的保存，完全是“唱”“做”的势力。反过来说，若无“唱”无“做”，就不称其为旧剧了。上海本不是旧剧的发源地，旧剧不能发达，当然也是意中的事。所以像小达子、常春恒、毛韵珂、麒麟童、王灵珠、刘晓衡、高百岁、赵如泉、刘四立、赵君玉等名伶，居然亦有混饭的地方。他们如果能够把这些野狐禅的本领，安安分分的混下去，倒也罢了。好在上海人多半是曲辫子，决不会和你来斤斤较量。哪知他们还不知足，放却旧戏不唱，偏偏弄些头本二本的玩意来蒙人，把旧有的艺术废去不用，却用些油腔滑调的什么联弹。至于做，更不必说，既无所谓台步，又无所谓身段，妖形怪状，不知是些什么东西，旧剧弄到这般田地，还可以称为旧剧吗？有人说，凡鸟，你何必这样愤懑，海派伶人诚然混蛋，不过近来上海票房林立，票友无虑数千，旧剧的局面还有他们来支持，未始不可乐观。我说不提起票友二字，还则罢了。提起了票友二字，更令我心痛。所谓票友者，原是以研究旧剧为宗旨的，其品格自高伶人一等。然而上海的票友如何呢？大半是因为家里有几个臭钱，没事干，拿玩票来当作一件消遣的事。有些人还把票房当作交际的场所，出风头的地方。请问抱这种目的去做票友，还有什么出息？诸位不信，我可以举一个例，北京的票房，总计起来，数目并不在上海之下，彩排的事情，却不多见。上海则不然，票友每月都有彩排，这不是出风头主义是什么？要知票友的性质，并不是仅仅在乎学几曲戏，预备应酬之用，第一是要研究戏剧的内容，如何可以改良戏剧，其次才是实际练习，既然在研究，则练习的当然应当注重艺术方面。记得前次兰社彩排，有位票友竟公演十八扯，唉，这就是所谓上海票友的成绩吗？旧剧破产，真真的破产了。

【附】

恨水兄：

收到二十七日的报，《明珠》栏中有你代我向京中诸君报告道歉事的一篇大作，感甚感甚！你说："他们将马凡鸟打死了，难道不要偿命吗？这一点，我有点怀疑。"呀，老哥！你大概是多年来未到上海来，所以有这怀疑。所谓敢死队者，本来是一般亡命之徒。只要你有钱给他们，什么事都能办得到。假如真真打死了我，他们被拘了起来，他们至死也决不曾供出是谁的主谋或谁的主使。好在家里一切都已有人供养，此外师门责任都不用担负。那种人本来不要性命，更何况有大老在后面抱腰！总之，在上海过日子，只要有钱，不怕多难的事，都可以达到目的；反之，没有钱，就只好做小瘪三。年假里有暇打算写些上海的黑幕给《明珠》《夜光》，现在恕我实在没有空。又你所说伶界联合会长"潘月樵"，系"夏月润"之误。

弟凡鸟上

（原载1927年1月8日《世界日报》副刊《明珠》"免费邮简"）

一九二七年

（一）答恨恨先生并更正

恨恨先生鉴：

所问亦是。谬奖我至于如此，真不敢当。好在第二集，结束非遥，足下固耐心等候可也。否则听足下恨我而已。一笑。

恨水敬复

更　正

十五年十二月三十日本栏，《春明外史》中，李冬青致杨杏园信，首句“杏园吾兄”，“兄”字被手民植为“儿”字。事后曾经天然、飞梦、春明旧友、阅报人四君来函，要求更正。而阅报人且以牺牲一分邮票为言。按此“儿”字之误尽人皆知，本可不更正。恐劳读者再耗邮票，特更正如右。

（原载 1927 年 1 月 5 日《世界晚报》副刊《夜光》“免费邮筒”）

【注】信中“第二集”，指正在连载的《春明外史》第二集。“更正”中“十五年”指 1926 年。

（二）复依润先生

依润先生鉴：

手示已悉。《柳外听莺录》，虽为憔悴生之作，而足下欲借此题目一角，向戒捧角（谩骂亦不取），只在艺术上立论。至此虽则游戏性质，皮里阳秋，意在言外。禹鼎温犀，要未敢自负，而亦闻者足戒耳。凡文字隽永、意有所托之此类稿件，极端欢迎。至低限度，每千字酬洋一元。如欲加铜版，则由投稿者自制（华昌制版局所制者颇佳）。以五号字一十二字长为限。特此奉闻。

记者

（原载 1927 年 1 月 6 日《世界日报》副刊《明珠》“免费邮筒”）

（三）驳复虎太岁

虎太岁向不才提出抗议，欲补足阴历十一月二十八日起，至十二月二十九日止，三十二天任期。于字面观之，理由若甚充足。然而虎太岁误矣。

虎太岁自谓从有干支以来，即系按建寅之法到任值岁。此涉及考古问题，是否姑置不论。然此届虎太岁接事，系在阳历去年之一月一号乎？抑在阴历今年之正月初一日乎？若说是正月初一日，试问阴历去年十一月十六日（即阳历去年一月一日），我们曾在《夜光》上，举行送公牛，牛太岁何以默认焉？岂由去年十一月十六日至十二月三十日，其间尊太岁并未接办，流年让他空过去乎？且阳历去年一月一日，本《明珠》当天曾发表一篇《虎头先生传》，为阁下接风，阁下固未表示拒绝可作明证也。接事既早，交代自然也要早。接事是用阳历，交代自然也有阳历。事有必至，理所固然，何难何疑？尊虎太岁既用阳历接事，又要用阴历交代。前者是乎？则欺彼兔。后者是乎？则欺彼牛。二者必居其一于此矣。

吾人既于阳历一月一日迎公来，于十二月三十日送公去，以礼始，以礼终，无逾于此者。而阁下犹曰小记者无理焉，则亦听之而已。

（原载 1927 年 1 月 9 日《世界日报》副刊《明珠》）

【注】本文是针对1927年1月8日《明珠》所刊发署名“虎太岁”的《小记者不得无礼》的文章而作的回复。“小记者”系张恨水笔名。附录原文如下：

小记者不得无礼（虎太岁）

呔！想俺虎太岁自轩辕氏登极以来，即奉玉皇大帝敕旨，与鼠牛众家弟兄轮流值岁，每隔十二个年头更换一回，数千年来，未改成例。不料昨读《明珠》，乃见有小记者《欢迎老虎归山》的一篇文字，肆口谩骂，把俺虎族奚落得不值半文，真是岂有此理！看小记者作那篇文的用意，明是因为阳历年关正到，想乘此时机推翻本太岁，拥戴兔子上台！小记者，你可是妄想了。

你要知道，所谓阳历年者，无非是洋历年而已。说到这里，不能不归咎于老猪，他在辛亥那年值岁的任上，闹得翻江搅海，虽说是把清帝赶跑了，造成这么一个乌七八糟的中华民国，却偏要用上这阳历年，和国际帝国主义者取同一的步调，致使你小记者今日有题目可抓。可是话又说回来，俺们众家弟兄是不承认这牢什子的阳历年的。所以不轮到值岁，自然一休息就休息十二年，并没有要上台的野心；但是既然值岁，那就非干完三百六十多天，候任期满了不能走。总而言之，阴历年关一日未到，本太岁即不能一日卸责，小记者呀！你此刻要想拥戴兔子，未免太不识时务了。

现在阳历年关，已经过了。你顺着我的手瞧，兔子不是蹲在那边么，他无论怎样聪明圆滑，也不敢过来叫本太岁打交代呀！何况你小记者所拥戴的，乃是一只外国养的兔子，那你只好吓吓洋老虎罢了。你想，菩萨作总统已是好些年前的事，到现在还想大喊一声“补足八十三天的任期”；那么本太岁现在未满任的三十多天，应当由本太岁继续执行职权，正式“名正言顺”，谁敢道半个不字！难道你小记者敢说本太岁是恋栈道么？

还有某某两家报纸，趁着阳历年关，大出增刊，替兔子颂扬功德，却忘了俺虎太岁依然高高在上，握着这一年的大权。本太岁现在不忍不教而诛，对于他们那些发行兔子专号的报纸和你小记者，特加警告：如果再要迎兔拒我，对俺虎族妄加抵骂，本太岁那时虽不作暴虎冯河，也总要使你谈虎色变哩。

（四）再复虎太岁

小记者好大胆（虎太岁）

本太岁因为小记者在俺任期未满之前便要欢迎兔子，所以郑重宣言，辟其谬妄。俺的宣言，本来就是“仰军民人等一体知悉，切切此布”的玩意儿，不过以非正式的体裁发表，正是上海人说的“客气一额”就是了。想不到小记者不知悔悟前非，对于本太岁的宣言，反敢加以驳复，并且开头一句话，便说我向他提出抗议，大有与本太岁平等对敌之势力。试想俺太岁地位何等高崇，岂能向记者提出对等的抗议？何况你还是小记者呢！但是你小记者既然驳复，本太岁也不能不纡尊降贵，和你解释一下；并且很佩服你敢捋虎须，真是“旗杆顶上捆鸡毛——好大胆子”了！闲话丢开，你且静听。

本太岁造就声明，俺们众家弟兄是按阴历交代，从不承认牢什子的阳历的。小记者乃问本太岁是从哪天接任，那我可以回答，是阴历今年正月初一日，并不是去年十一月十六日（阴历十五年一月一日）起始的。说到这里，使我想起一件事，就是阴历今年元旦，我走马上任和我们牛二哥打交代的时候，他对我连连摇头叹气，说是《明珠》和《夜光》的记者太欺负他，在卸任前一个半月，就想赶他滚蛋。并且本太岁当时听他的口气，似乎疑惑《明珠》记者对我捧场，系出我的指使。我因此赶紧握住他的手，向他解释道：“我们谊属袍泽，情如手足，望二哥不要受人离间，坏了自家弟兄的义气。”他听了这话，才笑着往天宫而去。今天你小记者不提起来倒还罢了，提将起来，更使本太岁心里难过。你以为我们牛二哥，默认你举行送公牛的话么？只因他去年值岁，南征北讨，打了一年的仗，弄得精疲力竭，他又不及他远祖牛魔王的威风与笨的大力，所以不曾和你小记者算账罢了。假如他也和本太岁一样“其势虎虎”，恐怕你小记者早就吓糊涂了呢。所以本太岁按阴历而来，当然按阴历而去，除夕过了，我自然辞职下野，还我初服，用不着你小记者在旁摇旗呐喊。你须知道，天国行政，是采中央集权制的，玉皇大帝圣旨未到，本太岁自然不交代，我那位兔老弟也自然不来接任的。你小记者说我欺牛欺兔，二者必居其一，那是完全造谣。我下野时，当有通电，区区此心，可质天日，你小记者休再开口，否则莫怪老虎不讲情面了。

小记者按：我实在忙，没有功夫打笔墨官司。虎太岁既然一枪紧一枪，杀了过来，我不但无抵御之功，而且也就无招架之力。只好退避三舍，喊一声：杀败了呀杀败了。又喊一声：巴图鲁，收兵。

又按：戏台上尝云：某某杀法厉害，他若来时，法宝伤他（或马桶盖扬他）。仆连此声，亦不敢喊也。

（原载 1927 年 1 月 12 日《世界日报》副刊《明珠》）

【注】1927 年 2 月 1 日《世界日报》副刊《明珠》刊发《虎太岁辞职通电》以结束本次讨论。

虎太岁辞职通电（虎太岁）

千万火急，世界日报社《明珠》小记者转全国父老兄弟诸姑姊妹公鉴，本太岁谬蒙玉皇大帝知遇，付以值岁之重责，受命以来，时值陨越，夙夜忧惕，不敢告劳。然当本太岁莅任之初，适逢群魔王下界之会，致使中原鼎沸，烽火连天，社会人士不悉真情，反以本太岁为怨府。即财政方面，罗掘俱穷。而一般贫士灾官，对于本太岁，亦复不加体谅，以为玄坛赵公，乃吾旧主，挹注款项，必可通融。殊不知年来政出多门，财神毫无自主之能力，赵公虽有金鞭在手，而无银票随身，本太岁屡次干求，终无裨益。苍茫四顾，惶惶交萦！因曾表奏玉皇，恳令罢免。乃荷温语慰勉，责以大义，瓜期未届，令勿固辞。重违纶音，益深感奋，遂复继续视事，振我虎威。

不料世人盲目，愈滋误会，对本太岁，时肆阴谋。阳历年关，仅为洋奴律习惯之令节，原非本太岁任满之日期，而各报多大出增刊，特捧兔子，用心实不可问。即《明珠》小记者，素以明白透亮知名，竟亦取瑟而歌，随声附和，经本太岁再三开导，始克悔悟前非。本太岁当时曾有“任满即去”

之言，幸获国人谅解。兹当去日之日，谨述在任始终情形，以昭大信于天下。所望邦人君子，同德一心，勿为兔子所欺凌，勿受兔子之同化。十二年后，重见匪遥；临别赠言，诸希鉴察。

丙寅值年太岁虎风从印东（一日）

（五）答知一君问

答知一君问（恨水）

◎题关于张恨水

欠通名字不关渠，下第刘蕡自腹虚。
正似一江春水绿，此君有恨恰何如？

灰尽雄心未解痴，替人儿女说相思。
著书自卖长安赋，终胜沿街鼓板时。

画马先须化马身，稗官好处在传神。
此时若怕伤忠厚，画鬼都应画美人。

语不惊人死不休，心肝呕出果何求？
平生老实天知道，大悔牺牲在笔头。

那得量珠在客边，更非张绪似当年。
人间亦有痴于我，何必奇由自己传。

附

关于张恨水（知一）

作文章的题目要时髦，我记得某名流某学者某青年著作家作过

《关于女师大》《关于鲁迅》《关于……》等等，很漂亮而引人注意的。所以我权当一回犇手，下不为例就是了。

读《世界日报》和《世界晚报》者大抵没有不看《明珠》同《夜光》的，而看《明珠》《夜光》者大抵没有不知道张恨水的，这话我想一定很合逻辑的了。社会上仅从文字上认识张恨水的人们，对于他究竟有一种什么印象呢？这实在是一个有趣味的问题，不但读者要问，我想张恨翁也一定想听下文的。现在把我听来的话，写在后面。

前天有位同乡请我到大栅栏厚德福吃饭，同席十几位先生老爷们，我半个都不认识，大约尽是主人的同事同学，什么科长局员之类。我因为不认识他们，倒乐得低头拼命吃两作鱼，一面听他们说话，慢慢谈到张恨翁了。

甲（对乙说）：近来闷得无聊。你说把《春明外史》借给我看看，哪天我到你那里来取吧。

乙：好好！《春明外史》不可不看一下，不过那已经出版的初集是有许多背景的，你若明白书中的真事实，看起来必定更有意思。

丙：那倒不然，就书看书得了。不过社会小说总是描写得太刻薄，读这样书的人越多，我们可以断定一般人越尖刻越滑头。作这类小说的更不必提，张恨水就是其中的一个。

甲（望着丙笑）：刘先生又要发议论了。

丁：刘先生这话，我不赞成。张恨水作《春明外史》，描写得并不过火，不像李涵秋似的。至于社会小说的刻薄，那是免不了的事，因为社会本来是这样。

戊（慢慢的说）：张恨水，聪明是有一点，名字不通……

己（抢着说）：对啦！“恨水”两字好像唱文明新剧的小生用的名字一样。

甲（望着己）：你不懂得。“智者乐水，仁者乐山”，他用“恨水”两字，我想一定是自恨他太聪明了。

乙（摇头）：牵强附会，牵强附会！

甲（不服）：依你说，张恨水为什么用这两个字？

乙：依我说，他是贾宝玉的徒弟。宝二爷不是说过，“男人是泥做的，女人是水做的”，大概这位张先生是伤心人别有怀抱，有点厌恶女性，所以名叫恨水了。

甲：你这话也还有点道理。

丁：《春明外史》里的杨杏园，就是他自己吧？

乙：或者，也不尽然。人到了无可奈何，只好拿笔瞎胡诌，你别看他在纸上写的如火如荼，其实心里痛苦得很。

甲：大概张恨水很漂亮吧？

乙：那谁知道呀！总是二十多岁或三十上下的人。

戊(望着乙):你既不知道,何以断定他不是二十多岁或三十上下?

乙（点点头）：想当然耳！

戊：想不尽然。你安知他没有四十岁？

丙（把筷子一举）：吃回锅肉，别抬杠啦。

这时大家合作起来了，嘴都张开在那里吃肉，却听不见说话的声音。等到回锅肉吃完，他们的谈锋，便转到不“关于张恨水”的事情上面去了。

吃完了回家，我心里想着，张恨水究竟是个怎样的人，我也不曾见过，不妨把这话记出来问问他。请恨翁作一次模特儿，赤裸裸地表现给我们看看，恨翁你以为如何？

（原载 1927 年 1 月 31 日《世界日报》副刊《明珠》）

【注】对于“恨水”笔名的由来，张恨水在多个场合予以解释，这里是他第二次所作的公开解释。对知一君的疑问，张恨水以诗作答,诗中把自己与唐代诗人刘蕡相比,明确表示自己的才学比不上他,然而却与怀才不遇的刘蕡有着相同的愁和恨，正如一江春水不停地流动，没有尽头。

（六）春节敬告读者

春节蒙京内外友好赐柬，未能一一奉复。特此还祝诸友好，新春幸福无量。

张恨水鞠躬

（原载 1927 年 2 月 8 日《世界晚报》副刊《夜光》）

（七）复慧儿先生

慧儿先生：

我已久不作诗，填词则去夏曾偶为之，今亦不复过问矣。近日少年能作好诗者，间不乏人。词能朗朗上口者，则真十不得二三，大抵少年填词，非未入门径，不知所云；即读得百十阕词，寻章摘句拉杂成篇。陷于前一说者，自无可言。陷于后一说者，亦正令人见之头痛。生平作文，不喜晦涩、雕琢，即偶填词，亦坐此病。故甚有自知之明，而少为之耳。奖掖所不敢当了，君既有嗜痂之病，入内当填一二小令奉上。但对著者，未免佛头着粪耳。

恨水谨复

（原载 1927 年 3 月 4 日《世界日报》副刊《明珠》“免费邮筒”）

（八）告问《春明外史》者

《春明外史》第二集脱稿后，各方来函询问何日出版者，陆续不断。一一奉复，精力有所未能。概置不复，则良负盛意。或置或复，而又决无是理。此仆所引为困难之一事也。兹特一言奉告，以今日为对诸君公开之作复，以后恕不奉答。知我忙者，或当原谅也。

在仆原意，本拟脱稿后，即整理付印。继而慎重考虑，目前似非印书卖钱之时。仆一穷措大，筑台而印书，无此雅兴也。此其一。数月来，文债猬集，求二三小时工夫一入电影院，犹必预为之计。整理一部小说，多少要些工夫，我又懒为之矣。此其二。以此故，只得听之。若钱与工夫，二有一便，或可付印矣。仆最厌向人哭穷之事，上所云可以公开告爱《春明外史》者，非恨水有时习，好炫贫以鸣高也。

（原载 1927 年 3 月 15 日《世界晚报》副刊《夜光》“免费邮筒”）

（九）对读者的总答复

双赤君、弓长君：

贵校讲义，甚佳。但请直接寄来为妙，借省两君抄缮之苦。以为如何？

耳东君：

请勿太恶作剧。同人都是不堕情网的。再说冒为女性，阁下还有一事不在行。信纸既没有扑一扑粉，也没有滴一点香水呢。

意女士：

尊论甚佩。但现在潮流所趋，我们也只好今拜乎下了。大著未便发表。

西朔君：

《春明外史》第一集，报馆中还有一部，劝业场会及书社还有七八部，家里还有三四部（这是非卖品），此外没有了。所具是实。

明玉君：

都是我。

民大某君：

尊函所询，早在《夜光》发表矣。请查一查。

索隐君：

我对孟丽君、金友琴之赞许，完全是根藤艺术，我并不认得她们。平生最恶捧角，自己决不为此。但是我在报上，向来没有捧过她们，你何以知道？大概你是我的朋友，或者是我朋友的朋友。

记者

（原载 1927 年 3 月 28 日《世界日报》副刊《明珠》“免费邮筒”）

（十）复昔田、志西君

昔田君：

大示拜悉。尊作欲付□□，此亦文人结习，庸何伤？今之以新诗出集者夥矣，则旧诗出集，又何不可？至旧诗之能否存在，此为另一问题，吾人姑置之可耳。尊意欲得仆一序为乐，嗜痂之深，令我汗颜，仆窃恐有佛头着粪之讥也。惟君必欲致之者，迭蒙惠玉，义无可辞。俟文债稍宽，当有以报命焉。

恨水

志西君：

示悉，《春明外史》二集尚未出版，目前亦无暇及此。一集初版售罄，亦未再版也。

恨水

（原载 1927 年 4 月 20 日《世界日报》副刊《明珠》“免费邮筒”）

（十一）复陈耳君

遗一“起”字

陈耳君鉴：

示悉。该联系于“衬将起苍崖翠壁”句中，为手民遗丢一“起”字。特复。

记者

（原载1927年4月27日《世界晚报》副刊《夜光》“免费邮筒”）

（十二）复春梦君

春梦君鉴：

尊函已悉。本栏所载旧诗，并不限以时期。词亦所愿录。惟投来之稿，佳者极少，故未揭出耳。日内拟将自填之小令若干登载，以资引玉，读者如能以佳作见示，固极为欢迎耳。总之，《明珠》是向艺术方面做去，关于文艺之稿件，皆可登也。

记者

（原载1927年5月23日《世界日报》副刊《明珠》“免费邮筒”）

（十三）致画学会

中国画学研究会大鉴：

二十六日大札已拜读。惟关于画学团体问题之笔战，同人恐引起其他误会，昨已声明不登，尊函在声明以后收到，自未便揭载。

特此奉复，并乞原谅。

记者

（原载 1927 年 5 月 27 日《世界晚报》副刊《夜光》“免费邮筒”）

【注】此函系张恨水根据《夜光》刊登“画学问题讨论专号”而作的回复。

（十四）答惨绿少年

惨绿少年鉴：

示悉。欲学词，必先学诗。词，诗之余。不能诗，而能其余乎？仆无所知，承询聊贡一得。

恨水再拜

（原载 1927 年 6 月 3 日《世界日报》副刊《明珠》“免费邮筒”）

（十五）复左人君

左人先生：

大札拜读过，奖许之殷，溢于言表，进德无方，愈增惭感。吴敬梓书剑飘零，扬州客死。曹雪芹室家荒落，憔悴京华。二百年来，小说家抗手古人，垂诸不朽，宁有过于二公？然《儒林外史》《红楼梦》，非自著之而自刊之也。仆风前野马，草底秋萤，万万不足以拟二公之万一，而二公之所不能者，阁下乃欲责之于我，此亦过于重视我矣。近颇学佛，不敢作无病之呻吟，欲言不尽，诸惟亮察。来示未详所自，故代布焉。

恨水拜复

（原载 1927 年 6 月 15 日《世界晚报》副刊《夜光》“免费邮筒”）

（十六）复了了君

怎样入手?

了了君鉴：

我也是破题见第□。你问我，初来研究这个，怎样入手？我问你，入手又怎么样？我想处处有佛，处处便可会悟，倒不用得讲什么入手，拿首经便看，看了就放下，至于参什么禅，你一定要问我买些什么书，我现在照居士参禅提要，抄个单子给你。下面就是：中峰大师《参禅法语》一册。憨山德清大师《梦游集辑要》一册。《宗镜大纲》五册。《宗镜录》百卷。莲池大师《语录》一册。《显密圆通成佛心要集》一册。《般若心经直说》一册。《金刚般若经注解》一册。《楞严经正脉疏注》四册。得了，闻木稚香也未，吃茶去。

水

（原载 1927 年 6 月 19 日《世界日报》副刊《明珠》“免费邮筒”）

（十七）答芹青君

芹青先生：

大札拜悉。阁下所说“我儿夫”，是“我儿父”，自然有理。但是“夫”字是平声，“父”字是上声，二字清浊不同，很容易听出来的。那天密斯金所念，的确是“父”，不是“夫”，我们希望她成一个人才，就不应该去和她护短。

台步太大一层，我没有留意，大概阁下所说是对的。

至于说男伶女伶，能不能并论。我想除了生理上的不同而外，男女两方，谁也不能说比谁好。照理说，戏剧的角色，就该男演男，女演女，一律男女合演。我这话一说出来，好像不是北京城圈里人说的话，其实全世界早是如此，只有中国还有不知鸟之雌雄的东西罢了。说到此，你问我金友琴和男角比较起来，能占一个什么位子，就不必我答复了。再会。

半瓶醋斋

（原载 1927 年 6 月 21 日《世界日报》副刊《明珠》“免费邮筒”）

【注】此函是张恨水针对读者芹青先生来信《谈谈金友琴》而作的回复。来信刊发于 1927 年 6 月 20 日《世界日报》副刊《明珠》“免费邮筒”。“半瓶醋”是张恨水笔名。现将此信附后。

谈谈金友琴

半瓶醋先生：

我也是一个有福气的呢，金友琴演双曲的那天，我居然也躬逢了其会，花去三毛三，就足过一阵戏瘾，哈哈先生，来来你我一同笑笑吧！可是想起那天我跟先生就近在咫尺，却也识荆无缘，真叫人可恼啊可恨！大作《过了戏瘾以后》（题目记不清了，大概是如此吧），已拜读过了，真所谓句句经验之谈，钦佩已极，不过是我还有几句您没有说过的，和我有所疑问的话，要说一说，以求指教：一、美龙镇金友琴演来，大有与众不同之处，除先生已经说过之外，如预备酒席时，用手势表示出回忆推正德到客厅去的得意，又高视阔步学正德的情状；擦桌子时，桌子角碰痛了腰，便伸手去打，打得手痛，吹着手就又作别的事去了。凡此种种全是别开生面的创作，使这曲戏更活泼，更有精神。二、金友琴演汾河湾，盼丁山回窑时的台步，虽亦不失为稳重，但是走步走得太大了。按规矩说，青衣走一步，只五六寸的光景，而密斯金那天却有一尺多了。三、先生所说“我儿夫”的不通，我想许是“我儿父”二字音不过是四声上的小差异，或者先生把她听错了。并且妇人们，惯会扭捏，不称作“我的丈夫”，偏要说是“孩子的爹”，那如果是“我儿父”，岂不也就没有什么讲不通的了吗，您以为如何？

最后还有几句话要和您说的，您以为金友琴与男角比较起来，能占一个什么位置？我却是从看过金友琴的戏后，觉得坤伶并不见得比男角坏，不过这个意见，向来只是闷在我心里，而不曾敢溜出嘴角边的，因为在懂得戏的北京圈里，我这句话才一出口，那些“岂有此理”“胡说八道”的责骂之辞，就全来了。（哎呀！懂得戏的老爷们，我这句话是暗地里向半瓶醋斋说的，求您千万慈悲点，饶我一次，少骂一回吧）

（十八）戏的音韵问题答无知君

蒙无知先生看得起，提出戏韵问题来问我，其实，那是问道于盲了。不过盛意是不可违的，把我所知道的，凑合着答复在下面。

戏之辙一分十三，根据中州韵，就是河南的土音。现在把十三辙列出一个表来。

（1）中东辙

（2）人辰辙

（3）江阳辙

（4）发花辙（一作沙花）

（5）梭波辙

（6）衣齐辙

（7）怀来辙

（8）灰堆辙

（9）苗条辙（一作遥迢辙）

（10）由求辙

（11）言前辙

（12）姑苏辙

（13）迭雪辙（一作邪乜辙）

辙不分平仄，像上讲可以押江阳辙，就是一个证据，但是不合辙，是不许的。犯了这个毛病，叫作跳辙。

阴阳之分，在伶人很是难说。不过我们读过几本书的，反是容易些。大概阴平平直，阳平高重。这在国语学里面，说得很明白。而今唱戏的，十人九不懂，可以不必论。至于尖团呢，这纯是音的问题。能将唇齿舌腭的发音，弄得准确，尖团就不成问题。大概尖音限于齿头，音和唇音如“子”“此”“私”，如“拔”“泼”“末”“费”“物”，其余便是团音了。

一知半解，只能这样答复。可笑得很啦。

（原载1927年6月24日《世界日报》副刊《明珠》“半瓶醋戏谭”）

【注】张恨水青年时代曾经加入过文明剧团，爱看戏、谈戏，是位戏迷。“半瓶醋”既是他的笔名，也是谦称。“半瓶醋戏谭”是张恨水在《明珠》上开设的谈戏专栏。

此函是张恨水回答读者无知先生的问题。此问刊发于1927年6月22日《世界日报》副刊《明珠》“免费邮筒”。现附如下：

问戏韵

半瓶醋先生：

读君在《明珠》所披露之戏谈，甚佩。兹有戏词之韵的问题数点，提出质疑，幸不吝赐教。

（一）戏词之韵，谓之辙。着共闻十三，其名别能类举之否？

（二）作诗不许飞韵，唱戏当然相同，但尝披读戏剧大观，而背此例者甚多。如举世所习之莲英托兆，全词皆阳韵，而中有句云：好一似，双把刀，刺在胸怀。何故？

（三）尖团之别，阴阳之分，虽听戏极有程度者，不能道其所以然，有简单之法，以辨别之否？

足下戏学，既自谦曰半瓶，至少必至八斗，对此入门之法，谅一一道之也。

无知再拜

（十九）复吴明女士

公开一封信

我今有一篇稿子，《明其妙之奥哩》，想沾光一般的在《明珠》栏夺个位置，是否可能？

我今在《明其妙之奥哩》篇的署名加上了“女士”两个字，表面上看起来好像是自尊的呼女士；或者像是冒牌女士以负胜利能得《明珠》栏的光顾的发表似的，其实都不是，我在我名字底下添上“女士”两字的理由，无非是表示性的区别而已，如果不是这样的来区别，你们或他们一定说这是一位男士做的稿，而我从来不会做文章，像这样的稿，若还误认为男先生们做的，岂不太扫了你们或他们恶脸吗？所以我很诚恳的在小名底下加上“女士”两字，或许有些冒昧，那么还要请主笔先生原谅！

今附稿奉上邮票一封，如够不上发表时，请即寄还“国立□□校交”，我便是。（请千万用信封封好）

如果是有可能的发表时，那么还希望主笔先生为我改一改，我是诚恳的请求与盼望着——因为我从来就没有投过稿。

像我这样一个投稿人的啰嗦，你是少见吧？对不起得很，请原谅！

此致

《世界日报》大主笔台鉴

吴明谨启

七月二十八日

有人问：吴明女士，是否冒充？我只好隐去地名，将原信公开，让人去猜吧。（记者）

（原载1927年7月5日《世界日报》副刊《明珠》“免费邮筒”）

（二十）复流浪先生

增加笔记

流浪先生：

大札拜悉，甚善甚善。《明珠》增加笔记，走久有此意。惟有数事，颇感困难，为述于下：

（1）投来者多荒诞不经之稿，与吾人思想冲突。

（2）笔记无非旧事，各有所闻，偶不慎选，如下剪刀矣。

（3）白话者不适用。因笔记必短练始贵，白话恒不免拖沓也。

（4）笔记如徒意为文，又读之乏味。

因此种种，始终在考虑中。近得清事拾零二三十则，拟即发表，以后仍当陆续搜罗也。

特复！

编者

（原载 1927 年 7 月 8 日《世界日报》副刊《明珠》“免费邮简”）

（二十一）答复一鳌先生并更正

答复并更正

一鳌先生：

大作是由左写到右，而且又是铅笔写的，不是手民有三千年道行，不知要弄到什么地步。据来函，一不过错了两个字，要算例外了。“个”字错为“了”字，那是的确错了。“咒骂”变为“笑哭骂”，本来大样上是“哭骂”，校大样的时候，我觉“哭骂”说不过去，把“哭”字改为了“笑”字。不料“笑”字添上，“哭”字又没删去，所以错得这样。以后是铅笔写的大作，或是行列由左写到右，实在没法子排（两面写的也是一样），只好割爱了。

顺此向诸位投稿先生声明一句。

编者

（原载 1927 年 7 月 18 日《世界日报》副刊《明珠》“免费邮筒”）

（二十二）复云天先生

本珠之口味

云天先生：

大示已悉。蒙惠珠玉，极所感激。惟本栏之目的，向来为“卑之毋甚高论”。北京人所谓，不过撩着诸位打个哈哈。其涉及堂堂正正之题目，与本珠体裁不合。勉强发表，则是小户人家吃烧烤全席，恐徒惹人之讪笑也。前寄三篇大作，第一篇之发表，吾人已觉近于燕菜，偶一尝之，未尝不可。后二篇，则是真真熊掌鹿胎，实不敢尝。至昨来之第四篇，颇类南式小吃，故已于今日发表矣。

特复！

编者

（原载 1927 年 7 月 23 日《世界日报》副刊《明珠》“免费邮筒”）

（二十三）告读者诸位先生

热定思热

读者诸位先生：

今天发表两篇“热”的文章，适在天阴之后，似乎有些过时了。

但是，古人有痛定思痛，我们何妨热定思热？这样热的文章，让诸位汗出如浆的时候去看，恐怕有些火星直冒。如今天气凉了，这时候看着打个哈哈，似乎比较的有味了。再说，诸位今日看报，自然是在一个很凉爽的早上，坐在南风窗下，很自在的看。可是您还得念着人家写稿子的时候，正是汗出如浆哩。

编者

（原载 1927 年 7 月 29 日《世界日报》副刊《明珠》“免费邮筒”）

（二十四）答国大一幼稚分子

大示拜复。兹有一言，敢贡高明。幼稚行动，左右派皆痛抵之。故幼稚分子，决非国民党。足下自承国大一幼稚分子，吾已知君矣。吾人主张不同不妨分道而扬镳，吾人曰打倒幼稚分子，君亦不妨曰：打倒“打倒幼稚分子者”。若为无理性的谩骂，此非有主义者之所为，君等所标榜之主义，非一切均等乎？大示骂吾人为坤，又骂吾人为奴，以坤与奴并论，何其重男而轻女耶？侮辱女性至于此极，于尔安乎？足下引钱某某君言之，以相责难。钱君于五四之间，颇好骂人，以是知名。吾人倡办《世界日报》时，有二三北京大学生，欲以其人之道反治其人之身，乃时以戏谑之词（见《世界日报·明珠》），因此，钱君颇不满意于编者，此亦人情，无足怪也。至钱君与刘某某之抬杠，骂及吾人，似为报复主义。但考其原因，则又别有所在。编者乃不免为人受过。但数月来某颇致力于佛学，对于以前所为深自忏悔。故仆所编之报近来对于主义，尽有批评，决不攻击个人。对弈钱君，无论其所言如何，敬当视为忠言，不愿再与驳诘，足下引其言以自壮，或不无少误耳。国人对于君等幼稚行动之不能谅解，君等或亦自知之。欲免人之打倒，当求所以不倒，空恨人之反对，无益也。足下前途未可限量，不能并此不知，某不能已于言，遂信笔书之耳。《夜光》《明珠》之稿，无论人作我作，我皆负责，足下时有肯为有理性的赐教，固乐闻耳。

《夜光》编者谨复

（原载1927年7月29日《世界晚报》副刊《夜光》“免费邮筒”）

（二十五）再答幼稚分子

复蒙赐函，甚感不耻下问。然足下此函似愈谈而愈离题矣。惟有两点，尚不得不答：

（1）吾人所知君者，除国大一幼稚分子而外，不知君为如何人。虽来示信封上，曾署有一姓字，吾人不敢必此即君之真姓也。而君乃曰吾人有心临害故意宣传。我敢问君，吾人将用何法以加害于人海茫茫不知为谁之幼稚分子乎？一幼稚分子五字，在算式中同于X，在文字中同于某甲，君乃以吾人为笨伯，欲加害此人尽可称之某甲耶？君为此语一自思之，得毋哑然？

（2）君以幼稚分子，与少年并称，一再以萌芽为喻。果尔，吾人可以从此搁笔矣。吾人所谓应打倒之幼稚分子，不但不从年龄上分之，亦非从学问上分之，（人无生而知者，自必有幼稚时代）盖指汪精卫口中所谓在两湖有越轨行动之分子也。此等分子，为流氓痞子之变相物。犹之称老朽分子，为无新思想而掌权者，绝非指老年人也。君并此而不辨，吾尚何言？夫记者亦非老人也，若倡打倒少年，非自打倒乎？且人从无老时，必有幼时，若遇幼稚者必打倒，则我何从自来？君在少年，颇多读书，遇事略加思索，而后发言，勿徒无的放矢也。

编者

（原载 1927 年 8 月 4 日《世界晚报》副刊《夜光》“免费邮筒”）

（二十六）答李映枢君

大示拜悉，远道赐书，足征垂盼之深。《金粉世家》之稿，是某逐日撰述，并非夙构，提早排印，殊难办到，成十余回后，或可先出单行本耳。五原远在边陲，开通未久，其间风土人情，当多为世人所未悉。足下若能择其一二，录以赐告，则甚感焉。专复。

恨水

（原载 1927 年 8 月 9 日《世界日报》副刊《明珠》“免费邮筒”）

（二十七）复无聊先生

无聊先生：

尊稿未便发表。如需原稿，请示姓名地址，当可奉还。

编者

（原载 1927 年 8 月 16 日《世界日报》副刊《明珠》“免费邮筒”）

（二十八）答归鸿君

此调不弹，生疏已久。足下住址何在，请函告，当勉为之，即直接寄奉，不必登报也。仆哀乐中年，万念都灰。而小人有母，又不容逃世，故不得已憔悴京华，佣书为活，非乐此也。专复不尽所言。

水再拜

（原载 1927 年 8 月 16 日《世界晚报》副刊《夜光》“免费邮筒”）

（二十九）告笔战文装同志

笔战是任何报尾巴所不能避免的。但是因笔战而至于谩骂，在编辑者因为免得多数读者的讨厌起见，只好停止。

此次关于女坎肩的笔战，记者的原意，是要讨论些办法出来，所以尽量的发表。现在有几位文装忠实同志，抛了正题，只是斗口，我对不起，只得宣告停战。

但是关于女装的建设，一个一个问题，我依旧认为重要而且有趣。欢迎爱美的文装同志继续讨论。

编者

（原载 1927 年 8 月 23 日《世界日报》副刊《明珠》“免费邮筒”）

（三十）《明珠》声明

本栏之宗旨，为卑之毋甚高论，业已一再声明。故任何稿件，有涉于政治或时局问题者，绝对不能登载。次之，文本为小问题，而附引大问题入内者，亦只得割爱。特此奉告，最好门字下加一伐字，丘字下加一八字，亦不必提到。此种情形，诸公能洞鉴，而吾人文章游戏，亦不必乃尔也。

记者

（原载 1927 年 8 月 25 日《世界日报》副刊《明珠》“免费邮筒”）

（三十一）复别囿先生

莫当真

别囿先生：

大示及尊著，均已收到。足下对于墨学攻研之深，可以想见。甚佩！惟二十三日打倒反对孔孟的墨化一文，大题乃为强为欢笑，其意殊非如足下所指。此等游戏文章，作为一种拥护或反对之学说看之，未免太老实矣。原文本属诙谐，大著乃以庄重出之，似不合体，无发表之必要。特此奉达。

记者

（原载 1927 年 8 月 27 日《世界日报》副刊《明珠》“免费邮筒”）

（三十二）复小仙、病生、珠村三先生

三短简

小仙先生：

来示未有门牌，某如何奉复？遽开玩笑，未免太谑矣。

大中公学病生先生：

西藏一稿，某未收到，无从查复。乞谅。以后有信致某，乞即书某名，当不至遗失也。

珠村先生：

《明珠》不谈军事政治，已言之久矣。兹又有两事，因时而定。一、不谈教育。二、不谈有背旧礼教之事。尊稿有不便发表者，即在此。

恨水拜启

（原载 1927 年 8 月 31 日《世界日报》副刊《明珠》“免费邮筒”）

（三十三）评戏之难答芹青君

昨见芹青先生来函，极力为金友琴赞扬，并以不才久无贡献，嘱有以努力，关于此二点，略有可说焉。金友琴初名金襄琴，在新明登台时，予一见即认为非池中物。座中客有窃窃私议者，谓此乃天桥出来之金秀铃，其意若加鄙视，予颇为不平。盖观察艺术不应论其何自来，但论现在何如耳。新明登台未久，即赴天津，名稍稍起。及回京，搭班数次，皆昙花一现，似为争戏码而致然者。然闻友人言，其表情细腻已极，齿固稚，貌不失娇小二字，唱亦规矩，求人才得如此，差强人意矣。但仿佛在花报上，见有捧琴之团体，其戏评，隔靴搔痒，且极肉麻之能事。予深耻之，论伊戏之作，乃因中止。及彼二次登台新明，予偶一往顾，适伊演两戏，皆恰到好处。予之持重，卒为美感所冲动，遂有过了戏瘾之作。予固不识金，且看其戏不过六七度，彼亦决不知我为何人，此作固无目的也。乃此文登后，疑云纷起，以为醋也向不捧人，何至如此？故以后，本栏发表戏谈，愈加慎重，稍涉捧角嫌疑者皆割爱。足下大著不便登，即以此也。

至仆戏谈较少，其故在不欲为无意味之批评，拟于艺术上专加研究。而读者虽多，同志又少，仆亦雅不愿为此高调独弹之单人调舞，此又缄默之由来也。

（原载 1927 年 9 月 4 日《世界日报》副刊《明珠》“半瓶醋戏谭”）

（三十四）复继青先生

《小说旬刊》

继青先生：

示悉。《小说旬刊》，吾人曾办十余期。当时友人如有疑、虚白、春冰赞助甚多，颇见精彩。其后各人事忙，仆独力不能主持，遂作罢论矣。此项旬刊，有数篇研究及考据，颇有存在之价值，将来或汇集之，殿以不才之短篇，发一单行本。但目前经济与劳力，皆不许可，只得从缓耳。

恨水拜复

（原载 1927 年 9 月 5 日《世界日报》副刊《明珠》“免费邮筒”）

【注】《小说旬刊》是《世界日报》所办的几个增刊之一。除报社编辑张恨水负责《小说旬刊》外，其余周刊均外聘刘半农、周作人、庐隐、石评梅等负责，一时成为佳话。

（三十五）吾人何以爱观旧剧

吾人好谈旧戏，一班时彦，必以其极为顽固。其实吾人并非不知旧戏简陋不通，不足以言艺术，但吾人所以如此者，则实以今日之艺术界，实无物足以取旧戏之地位而代之也。

艺术者为掀起吾人情感之物，以俗语述之，即令吾人感到快乐或有兴趣而已。以此言于今日之白话剧，谓由所谓文明戏足以当之乎？则任何人当为肉麻，谓由今日学界所演之艺术的白话剧，可以当之乎？则无论其艺术如何？而其取材，有如作出外国大菜以中国碗筷来吃，根本上即不能合中国人口胃。好谈学理的艺术而不求所以掀动观众之情感，如此三家村学研究，不知政治为何物，以为半部论语可以治天下。天下事无论新旧，其胶执一时一地之书本上理论，以概其余，皆迂腐之谈也。

吾人试观中国五、七言旧诗，六朝文，不合比例之中国古书，落伍诚落伍矣。然吾人得之，辄不厌再三观摩，是何以故，即为彼尚有掀动吾人情感之魔力在也。吾人之场，始终有知识阶级人物之足迹，可以证此言，不得谓彼徒迎合知识者之心理，遂不亡也。

（原载 1927 年 9 月 9 日《世界日报》副刊《明珠》“半瓶醋戏谭”）

（三十六）复竹青先生

本来开放

竹青先生：

本栏本来开放，读者可以自由投稿。至去取问题，其间固有宗旨不合而不录者。但为文果佳，亦可揭出，与读者共同商榷也。

记者

（原载 1927 年 9 月 26 日《世界晚报》副刊《夜光》“免费邮筒”）

（三十七）寄诸位读者

受此一攻

◎希望读者还击

我们在本栏设立“毛瑟架”，不止一次。总是只有投稿人笔战，没有投稿人和记者笔战。

这次能宾君对于我的议论加以反攻，各发表各的主张，这是新闻纸上乐于披露的。

我很忙，没有功夫打笔仗，能宾君的话，我想是对了。但读者很多，也许以他的话为不对。那么，就请加入战团。因此，写一封公开的信，寄给诸大读者！

（原载 1927 年 9 月 30 日《世界晚报》副刊《夜光》“免费邮筒”）

【注】“毛瑟架”是张恨水借鉴上海《晶报》的“毛瑟架”栏目而开设，意在为读者与作者搭建一个可以表达不同观点的讨论平台。张恨水曾于1921年11月21日在上海《晶报》“毛瑟架”栏目发表《纯粹的新诗决做不好》一文，参与关于白话新诗的讨论。

（三十八）复紫窗先生来函代更正

紫窗先生：

大示拜读，无比感佩。阁下所指摘，实仆平时粗忽所致。“对面”两字，应改为“侧面”。其“金大鹤”三字，重复，则手民之责也。敬将来函录后，以代更正。以后尚祈不吝赐教焉。

恨水拜复

附来函

恨水先生：

读九月二十三日所载《春明外史》后段，当金大鹤、任黄华、殷小石、富家驹四人打牌时，有金大鹤在桌子犄角边和金大鹤、殷小石头就头的说道“怎么回事”一语，甚觉费解。是否为手民弄错，多排金大鹤三字，亦不可知。即便手民弄错，这句话事实上亦觉不近情理。盖金大鹤与殷小石二人乃对面而坐，就书中富家驹、任黄华坐在对面此语可以证明，未在对坐打牌时而能交头接耳密语者也。予谓金大鹤在桌子的角边和任黄华头就头的说话则可，则殷小石则不可。质之高明，以为如何?

（原载1927年10月1日《世界晚报》副刊《夜光》“免费邮筒”）

（三十九）复病生先生

和了罢

病生先生：

再答志西先生的大作，收到了。这一场笔仗，我看两方所争者小，解决不解决，没有什么关系，我从中来劝解一下，和了罢！

（原载1927年10月9日《世界日报》副刊《明珠》“免费邮筒”）

【注】此复所指病生先生与志西先生的笔仗，是指10月1日《明珠》刊登的《答志西》（病生）、10月6日《明珠》刊登的《再答病生》（王志西）两篇文章。

（四十）答好事者

好事者君：

大示及报均悉，甚感。某早已知之矣。吾报不但尽力转录，共用者恐在十处以外。上海报，向来转录他报者，亦有两处常时珠光翻版也。好在无大碍。吾人不妨取放任主义耳。

记者

（原载1927年10月20日《世界晚报》副刊《夜光》“免费邮筒”）

（四十一）答玉屏山人

玉屏山人先生：

本栏完全公开，为一般读者之乐园。不过在今日情势之下，为文不能不慎审，酌量选刊耳。大作上下古今谈极佳。两小月旦，尤短小精悍。惟月旦文，虽属引古证今，而光芒四射，犹未可以言发表，尚乞谅之。

恨水复

（原载 1927 年 11 月 1 日《世界日报》副刊《明珠》“免费邮筒”）

（四十二）答镜宇先生

标点问题

镜宇先生：

所谓文从字顺，鄙人作文，无论文言白话，即向持此论。至于标点，所习助文意之不及。如“？”号，在乎哉字下可无，而于问话时，有非要不可者。如闻某人发了财作惊讶之状曰：发了财？有此事？则有疑问，无此一？则直谓发了财矣。此非可一语可了，容详论之。

水复

（原载 1927 年 11 月 7 日《世界晚报》副刊《夜光》“免费邮筒”）

（四十三）答闲云君

闲云先生：

大示已拜读。《金粉世家》之长短，虽不必以《春明外史》为例，亦短不了。其故由于写一个豪华的家庭，人数既多，史料自不能少，若寥寥数回写完，不但不成话说，亦无此体裁也。不但足下如此，吾人固常接有此项函电。愧佩之余，惟有益加勤勉而已。《明珠》《小说旬刊》，共有二十余期，拟《春明外史》出版后，斟酌情形，再写付印，取价自不昂也。仆于短篇，自愧少紧练之笔，何足称者。现《世界画报》，按期有拙著为补白之用，《明珠》上再加一篇，殊无此力量也。

恨水敬复

（原载1927年12月2日《世界日报》副刊《明珠》“免费邮筒”）

【注】《金粉世家》自1927年2月13日至1932年5月22日在《世界日报》副刊《明珠》连载发表。

（四十四）复曹舞霜君

舞霜先生大鉴：

屡惠珠玉，铭感无伦。《小说旬刊》，因过时已久，无法搜罗。已为代拟小广告征求矣。舍下寓未英胡同三十七号，电话南局四五六三，如惠然肯往，可先电询也。

恨水敬复

（原载1927年12月7日《世界日报》副刊《明珠》“免费邮筒”）

（四十五）答郎云君

郎云君：

近日因校对书样，整理陈稿，异常忙碌，来示迟复，甚为歉仄。短篇小说，甚所欢迎，但敝报主张短篇小说固不可用聊斋式之笔记体即时彦所为之欧化谈话体，亦觉其味同嚼蜡。而读者惠稿，又往往不出此类，故选刊甚少也。特复。

并颂

文祺

恨水顿首

（原载 1927 年 12 月 11 日《世界日报》副刊《明珠》“免费邮筒”）

一九二八年

（一）诗答静远和尚

答静远和尚

自小已贪霞客传，近来更慕曼殊师。
十年迟我西方路，当有欣然把握时。

迩时恨水心中，不能空洞无物，多言转作应告和尚语，和尚必能知我也。

（原载 1928 年 1 月 15 日《世界晚报》副刊《夜光》“免费邮筒”）

（二）复刘友松君

仆作文言文，有意模仿圣叹，亦系事实。但圣叹是天才，非人力所可造就。无此天才而强学之，则东施效颦，适见其丑。盖圣叹为文，有三诀：一、无中生有；二、一起贯穿；三、愈排偶愈变换不测。一二可学，其三不可学也。何则，学之略似，则小学生作短篇文，乱事堆砌，不知所云矣。《明珠》《上下古今谈》，本文言白话均可，惟仆以谈字之故，认白话较近似，故不作文言。然读者果欢迎，仆亦不妨勉为之也。又与仆商量《明珠》《夜光》问题者，有问必答，决不敢摆编辑先生之鸟架子。读者有意见，尽管指教（但不可谩骂，骂便不是讨论），不必客气也。

（原载 1928 年 1 月 19 日《世界日报》副刊《明珠》“免费邮筒”）

（三）复可庐先生

可庐先生鉴：

蒙为示正，甚感。仆作外史，决无按下不提、不在话下等之硬接硬承法，故过渡之处，不无吃力，漏缝自所不免。惟先生所指者，仆实故意以省笔出之也。特此，拜复。

恨水

附来书

恨水先生：

余既为《春明外史》之友，以友谊论，已可谓读您书之较有交情者，无论识不识，则于人眼光中之批评，或亦有容纳之矣。余不事恭维，《春明外史》，实足以描写人情一斑。谓之外史，允其宜也。其第二集全副精神布散处，为最末一章，读之令人潸焉而泪下，有此小小之精神，已足想千百年后之文字交矣，奚计他焉（第一集不赘）。惟读完第二集中四二二页时，觉此处稍有可议，敢陈而述之，疵虽小，以文字交情论势不得不告于左右。纵文笔得当，用字简洁，或亦另有会心处，则非浅学人之所能悟得到也。何剑尘既遇卫梅庵，乃更而自为东主，碧波、梅庵初识之不遇之处，允其当也。既会账，亦宜添一二句以示何吴之踪，然后再续卫之行似乎稍可。不然，赤裸裸置何吴于不言，各自归家于不言中，似觉有漏缝。若先生所作第四第五两回之余三姨太太出引此若干曲折，终而旧公馆与冬青等见事，则掉转生动，较则胜多多矣。井蛙一见，以为然否？尚乞复我数言为盼。

此颂

文祺

可庐

（原载 1928 年 1 月 29 日《世界晚报》副刊《夜光》“免费邮筒”）

（四）答王左人君之一

讨论《春明外史》

◎王左人君来函

恨水先生台鉴：

（奖掖太过，中略）友人孟君毅生尝曰，《春明外史》之事迹，足为都门恶劣社会之照妖镜，而作者描写之技术，比较诸《红楼梦》无愧色焉。此论愚颇赞同，信非过誉。前此，一露布时，愚以故未能继续阅读深以为憾，忆曾投简左右以单行本从速出版为请，旋于《世界晚报·夜光》栏内读复示表明暂难如愿之意。在先生潦倒余生（忆示内有风前野马草底秋虫之句）或非矫情故谦，而一般爱读春明者之失望为何如耶？今秋重返都门，见报载春明二集预约发售广告，喜甚，行装甫卸，趋往贵社预订一部，嗣后屈指计日盼其出版，迟至元旦前后望眼欲穿之春明二集始得入目。旱逢雪雨，乐何可言，愚一夜读竟，虽以其中少有可议之处（奖掖太过，中略），至所云可议之处忆有左列文端，是否有当，是否吹求，愚不闻，明愿先生有以教之。

一、九七页，“走进园去，那些枝枝椏椏的树木都发了很深的芽……可是一眼看去，满园都勃勃的有生气了。”万牲园大门内有无树木，已不记忆，有三处洋房遮障，初进门，何得一眼便看到满园？

二、四一六页，“何剑尘……你在哪里来？吴碧波道在杨杏园那里。”四一七页，“何剑尘道：这个意思我早有了。”杨杏园不消说，想何杨吴三人谊属知交，虽非晤面对称，亦不应于名字上冠一姓字。盖冠姓字，非知交间所称呼也。

三、四五八页，“史科莲对他祖母道……上一次不是李小姐过生日么？”书中李小姐过生日并无其事，想系李太太之误。

杨杏园若果与冬青结婚，便落旧小说才子佳人始而相识继而离散终则偕好之滥套，自非所宜。但冬青拒婚书以“青之薄命，自呱呱坠地以来，已为一定不易之局。故人世姻缘，与青绝对无分”相解释，读之万思不解。所谓人世姻缘，与青绝对无分，何以故而云然？此等含混写法，大类《老残游记》十二条人命案以灵芝草解决之，实《春明外史》一大污也。（下略）

恨水按：明日当逐条奉复。

（原载1928年2月5日《世界晚报》副刊《夜光》“免费邮筒”）

（五）答王左人君之二

讨论《春明外史》
◎答王左人君

左人先生台鉴：

拜读大示，甚感甚感。惟奖许之词，有某万万不敢当者，故不得不删去数百字登报，否则读者疑吾人互相标榜，反有累及属下之一番盛意矣。作书达百万言（每日连载集言之），前后凡五易寒暑，功之巨，日之长，谓其绝无漏缝，某何人斯，敢出此言？而读者能许其从容补过，予以指正，则某之幸也。某对读《春明外史》者之赐教，苟出于讨论范围以外，皆所拜领。非故谦让也，如此乃得益臻完善耳。兹将阁下所质问之点，逐条分答于后：

（一）此一进门系泛指，非专指大门也。譬如人之常言，一到京便来拜访。非一下火车便来访也。

（二）此杨杏园，“杨”字，系校对先生所加。以为向来杨杏园三字相连，此何以缩去一字？此事甚多，修理时，改正不少。此处忘改正，系某之过。

（三）小姐确系太太之笔误。

（四）李冬青不能与杨杏园结婚之故，此系第三集一个大关键。

恕不先发表。如此大事，某岂有以不了了之之理。

（五）中指弹烟灰，食指弹烟灰，各不妨各是其是，故此未登。

以上个点，皆某据实奉答，非敢相欺也。第三集今秋可以脱稿，而全书亦终结。届时当与社中商量，再谋精印之事，以答读者也。

（原载 1928 年 2 月 6 日《世界晚报》副刊《夜光》“免费邮筒”）

（六）复爱菊先生

欢迎戏评

爱菊先生：

示悉。《夜光》最欢迎戏谈，戏评次之。因戏谈是研究性质，戏评易涉于艺术范围以外也。高明当能鉴之。

记者

（原载 1928 年 2 月 25 日《世界晚报》副刊《夜光》“免费邮筒”）

（七）复郎兄

见和尚亦醉之处

郎兄：

小文夕刊，诘书晚到，虽攻错责难，谊应如此，何其速也。见和尚亦醉之典，生僻也，出自一见哈哈笑（或《笑林广记》，不能详记矣）。其意大约如下。甲曰：我不能饮，见酒便醉。乙曰：君量甚宏，我见酒糟醉耳。丙曰：糟犹酒也，量仍不小，我则见馒头即醉。甲曰：其故安在？丙曰：馒头中不有酒酵乎？丁曰：然则我见和尚醉矣。众大哗，请其故，以和尚像馒头耳。

其出处如此，得毋哑然乎？

. 恨水复

（原载 1928 年 3 月 12 日《世界晚报》副刊《夜光》“免费邮筒”）

【附】

小月旦：写在酒醒之后

昨日之夕，朔风拂户，余寒可畏。抱膝灯前，百感交集，因索淡酒半瓯，据案独酌，乃残滴之未干，而玉山推倒矣。醒则炉火犹红，四邻皆寂。起视时计，已开午夜。银灯灿烂中，照案上积稿如秋山乱草。一夜工夫，几完全误却。若予之不胜酒力，真见和尚亦醉者欤？

线香三条，苦茗一壶，酒气稍醒，乃继续予未清之文债。又觉心为身役，转不如刚才之昏天黑地。古人有愿三百六十日醉者，良有以乎！人生只在呼吸间，死亦多术矣，醉即其一也。刘伶曰：死便埋我。而今而后，予更有所悟于其言焉。

（原载 1928 年 3 月 11 日《世界晚报》副刊《夜光》）

（八）为《春明外史》片段问题 · 答颂华先生

颂华先生雅鉴：

（阁下是否女士，姑不必论，但称先生当无伤也）来函指摘的两点，甚佩高见。前答王左人君，已略尽鄙意，既蒙下问，敢复默尔。第一点，仆原书九七页原文“一走进园去，那些……树木都发了很深的芽”。此不能谓之有毛病，因万牲园一进门，三面高楼之间，有树数十株也。其下云“……虽然北方春迟，春色还浅，可是一眼看去，满园都勃勃的有生气了”。阁下与左人君所引以为憾者，即在此“一眼看去”四字。以为高楼挡住，看不见满园也。然在仆当日下笔，确是泛指，以为满眼是春色也。而阁下则必以为我强辩。

夫复何言？阁下又曰上既泛指，其下不应有走进动物园云云，仍证明先所谓满园者非也。夫既泛指，“满园”二字，即为象征的，则以后写实，更又何害？吾人常曰：全国皆兵。又曰：全国无干净土，岂真一国也耶？此“全国”二字亦象征的，言其充量而已。以此全国，例彼满园，当属可通。再退一步言之，仆诚有误，一书七八十万言，错了“满园”两个字似无须如此大费笔墨。仆所望于读者之指正，在大关节，不欲为一字半句之研究也。第二点，此为仆胸中之事，非自揭出，他人无法讨论。阁下以为李冬青拒婚之理由太空洞。某今鞠躬致敬于女士之前，先自道歉，请勿以我言为不恭。女士设身处地，如有不可告人之隐，非至绝不得已肯告人，否则李冬青处女也，且偏近于旧式女子者也。杨李二人，无形式之爱。李有隐情，故难道也。且其致书杨杏园云：“青之薄命，自呱呱坠地以来，已为一定不易之局。故人世姻缘，与青绝对无分。”某以为字里行间，亦已赤裸裸的写出。一般读者，十九当可了解，彼杨杏园者涉足情场，历有年数，又安得不知？其不能完全相信者则以冬青家庭中亦多事故，恐其出此言以推诿耳。然仆在二集何以不写明，则为三集张本也。至花君口中道何剑尘而冠以姓，此为校对者之蛇足，非手民之过，仆前已言之。校对尚在敝社，仆不能当面撒谎。阁下有心责难，而剑字尚误为健，而校对者之一时粗忽，亦难免也。外史之漏缝尚多，读者寻出，以便纠正，不胜感拜！但乞勿举无关系而言之耳。言过直率，不直率又不足以尽鄙意，死罪死罪。惟先生谅之。

恨水再拜

（原载 1928 年 3 月 26 日《世界晚报》副刊《夜光》“免费邮筒”）

【注】为便于读者理解此函及《春明外史》讨论情况，现将颂华女士《再论〈春明外史〉的片段问题》（载于 1928 年 3 月 24 日至 25 日《世界晚报》副刊《夜光》“毛瑟架”）、半解《读〈再论《春明外史》的片段问题〉》（载于 1928 年 3 月 27 日《世界晚报》副刊《夜

光》“毛瑟架”）、宋景韩《为颂华女士鸣不平者》（载于1928年3月29日《世界晚报》副刊《夜光》“毛瑟架”）附录如下：

再论《春明外史》的片段问题（颂华女士）

《春明外史》在近数年中，为小说界杰出之作。读者已有公论，不过像这样的著作，出版以来，在文坛却未见到几篇（或者未有）批评和介绍的文字，实是吾国社会麻木之表征！不足深怪。固然，这本书大致是令人满意的，用不着说什么话，但是即便成功了，为介绍给社会一般人计，亦应有将他的优美地方，一为介绍之必要。至于为发表吾国文学计，一种著作之出版，我们都应以客观的态度，作严格的批评。

我个人欣赏《春明外史》的地方，是作者手笔的灵活细腻，尽管是一件如何复杂曲折的事，更清清楚楚地活现纸上。不但形容尽致，无轻重偏枯之弊，简直令人读时如置身书中，化为个中人。至于穿插连接之妙，更是难能可贵。我们能不说是今日中国小说中之杰作吗？

吾友王君左人读《春明外史》后，曾将他所认为可以提出讨论者数点，书达作者。旋于《世界晚报》得复书。王君是否满意殊不可知（其中虽然许有作者认错之数条），但是我对于（一）节和（四）节的作者答复觉得理由不充分，有重新讨论之必要。因为这问题是《春明外史》之一点，且已经讨论过了，题目故名。

王君说："九七页，走进园去，那些枝枝桠桠的树木都发了很深的芽……可是一眼看去，满园都勃勃的有生气了。万牲园大门内有无树木，已不记忆，有三处洋房遮障，初进门，何得一眼便看到满园？"

作者答复的是："此一进门系泛指，非专指大门也。譬如人之常言，一到京便来拜访。非一下火车便来访也。"

这种答复，实在勉强。若说"此一进门系泛指，非专指大门"，那么下边便不应该写什么"走进动物园，顺步踏上木桥，俯看着河里的水……走出动物园向着石路顺步走去，无意中走着不觉踏上小道了"。

既然详细的描写园景，足征所谓一进门，非泛指，乃实指了。所以我的意思，作者如其说什么泛指云，不如说"吾之所谓万牲园，乃小说之万牲园，理想之万牲园，非真实的西直门处之万牲园”了。如惟独写一进门为泛指，其后则实指或细指，那便不通了。譬如说“我坐着火车来北京，一进城便看到宫殿辉煌，风景古雅。须臾车至前门，见夫高耸直立之门楼，不禁叹曰燕京真体大也。”通么？至于作者之譬如，自可成立，不过比拟不伦，不攻自破。

王君说：……冬青拒婚书以“‘青之薄命，自呱呱坠地以来，已为一定不易之局。故人世姻缘，与青绝对无分’相解释，读之万思不解。所谓人世姻缘，与青绝对无分，何以故而云然？此等含混写法，大类《老残游记》十二条人命案以灵芝草解决之，实《春明外史》一大污也。”

作者的答复是：“李冬青不能与杨杏园结婚之故，此系第三集一个大关键。恕不先发表。如此大事，某岂有以不了了之之理。”（此句疑脱一“之”字）

我以为杨杏园、李冬青的究竟如何，非现在之所应问。但是在杨杏园求婚时，冬青以“青之薄命，自呱呱坠地以来，已为一定不易之局。故人世姻缘，与青绝对无分”拒婚实在勉强，不是冬青不应拒婚，不过即拒婚，亦不应说的这样空洞不实在。因为冬青的身世，固然是不幸，但无论如何不幸而“绝对无分”的话未免勉强了。

又一集三一二页，花君说：“告诉你你还要气死呢！回头何剑尘知道了又说我多事。”花君既嫁剑尘，背地称之亦不应误于名上冠一姓字，这岂又是手民之过？

拉杂谈了许多，希作者指教。

三月二十一日于京大女二部

读《再论〈春明外史〉的片段问题》（半解）

我写这篇东西，并非代恨水作辩护，也不是对于颂华女士的文章有何不满意，不过略抒所见而已。这是必须预为声明一下的。

照我的愚见，文章一道，有实用的与文学的分别。实用之文，于解析学理、状述事物的时候用之。若文学之文，本系属于美的范围，要以能触发读者情感为主。又作文时间，有急徐长短之不同，报载小说，往往逐日赶编，成于急就，与成书脱稿再付印者有异。既然如此，则（一）本书中虽叙及万牲园，却并非游万牲园的记录。即园林位置，略有错误，与本书趣旨，毫无关碍。（二）

本书中事迹，纵有未点明，或未说完全之处，此全书尚未编完，何以见得以后无归束？（三）即使偶有“见首不见尾”的情形，亦不足为病。盖作小说之法，多有抽取某事之一段，或某事之侧面，刻画描写之，而其余之片段则听凭读者自己体会，乃愈显描画之深刻及趣味之渊永。上述三层，愚昧之见，固系如此。至于恨水此书之价值，须从全书告成后，细细读之，方为具体之评论。且余以为将来全书付印以前，恨水必有一度精密之修润也。

恨水按：半解先生此作，极能为我说明一切，甚感甚感。但仆在三集全书未脱稿以前，实愿读者多所指正，以资借鉴。盖仆虽不能闻善言而下拜，而为此书之益臻完善起见，固不应嫌友朋之切磋也。

为颂华女士鸣不平者

恨水曰：前颂华先生赐书，其笔迹绝似另一投稿某君，仆甚疑其非是，故复函有是否之按语。今接宋景韩先生信，谓仆有轻蔑之意。其实此系猜颂华先生所制之灯谜，非轻蔑也。惟宋先生尊重女权之盛意，未可厚非，载其原文于左。

恨水先生有道：

尊著《春明外史》，所写人物，描声绘形，无不毕肖，诚最近小说之第一部佳作也。仆尝回环读之，每遂书中人为喜为悲，足征逸世之文非凡庸之作比也。然先生之言固一班人之言，而一班人不能以笔墨言之，先生反于字里行间纵横言之，是先生之智之才固皆高人投地者也，钦仰钦仰。前阅《世界晚报·夜光》栏，有颂华女士与先生讨论《春明外史》之通讯，先生复书有谓阁下是否女士，姑不必论，但称先生当无伤也一语，窃以为未可也。称女士为先生，固无甚非是。然如斯一注，似衔轻蔑意想。夫先生以记者之尊，动止跬步，谁不景行，今竟作斯唐突闺阁之语，岂不大失威信乎？仆深为先生惜也。且仆平生好打抱不平，况在孱弱女子身上，更不能漠视者也。故率尔责之。仆于先生素昧平生，于颂华女士，又无一面之缘，冒昧直陈，希惟亮察。

顺颂，撰祺！

宋景韩再拜

三月二十六日

（九）为《蓝天蔚自裁》一文加的按语

恨水先生撰席：

昨（二十四日）《世界晚报·小月旦·吊张绍曾君》文中述蓝秀豪，谓“蓝历濒于危终身无所成”云云。蓝早于数年前在川自裁，是三杰均不得其死，甚哉，豪杰可为而不可为，反不如庸庸者之厚赴福也。勿惑乎今人多好言命矣。阁下执笔时，对蓝之死，想未注意及之。用特走笔奉告，亦读报者应有之义也，草草不恭，即颂著安。

荷生拜启

三月二十四日

恨水按：蓝天蔚之不得其死，作《小月旦》时，颇忆之。惟仿佛系在川为人枪毙，又疑死于鄂西乱军中，一时不及考证，便含糊以终身无所成一语了之。今得荷生君函告，恍然记起。某有过，人必知之，幸也。然而愧为新闻记者矣。

（原载 1928 年 3 月 28 日《世界晚报》副刊《夜光》“免费邮筒”）

（十）答玉琅小朋友

果然是我错了

◎答玉琅小朋友

玉琅小朋友先生：

你这样赏识我的拙作，我十二分的感谢，你所指正的很对，果然是我错了。因为我的小说，是逐日作一段，不是一口气写的，所以有这样的错误。但是我除了接受你的指正外，并表示欢忱。

你的大朋友恨水拜手

附原函

恨水先生：

我拜读张先生的大作已有几年了，最先就是在《小说之霸王》[①]上，看见先生的一篇《小说迷魂游地府记》，其时已钦佩不已，其后，又在《世界晚报》看见先生的《春明外史》一书，我如获至宝，每日间无断的看下去。等到印行专册，我连忙去买预约券，印刷好了，取回来，茶饭无心，一气看完。总之，我对于张先生的大作，总以“先睹为快”，并且看完了必定“小心翼翼”的保存着，不过，先生的大作，外面不多见，这是我很失望的啊！

《春明外史》是张先生的杰作，也是我在先生许多大作里最爱看的一部书。所以我反复看了不知多少遍，其间虽被手民排错了许多字句，已有人提出来与先生了。不过，昨天我在复看第二集时，又看出了一点不对的地方，写出来请问。张先生千万不要错认我是责难。先生，因为我是一个钦佩先生到极点的人啊！

第二集第八回第十一行“……马上脸上就变了一个样子，扔了球拍径自转身进去了……”这句已明显着网球拍已被扔在地上了，然而后面又说“胡晓梅坐在一边椅子上，手上舞弄着网球拍，一边说时将手里的网球拍往地板上一扔，啪的一声响了……”这真令我好生疑惑，胡晓梅手上的网球拍，不是已扔在外面地上了吗？怎样进来还拿着舞弄，后来又扔在地板上呢？难道她拿两个网球拍吗？这是校对错了呢，还是手民错了呢？先生一定能很明确的告诉我吧！我在盼望着呢！晚安！

钦佩先生的十四岁的玉琅上

三月二十六日晚

恨水又按：此文发稿时，未注明一日登完，而手民擅自割裂分载，遂至附函不附，文不对题，甚为不安。本栏大样，因时间关系，非仆自己，勉强割裂之文，不时发现其故。在此，除向读者致歉外，以后当设法纠正也。

（原载 1928 年 3 月 29 日至 30 日《世界晚报》副刊《夜光》“免费邮筒”）

【注】①指 1919 年姚民哀所编短篇小说集《小说之霸王》。

（十一）复宋景韩

论《春明外史》静莲诗

景韩先生大鉴：

大示均悉，仆于静莲首诗，初原欲披露若干首，既思一二首诗，反不足以概一切，转不如不录，令人有所系念也。此事在中外小说上，其例甚多，不妨为之。小说上之诗词小品，系点缀之物，不可多，多则有卖弄家私之嫌，读者转生厌矣。足下高明，当见及之。

恨水拜

附来函

恨水先生撰席：

前上芜笺，蒙披报端，感甚。仆读《春明外史》一集，觉释静莲给杏园书，有使人不忍卒读之慨。

尼采谓一切文学，余爱以血书者，斯真谓为以书者矣。惟静莲诗稿，既分性灵之作，又是方外之言，慧根宿业，当能毕露于纸上。然只彼书中人，杏园碧波之赏识，不供天下同好之阅览，仆深以为憾也。愿先生于再版时，有以增补为佳。采舍与否，幸希裁复，即颂，春绥。

宋景韩顿首

四月一日

（原载 1928 年 4 月 3 日《世界晚报》副刊《夜光》“免费邮筒”）

（十二）致凡鸟、幼渔、脱如先生

凡鸟老弟：

信及外史与报均收到否？所托购之书，尚不见寄到，盼甚。

水

幼渔兄：

报已令发行部补寄。佛学深邃，非忙人所能研究，奈何？京津学佛者多，盖所谓修下半辈子与来生者。此辈混世虫，不足与言经典，尚有以提倡佛学为所欲为者，更是随入畜牲道矣。兄为人孤洁，以为如何？

水

脱如先生：

《明珠》依然公开，惟不欲作势利眼式之骂人如已。凡撰登之稿，以本社书卷奉酬。敝意，请参观上下古今谈中《历陈下情如左》《不可骂不可骂》两文，当能知之。

恨水敬复

（原载1928年4月7日《世界日报》副刊《明珠》“免费邮筒”）

（十三）答幼雅先生

诗与身分

幼雅先生：

足下论诗，甚当某意。惟原函语侵时谚，未便发表耳。某以为作旧诗，虽是平平仄仄苟上规矩，各人自有各人之身分，其个性不必强求，亦自然流露。旧作有《论杨柳诗》一文，曾及此问题，附录奉告，尚乞正之。

恨水拜复

附

论杨柳诗

古人以诗言志，诗所以舒其怀抱。后人误解此旨，喜怒哀乐，提笔直书。读之者如嚼黄蜡，如咬木渣，了无趣味。然此犹不失为老实一流也。其更甚者，欲自夸耀，则拔剑砍地，徒为大言。欲人怜惜，则无病而呻，满纸悲哀。究其实际，不是言志，乃是撒谎矣。

诗文之为物，于人之性情与环境，有莫大之关系。善于诗者，不必言其志，写其意，字里行间，其志其意，自然可见。微如一琐事之纪，一小物之咏，其怀抱亦自然流露于不觉之间。诗家所谓饶有寄托，所谓寄托遥深也。毕秋舫之妻漪香，作咏柳诗曰：留得六宫眉黛好，高楼付与晓妆人。此是大家闺阁语也。毕和云：莫向离亭争折取，浓阴留覆往来人。此为封疆大吏语也。侍读严冬友和云：五里东风三里雪，一齐排着等离人。此为词客语也。老翰林张少仪和云：不须看到婆娑日，已觉伤心似汉南。此又是名场耆旧语也。

如以上数人所作，岂必尽皆故意如此，亦是诗与神会，不期然而然耳。

寒食清明至矣，若在江南，已是杨柳依依之后，而邻家有柳一株，枯条略露芽影，隔墙摇曳若不胜情，仅有生意。风雪初晴，春寒料峭，令人诵江南好不置也。予遂有句云：饥雀枝头觅食难，萧疏冻雪未全干。清明夜里初三月，梦入江南一味寒。以示吾友，友亦谓不脱新闻记者口吻也。为之一笑。

（原载 1928 年 4 月 8 日《世界日报》副刊《明珠》“免费邮筒”）

（十四）答星洲

星洲先生：

大示已拜读，足下亦多情人哉。拈花与杨杏园之关系，一段文字因缘耳。杨杏园之三次入情网，另有主使者，其事即在现载外史之第九回中。而《春明外史》，亦将于此渐趋结束矣。作小说不必无背景，要在文章天成，取如拾芥，作者必依此完全自写供状，则殊无味。且近人作小说，惟恐人不知书中主人翁即是作者。而旁人读之，乃酸气扑鼻矣。足下相嘱之言，甚为可感。然而作者哀乐中年，如古井之波，可毋虑也，一笑。

恨水拜复

（原载 1928 年 4 月 10 日《世界晚报》副刊《夜光》“免费邮筒”）

（十五）致凡鸟、春航、幼渔先生

三件信

凡鸟弟：

稿收到，乞续寄。如有好电影画片，亦乞惠寄。

水

春航先生：

所问均是拙作。仆每日工作约十二小时，在年富力强之时，尚不以为苦也。天虚我生订正之《白香词谱》，尚便初学。

水

幼渔兄：

函，明日专复。

水

（原载 1928 年 4 月 15 日《世界日报》副刊《明珠》“免费邮筒”）

（十六）答红豆生

见君之名，即有情人也。日前仆妻子买来的一文，有感而发，事后思之，颇觉孟浪。今果有君质问，我知罪矣。然而我只承认言之有罪，而事实总不敢一笔抹煞也。高明以为如何？

恨水复

（原载 1928 年 5 月 4 日《世界日报》副刊《明珠》“免费邮筒”）

（十七）答觉盦君

一口钟式与测温器

读手示，无任感谢。然而仆只错了一半也。“一口钟式”，非指一口钟。此项蚊帐，盛行于欧美。其式，如中国之大纲。尖锐而长，下则宽博无伦。尖端上悬屋顶，下则垂诸床之三面，开一面以出入。（不适于有架之床）质料以纱为之，如中国盛行之印度纱，即可用也。我国有产阶级而又欧化者，亦用之。惟书中指质料为珍珠罗，则仆理想如此耳。至测温器一事，先生所指甚是。仆不习医理，一时率笔书之，又未想及此层，心大如椽，其咎不可辞也。

恨水拜复

附

恨水先生惠鉴：

敝意奉陈如下。尊著《金粉世家》（四〇六）有：垂着一口钟竹叶青的云云。按“一口钟”乃清光绪间京语，其来源因妇人衣服无边无缘，一色之长袍（旗妇所着），而彼时时尚衣襟为窄小，腰身下摆极宽，既有如此尺寸，又系一色垂手而立，远望之如一口钟也。如此则以之形容帘帐似非所宜。

又同著中有：梁大夫将测温器又给佩芳含着，然后将听脉管的听管插入耳朵，由诊脉器细细对佩芳肺部上下听了一遍云云。按既云含着测温器，则佩芳同时必不能随意张口矣。而医生诊听肺部时全赖人呼吸气之出入，始可由听管听得，此定理也。若遇听至肺之某部有疑义时且须令病者口不能张，无论遇须咳嗽时不能照办，即其普通呼吸亦不敷用，况测温表含于口中？以其为玻璃制，故有相当危险，医生绝不于将行听病时而令病者含之也。此点或为一时未加计较以致随意写错，而鄙人颇佩先生著述，最称善于形容。今细读原文，绝非手民误排之比，故不揣冒昧，率敢陈之台端。倘蒙酌为改善改善，庶可免一部心血之作留白圭之玷也。未审尊意若何？

专此即请文安

觉盦拜启

三月十二日

（原载1928年5月6日《世界日报》副刊《明珠》“免费邮筒”）

（十八）复徐惠卿女士

问罪之师（徐惠卿女士）

惠卿女士台鉴：

前次答颂华女士书，有是否女士一注，知得罪甚多。事后虽甚悔造此口孽，然已无及矣。《春明外史》，亦不过覆瓿之物，为此小问题，久仰诸公不快，无任抱惭。女士原檄暴之报端，以彰吾过，并转谢王先生、吕女士，气可小休矣。

恨水顿首

附来函

恨水先生：

大著《春明外史》，脍炙人口，士有同好，虽其中不无可议，曾经王左人先生、吕颂华女士一再提出讨论，不足完全书病也。忧忆先生答颂华女士书对于万牲园一节之论辩中有：（非见责之节，中略）

先生自负之态度，溢于言表，实非真真正正讨论艺术者之所应出此！愚意：万牲园问题之谁是谁非，姑置讨论。即以全书言之，若谓七八十万言中错了“一字半句”有原谅之余地则可，若谓便不可商榷者则大不可。故先生之“似无须如此大费笔墨”云云，未免尽于负气矣！换言之，“一字半句”设其为错，既经指出，即应开怀讨论，故为先生计，当研究彼提出之“一字半句”是否为错，不应计较其为“一字半句”成大关节也。盖文章中因一字半句而影响全篇之意义者，往往能之，故先生对于“一字半句”之问题，谓为“似不应大费笔墨”者，窃以为大不可也。（非见责之辞，中略）

日来读晚报春明三集第九回李冬青前之所以拒婚，事已大白，而王吕二君前此指责拒婚书造词空洞者，谅无间言矣。虽然，愚于兹有不能不词费者，请为先生陈之：

夫二集之李冬青，色才品行，令人既爱且敬，不关今于三集描述其前此之不得不拒婚而以身有隐疾为其原因，则可爱可敬全德之女子，如此可怜不堪，未免大煞风景。且也，此处则描写冬青为“身有隐疾”之女子，便若二集所云与杨杏园高尚之交者，不值一文矣。然则先生之巧思灵构非画蛇添足耶？近闻一般读者，对于先生此段之描写，皆大不满，或则谓：移星替月情节系模仿《玉梨魂》梨娘为梦霞与筠倩撮合，或则谓：写冬青身有隐疾乃因极力解释拒婚书而作，或非神经过敏之谈也。贱见以为：设彼读者之推测为不虚，则先生之矫揉造作讵非弄巧成拙哉！高明意将云何？信口而言，惟谅察焉。敬请撰安。

（原载 1928 年 5 月 6 日《世界晚报》副刊《夜光》“免费邮筒”）

（十九）答杨寿梅女士

女士于家政冗碌之余，犹对敝著如此注意，甚感。惟所询一层，详细写之，似不能雅。苟读者能了然于胸，正亦不妨含蓄出之也。鄙意如此，故尊述恕不发表矣。

（原载 1928 年 5 月 9 日《世界晚报》副刊《夜光》“免费邮筒”）

（二十）复华魂君

转告中天：何必给中国人丢脸

恨水先生：

我有一件不相干的事，要麻烦您，请您顺便登在“免费邮筒”内，请中天电影院的老板看一看。

我们若是有一点常识，也应当知道美国电影里有把中国人当坏蛋和强盗的事情，都是存心侮辱中国人。这样的片子，不但不宜演，而且要通知美国电影界，尊重友谊，设法纠正才是。

上次在中天看电影，看到影片里有拖着长辫、给人扫地的中国人，又有与贼为伍的中国人。当时我很怪中天老板粗心，何以不把这一段片子剪掉。昨日我走中天门口过，我才知道他们老板并不粗心，是有意要给中国人丢脸。中天大门的右边，挂着一方影画广告，一个半截中国人，身上穿着金龙花衣，头上戴着红缨帽，脸上气色很黄，眼睛垂着不能睁开，胡子只有两条，左右向下一抹，画像既萎靡又阴惨。这样的片子，不但大演特演，还要先把出丑之点预告国人。当真就有这一样的看客，受他广告的吸引，以看中国人丢脸为乐吗？这种办法，我真不懂该院经理是何用意。我一见之下，就觉得这是外片里的歹角，乃是挖苦中国人的。

偏是旁边又写出了剧名，乃是《阿里巴巴和四十大盗》。不用提，这中国人在影片里一定是一个大盗，片子之侮辱中国人，可想而知了。现在的影片，听说都要经过检查的。这片子不知道检查过了没有？若是没有，当然还有挽回的希望。若是检查过了，我这话就取消。但是我给中天老板这厢作揖。足下若是中国人，请您下不为例。言尽于此，请了。

华魂敬启

记者附按：华魂君之言，吾人认为甚是。即就营业一方面而言，此项影片，亦未必有号召客之能力。不能卖钱，而又侮辱国人，诚不如其已矣。中天经理，从事营业有年，独不知乎？

（原载1928年5月15日《世界日报》副刊《明珠》“免费邮筒”）

（二十一）复忧大先生

吾人量力为之耳

忧大先生：

国难已至，实非吾人舞文弄墨之时，然吾业此，一日不可间，奈之何哉？弟虽好佛，顾念佛亦救世者，初不肯视佛学为唾面自干之教训也。当今之时，发言甚难。在吾人能力以内，苟可为者，固当极力为之。足下其余所言，正先得予心也。

恨水复

（原载1928年5月18日《世界晚报》副刊《夜光》“免费邮筒”）

（二十二）答宾能、春鸿、公道先生

短讯一束

宾能先生：

尊著已移刊日报《明珠》。

春鸿先生：

《金粉世家》，将来可出版。

公道先生：

甚感雅意，然津同业果剪用而不改去名字，亦只好听之矣。

（原载 1928 年 5 月 22 日《世界晚报》副刊《夜光》“免费邮筒”）

（二十三）复玉琅先生

玉琅先生：

代我辩护，甚感，然亦不妨认错也。此书刚作一半耳，脱稿后，自然出版。大概恨水长篇小说，都出单行本也。

恨水敬复

附来信

恨水先生：

我有一件事久已想请问先生，但是总没有机会向先生陈说；今天我在为济案而休假的假期里得着一点闲空，所以就写了这封信给先生，我很希望先生能给我一个答复，但是，我想一定又要破费先生一些黄金般的光阴了！

先生大作《金粉世家》逐日刊登在《世界日报》，虽然每天只有不多的几行，但是没有一次是忽略潦草的，而且一天比一天引人入胜。这样的佳作，到现在已经积有十一回了，但不知先生将来能不能将她像《春明外史》一样的出单行本，使我这“恨水先生小说迷”的人快乐、欢欣？

再有一件事：五月六日报五版，“免费邮筒”里有觉盦君给先生的一封信，论《金粉世家》（四〇六）的两个错误：其一“一口钟式”，这个先生已有答复（其实本也无须讨论）；其二“测温器”，据觉盦君的意见说病人口里含着测温器，不能再行呼吸，医生就不能用听脉管去听病人肺部的涨缩，先生那样说（参看《金粉世家》四〇六）是错误了，先生的复函也自引为咎。但是据我想来，我以为病人口里含着测温器，自是不能呼吸，但是他的鼻子难道也有什么阻碍，也不能呼吸么？既然他能用鼻来代替口呼吸，那么口虽含着物件也没有什么关系，在听脉管里也可以听出病情来了。我的意思是这样，不知先生以为怎样？祝先生愉快！

玉琅

（原载 1928 年 5 月 23 日《世界日报》副刊《明珠》“免费邮筒”）

（二十四）致吴家襄君

吴家襄先生：

大著《过渡时期婚姻问题之商榷》，旁征博引，甚佩。惟其间第五章数节，有未便登载之处。能否删去此段，续前赐登？尚乞见复。

恨水敬白

（原载 1928 年 6 月 3 日《世界日报》副刊《明珠》“免费邮筒”）

（二十五）复诗奴君

诗奴先生：

征诗之事，颇有此意，惟限题则难得佳作，不限题，又不免泛滥。格尚在斟酌中，足下如欲借本栏征诗，亦可办到，惟请先以办法相示。征词则恐同调少，未敢尝试也。

恨水敬复

（原载 1928 年 6 月 4 日《世界日报》副刊《明珠》“免费邮筒”）

（二十六）复齐香先生

省　笔

齐香先生大鉴：

示悉。金家人甚多，若必一一举出所赠燕西寿礼，未免过繁。弟虽每日涂鸦若干字，但既系长篇小说，总须略讲章法。大凡为文，详一方面，省略一方面，此司马公传下之老套，弟亦不过抄袭陈法而已，高明以为如何？

恨水敬复

（原载 1928 年 6 月 12 日《世界日报》副刊《明珠》“免费邮筒”）

（二十七）复柯拄先生及陈家庆女士、隽人先生

《孤城血泪》之扮演者

恨水先生：

顷于《世界日报》获读尊著，“兄弟之爱的《孤城血泪》”，

评论确切，无任钦佩。惟篇末谓不知饰迪比与约翰之演员姓名，甚憾。按《孤城血泪》一片，为巴拉猛公司伟大之作，其中演员多系该公司之明星。饰约翰者为 Ralph Forbes，渠生于英国，最近与李丽吉舒合演“Enemy”一片，渠为男主角。饰迪比者，为 Neil Hamilton，饰母亲者为 Ajice Joyce，此则老明星矣。著名明星 Wallace Beery 之兄 Noah Beery，则在此片中饰队长。《欧战风云》中之主角 Vietor Melaglan，最近与 Dolores Del Rio 合演“Carmen”，在此片仅饰亚汉而已。饰女郎者为新进明星 Mary Brian。此外尚有一极为荷来坞所注意之新进歹角 William Powell，在此片饰包地尼。凡此诸人，均巴拉猛厂之明星也。

知先生素极喜研究电影，用将尽所知者奉告并望赐教。

此颂

著安

华柯拄启

三封答信

柯拄先生：

蒙将《孤城血泪》扮演者指教，无任感佩，特此申谢。

陈家庆女士：

大作已拜读，甚佩，明日可发表。

隽人先生：

示悉，请示地址，容专复。

恨水拜复

（原载 1928 年 6 月 14 日《世界日报》副刊《明珠》“免费邮筒”）

（二十八）敬复《明珠》读者：李涵秋复活

更正趣话

◎李涵秋复活

恨水若有事，《明珠》大样，向请老二[①]或老四[②]看。前日下午，急于洗澡，又叫老四代庖。昨晨一看报，糟了，渔阳之阳为洋，北居数载之载为拂，那还罢了。最妙是“小说丛谈”内，《小说时报》复活一段“今年复活起来，归李涵秋所编”。无论今年没有《小说时报》，李涵秋死去多年，现在哪能编小说杂志？张恨水如此编报，真粗心万分了。原来那个“今”字是“十”字之误呢。真是差之毫厘，失之千里了。想老四未必居心拆他阿哥的烂污，而疏忽之责，究所难辞。本《明珠》记者“执法以绳，虽亲不避”，当即亲向老四质问其所以致误之由，可是又赞他有起死回生之术。老四当时也就掩口胡卢，扬长而去。我仔细一想，本来他是好意代阿兄之劳，反怪他不成？我这里给读者和投稿先生作揖，算我凑趣罢。扪虱谈虎，是老二凑趣的。他现在是老害病，又睡上了，只好暂停一两天。附带声明一句。

（原载 1928 年 6 月 16 日《世界日报》副刊《明珠》“免费邮筒”）

【注】①老二指张啸空。②老四指张牧野。

（二十九）复梅先生

恨水先生年岁考

梅先生：

此事本无考之必要。先生所猜，尚在八九不离十，不过把“以其富于国学及诗才”一顶大帽加上，这我固然不敢承认。但是四十以下，就没有人懂国学吗？我想一定有许多青年不服哩。

恨水

附来信

凡看《世界日报》的人，都知道有一位恨水了，若爱读恨水所著小说的人，当然也很愿意知道恨水的本人，在下就是因爱读《春明外史》而注意到著外史的恨水。但恨水其为何许人，固素昧平生，遑论年岁！惟以其富于国学及诗才，固有认为系一位年逾不惑的前辈先生。乃读六月十二日《世界日报》恨水先生的《写于生日之夜》中有云“来了两个十五年前的同学”，愚想这同学绝不会是小学校的同学，至少在中学以上。按中学至大学的年岁，折中计算，假定为十八之数，再加相隔十五年，因推测恨水先生的年龄为而立有余。但查《写于生日之夜》中又有“余十年来未尝记生日，今年的生日忽然记起”，并有友人为之祝嘏，本人自己尚且在华美吃了一顿番菜云云。因生以下二问题，何以十年以来，惟今年的生日记起？对于这生日一天，似乎有特地做纪念之兴意？因此揣知今年的生日必是正寿。上节既假定其为而立有余，今把这“余”字推倒，则恨水先生今年正为三十周岁也。瞎三亏四，灵与不灵，还请恨水先生自己来证明。

梅

（原载1928年6月19日《世界日报》副刊《明珠》“免费邮筒”）

（三十）答投稿诸先生

关于“胡对”之答复

投稿诸先生鉴：

关于“胡适之胡适”一对，其要点在一“之”字，且“适”字是动词，亦非可以将名词来对。诸君赐稿，如“谢安谢安石”等，只图叠一人之名号为一，而实则与张翼德张翼同，可谓一字不对也。诸承下问，并以耳闻。

（原载 1928 年 6 月 24 日《世界晚报》副刊《夜光》“免费邮筒”）

【注】此函所提“胡适之胡适”，是指 1926 年 8 月 13 日、9 月 5 日《世界晚报》副刊《夜光》“文字因缘”上署名为“不愠斋主”的征对。原文如下：

征对（不愠斋主值课）

胡适之胡适

北大教授，美国哥伦比亚大学哲学博士，《尝试集》《中国哲学史大纲》著者，现被英国牛津大学聘去当讲师的“胡适”次章“适之”。兹以“胡适之胡适”联成一联，征对“胡适之胡适”者。说句白话，“胡适之上哪儿去”也。此对余前年在上海《小申报》曾一度征对，应征者虽多，但都为牛唇不对马嘴。对得工切者，一条也无。现在再以此对在《明珠》《夜光》征对一下。对得最工者，赠天笑生主干之《星期》周刊五十册，全新无瑕，装成一楠木箱。以次亦有相当赠品。八月月底（阳历）截止。函寄本报恨水先生转。

不愠斋主人启事

不佞此次征联，承诸公不弃，纷纷投我珠玉。计先后共收到应征函二十五件。除张扶九先生一联比较尚称工切外，余皆误解原联意义，率皆勉强凑合而成，甚至有某君以“胡适之胡适”而对“黑色与煤球”者。此真可疑。昭大公起见，特将所收下联，按照收到先后，尽数发表，并请阅者诸公加以批评为感！

张扶九先生联："耿介石耿介"（不愠按："耿介"有志节而不与人苟合之意。冯衍赋有云："独耿介而慕古兮。"）扶九先生原按："耿介，字介石，号逸庵。性慷慨，清之大名人也，著述颇多。（见《国朝先正事略》《清儒学案》等书）"此联不愠略备微赠，聊助雅兴，准三日内送上。

余联按收到先后披露于左：

安期生安期	成舍我成舍	谢安石谢安	何许人何许
何仙姑何仙	杜牧之杜牧	陈闻生陈闻	解开元解开
奈何桥奈何	如来佛如来	黑色与煤球	夜明珠夜明
高攀就高攀	消闲录消闲	韬光寺韬光	虚无当虚无
詹同文詹同	许归也许归	安福系安福	昌平县昌平
不留行不留	谢履道谢履	留端甫留端	自由谈自由
太虚释太虚	安定远安定		

原联：胡适之"胡"适？胡适之胡适者，胡适之到哪儿去也。"适之"为胡适教授之字。

胡适之胡适

编者按：我们前年所出"胡适之胡适"的一个对联，始终没有人对上，因这五字是一个人名字，联起来有意义，译成白话，有两说，一是"胡适之到哪里去"，一是"胡适的胡适"。若用两个人对，或一个人对，字面意义不合都不行。这事读者还有几解，揭出如下一信，可见一斑。但是这样凑合，是不行的。

记者先生：

前阅贵报《夜光》栏内，有"民间传说之巧对中有一段……昔某报有征求'胡适之胡适'一对，终无有能对下句者……"（记者按：此某报即敝报也。）

敝人数年前暑假看《三国演义》，见有张翼其人者。又张飞字翼德，好奇心胜，因以胡联难家兄，终不能对。后敝人以“张翼翼德以张翼”对之，共言其巧。所可惜者，张翼与翼德非一人耳。不知贵报前之征求是否有非一人不可限制？抑有非时人不可之限制乎？

于衍符启

十七日

（原载 1928 年 6 月 20 日《世界晚报》副刊《夜光》“免费邮筒”）

【注】“贵报《夜光》栏内，有‘民间传说之巧对……’”，指 1928 年 6 月 14 日《世界晚报》副刊《夜光》“艺海一勺”所刊寿梅《民间传说之巧对》，张恨水在文前加了按语。

（三十一）答民宪先生

呜呼恨水

民宪先生：

昨接来书，有“呜呼恨水”之言。紧接注明，无论如何，非登出不可，未免吓我一跳。及至往下看，始知足下为我抱不平，感甚感甚。如此一来，似乎与王君挑疵，实则因先生那行小注，下得突厉害些个，恨水只好担些干系，谅王君必谅之也。

恨水白

附来书

昨日读王君大著《一成不变》，恨水在后面加了一个按语，说王君所言极是，小可不禁为恨水打抱不平，说王君的话不全对。王君说坏东西不能变为好东西，可见王君不知炭能变为金刚石矣。试问炭是不是比较坏的？金刚石是不是比较好的？然炭竟能变为金刚石，王君的话当然不对。至于炭怎样能变为金刚石，此处不便多赘，只要找一本高深无机化学一查，便知分晓。或问一问学过大学化学的人亦可知晓。呜呼王君！呜呼恨水！

蒋民宪

无论如何非请你把这篇小文登出不可！

王君之所以呜呼者，因他说坏东西不能变好。恨水之所以呜呼者，因人家用不对的话来驳他，他竟诺诺连声不能回答。

（原载 1928 年 6 月 26 日《世界日报》副刊《明珠》“免费邮筒”）

【注】为使读者全面了解此函，特将 1928 年 6 月 17 日、6 月 22 日《世界日报》副刊《明珠》先后刊发的《摇身一变（水）》《一成不变（王次元）》两文附录如下：

摇身一变（水）

“满山薇蕨吃精光，一阵夷齐下首阳。”从古到今，没有几个真硬汉，真能干到底。这“硬汉”两字，不一定指着“正”的而言，“负”的也是如此。自然，一条正式的硬汉，有一天软化起来，未免可惜。一条负性的硬汉，有一天软化起来，好像是“一旦豁然贯通焉”，所谓“丢下屠刀，立地成佛”，成了“浪子回头金不换”，这不能说是坏。“人之好善，谁不如我”，这应该“予以自新之路”的了。

但是，浪子回头，要在精强力壮、大有可为的时候回头。若是万贯家财，败得干干净净，人又奄奄一息，眼看是快要呜呼了。因为王家母舅、张家表叔还有一碗饭吃，于是“摇身一变”，在母舅和表叔面前，“涕泗横流”，口吐人言，说是要“痛改前非”，大作好人。这种浪子，不但是金不换，连狗屎也不值。因为他不过是借着做好人，来暂图三餐一宿，“苟延残喘”，并不是他有什么大觉大悟，改变了狼心狗肺。你如不信，稍等个周年半载，他衣食饱暖之后，便会看到他那三十六根反骨，会一根一根暴露出来。所以做长辈的人，对于这样靠不住的回头浪子，应该慎重考虑。

一成不变（王次元）

昨日读恨水先生的《上下古今谈·摇身一变》大著，真是叫我怀疑了！哎呀！水先生呀！我以为世上形形色色的七东八西都是一成不变的：臭狗屁不会变香，温纳兽（产于太平洋）的屁不会变臭，臭东西自然是臭东西，香东西自然是香东西。再者譬如白薯吧！永远是白薯！你把白薯烧着吃，他还是白薯。你把白薯用油制作而食之，他仍然还是白薯。即或你把白薯拿到西洋去，请洋厨子制成食品而食之，白薯仍然还是白薯。任凭你怎样的巧妙，白薯不会变成金刚石的。总而言之，坏东西不会变成好东西，欲打算不要坏东西，非把他消灭了毁坏了不可。水先生你以为然乎？

记者按：王君之言诚是。但是不变者是其质，可变者是其形。他虽不变质，把形变了以后，就可以把狐狸尾子藏起来，在人类里面瞎混。差不多的人，都易让他迷住的。要说把他毁坏，谈何容易，谈何容易。

（三十二）告读者：怎样毁灭我

我是一个极忙的人，简直不愿管工作以外一句话的闲事。但是当我工作的时候，所要拿起笔来写的话，偏是和我极不相干的闲事。我要说那是事与愿违，实在又是事与愿合。不然，谁教我当新闻记者呢？我真烦恼极了。

无论是谁，他见了我，不会知道我是极烦恼的人。为什么人家不会知道，因为我向来不愿把什么挂在面孔上。我的主张，以为富人炫其富，贫人炫其贫，一样是“架不住”的大毛病。但是这话又说回来了，我面上虽然不会摆出来，我的笔底下，却往往漏出来，所以我也是“架不住”者之一。

我为要架得住起见，于是乎学佛。我的朋友，因是分三种论调来评论我。其一，因为你物质上感到缺乏，所以要作和尚。等到你能坐汽车住高大洋房，就不消极了。其二，你方在壮年，前途大有可为。这样主张寂灭的学说几字消磨自己的志气，未免可惜。你要感到烦恼，你应该奋斗，不应该退让。其三，佛学是救人的。救人的救法，是要你去入地狱超度众生，不是要他们灭尸，所以要坐在那里参禅。这三种话，都是有理由的，但是却搔不着我的痒处。我的痒处，是要灭我自己，却不愿意为无意思的毁灭，所以我很烦恼了。

怎样毁灭我？最好是在国疆以外冲锋号的响声里，享受外国兵的一粒子弹。再不然，阅读几本佛经，消磨悠悠的岁月了。但是这两件事，都不容易办到。我只有用笔来泄一泄怨气了。然而这就是架不住，我很愿和亲爱的读者讨论这一个问题。

（原载 1928 年 6 月 27 日《世界日报》副刊《明珠》“上下古今谈”）

【注】此文写于张恨水最忙的时期（兼顾工作与家庭），当时时局变化多端（国民政府迁都南京，北京改为北平），张恨水曾一度学佛，借佛经来排遣烦恼，并起笔名为“在家和尚”。张恨水发表此文后，引起了读者的诸多讨论。

现将涉及的读者来函及张恨水复函附录如下：

书《怎样毁灭我》后（春岩）

在我的烦恼里，像这样子的问题，也是常徘徊着的，关于烦恼的话，像我差不多的人们都是有的，不过不同程度罢了。有的大烦恼，有的小烦恼，有的很烦恼，有的太烦恼，更有的烦恼极了，有一个人关于己身的问题没有烦恼，恐怕很少了。

新闻记者的苦工作，局外人是很难以知晓，但是推测着，也够忙的了，再加上烦恼极了，那简直可算真烦恼极了。但是用分析的方法来说，为什么要烦恼？其主因在，一切欲望不满足，但是欲望又为什么不能满足呢？无外乎环境的挟持，既然如此，这样问题便好解决。

俗云：“英雄要造时势，不要时势造英雄。”时势即是指环境，那么，假若能造得环境，那烦恼便可解除。据我的意思，凡事可以顺着环境尽心尽力去作，不怕不能把环境矫正，若矫正了环境便不怕问题不解了，像道家说：

"人之行为顺自然之道去走，就是倒好的路上。"自然的意义，也不外乎环境，司马谈批评道家说："……与时迁。应物变化……"也就是如此。

至于学佛之一事，我是并不反对，不过在中国的过渡时期中，在知识阶级，我以为负重大的使命，讲求佛理不宜，本来佛理奥妙自然有他的好处，不过弄的人太呆板了。

要去毁灭自己，似乎可以不必，既然在于自然，今日有了工作便去作，明日没有工作便可去睡觉；今日没有饭钱，很可以到街乞两个买烧饼吃，明日有了钱，也可以到六国饭店去吃大餐，又何必得死在外国的弹丸下？又何必去烂读佛经消磨岁月？人生本来就是这么一回子事，或者更可以一跃而出，为人类造大幸福呢？勉强东拉西扯瞎说一套，到了这儿便算结尾了吧！

（原载 1928 年 6 月 30 日《世界日报》副刊《明珠》）

读了《怎样毁灭我》之后（允恭）

窗外的雨声：淅沥，淅沥，我孤居斗室。迷濛的烟雾，织成了薄纱，笼罩四围，惨寂之神，频频向我苦笑——狰狞之笑！信手拿报纸来看。当这煌煌题目，怎样毁灭我的深处，有幽密同情的吻合，难以形容的吻合。我明知这是人生懦弱的表现，是积极主义的破坏者，但出于自然发生的现象，没有丝毫外力的成分；所以我不得不将吻合之声，随着淅沥的雨滴，洒在地上。

我活了才几多年？但人生的趣味，已完全领略了！对于我自身，的确是烦恼、无聊、悲观的。"怎样毁灭我"是早蕴蓄的机因，不过没有相当表现罢了。今读了恨水《怎样毁灭我》之后，不徒觉得是同情者，而且得到一番同情的安慰。闲言不讲，单说恨水"怎样毁灭我"的方法。最好是在国疆以外冲锋号的响声里，享受外国兵的一粒子弹。再不然，阅读几本佛经，消磨悠悠的岁月了。我想生息现在的中国，还没有叫国民满足"效命疆场"欲望的资格。况且我是抱大同主义的，也不愿享受外国兵的子弹。佛学在我心理上就没有根本成立，所以我也没有岁月供读佛经的消磨；即有，也不愿消磨在佛经里。这两条路，于我都走不通。安所得毁灭我的方法那？

末了，恨水说用笔泄一泄，而我本没有泄的机会，泄出我的当量泄物。呀！又将怎样？想不出法子，就不毁灭了我么？但我又没延长支撑的能力。

百思不得，挖尽心血苦想，终于没有想出。窗外的雨声，依然淅沥，淅沥。花丛下，添了几许残红。凝眸看，悲，欢，离，合，幕幕陡涌心头。呀！是往迹了！模糊，模糊，不敢凝思，怕泪湿襟袖……重将思想的重心，移到本题，但已脑昏、心颤、神迷了！纵没有想出，不敢再想，人生几许？何时不在脑昏、心颤、神迷里讨生活。长此以往，怕方法想不出，而身为族没了！所谓无法是法罢？！

（原载 1928 年 7 月 2 日《世界日报》副刊《明珠》）

怎样毁灭我（玉泉）

日前水先生的《怎样毁灭我》以为我的问题大矣哉。我不禁反说一句“怎样毁灭法”（恶势力），因为我觉得她的问题比我的问题还大些。

我们的架得住架不住，可以说完全在她的支配之下，我们看英雄的泪、名士的醉、文人的牢骚、常人的叹息以及难民的嗷叫、商民的呼吁，一样都是“架不住”，古今来架得住者有几？虽然有许多以架得住者自居，不过夸大狂而已！

我是个弱者，是头号的弱者了！水先生虽然不愿在面孔上表现出——架不住，可是已经在文章里说泄露出了。而我呢？文章不用说是读不到，可是面孔上一见便知是个穷小子。不能说是“态度暧昧”罢！

我深信她的势力的宏大，而且普及。教人求生不得，求死不能。即能，也是个架不住者。除非你麻木了神经，失掉了知觉。不然，总得尝尝她的苦滋味！

那么，怎样毁灭她呢？只得咬着牙，忍着痛，与恶势力宣战。下令总攻击，要必使天下一新，宇宙变色，恶势力根本除消。虽然，她的“根深本固”了！

这样，她既然毁灭了，我还须毁灭吗？若不然，你终于是个架不住者，不是个架得住者。

（原载 1928 年 7 月 3 日《世界日报》副刊《明珠》）

我也趁个热闹——读了《怎样毁灭我》以后（老大）

自那日《明珠》栏，发见了水先生《怎样毁灭我》之后，这几天投稿先生们辞论纷纷，各异其趣，《明珠》栏里，一时如火如荼，顿呈热闹。在下十年未尝握管，这番看来，忽觉指痒，不过游戏笔墨，不免有开罪水先生及投稿诸同好处。唉！小生这厢有礼了！

在下笔之前，本想摆下水先生原作，以免去题之讥。可是越出汗，越找不到。床头婆子撇嘴道："算了吧。"只这一句有分教——吓得小生如奉纶音，再也不敢多事。只好就几篇读了之后的大作，臆想原文罢了。

在看了水先生大作之时，我曾发了一点感想，以为一定是水先生因一时环境或精神上受些感触，来发他的牢骚。现在几天工夫，我又明白了，又好像水编辑因天长人倦，用草船借箭的故智，来抽点闲空修养修养。诸位想想，是与不是？

因为这样牢骚，是我们常发的。但是我相信，大多数对人不愿承认，故作旷达的。不然水先生岂不知，佛家之三无主义乎？"这样名词看来新鲜，实在在民国十七年是时髦的。"即无人相，我相，众生相是也。所谓要除烦恼须无我可见烦恼者，我之背景也，亦即我之着色最浓显处也。苟将无法二字作到，岂不是我已自然毁灭乎？故我奉劝水先生，须以拈花微笑之态度处之，勿汲汲于我也。

或有曰："我佛慈悲，超度众生。所谓三无主义，亦如圣人之道天下为公三民主义之大同无私，勿重视乎人我之界限。岂以如子所云：容尔毁灭而息乎？日子于子之我，果能抛得开，毁得灭乎？"小子向米缸子发愣曰：噫嘻，余不得而知也。然而编辑室中，有人焉，手理大批不劳而获之稿函而笑曰：兴得来！白相去哉，庶有之乎？

（原载 1928 年 7 月 6 日《世界日报》副刊《明珠》）

老僧从此休饶舌（水）

自从我举出《怎样毁灭我》一个问题而后，引起许多读者的指教，我很是引为荣幸。但讨论的结果，依然一无所获。而且还有几位朋友，和我表极端的同情，以为这个问题有说不出来的苦。至于我所列的两个办法，归纳起来，倒有以下几说：

（一）到国境以外，冲锋号里，享受外国兵一粒子弹。甲说：我没有那种勇敢。乙说：不值得。丙说：国内也可以找到，何必国外。（按此说，或者误会了原文）丁说：不见得冲锋号里就不能奏凯而还。

（二）看佛经。甲说：我没有那种慧根。乙说：用不着。丙说：何苦如此。丁说：要不得。

除了甲说，是对我人格有些怀疑而外，其余都不以我的办法为然。但是他们也只觉得人生或者有这一个感念，却并不能另举出第三个办法来。大哉死乎！

有些朋友猜想，说我受了物质的压迫。又说我感到工作太苦，所以发牢骚。固然，我并不是阔人，但卖文自糊其口，清茶淡饭，老槐古屋，在这乱世，很可以满意了。工作实在太苦，每日多至写五六千字，小也不能低于三千字。但我是中年之人，还干得过来，有时我还作那费工夫不讨好的旧诗旧词，余勇可贾，又可见我并不以为苦。所以我并不因此发牢骚。这话又说回来了，难道我还想不劳而获吗？

我所以要毁灭我，就是我的心灵已经在烂泥里了。我吃苦，全为的是我这个臭皮囊，我觉得有些不值。古人不是说了吗？"哀莫大于心死，而身死次之。"一个人的身世，成了一个"木乃伊"，这有何味？不过好端端跳河抹脖子，那也太没意思。因之我就有那个问题发生了。现我一想，丧失心灵的人，恐怕不止万数。他们并不因为心灵丧失去向人请教毁灭自己，可见这个问题是无法解决的了。老僧从此休饶舌，后事还须问后人。（黄药禅师语）

附告杨家老弟一句，我不是不受你的劝。但是这一个问题，我总得自己来结束一下。我是说颓丧话惯了的。河里的人不急，岸上的人，何必着急呢？

（原载 1928 年 7 月 7 日《世界日报》副刊《明珠》）

读了《老僧从此休饶舌》以后质水先生（刘树槐）

读了水先生的两篇大文以后，发生了一个疑问：因为水先生的文章写得不明不白，并且前后自相矛盾，使我读了，有囫囵吞枣之意。我现在把我的疑问写出来，敬质水先生。

世界上原有两种哲学，一是唯心的，一是唯物的。唯物哲学主张世界上一切都是由物质组合成的，除了物质之外，再没有别的东西；心灵不过是物质与力的一种结合的成绩，而力又是无组织的一种动作之表示（原子之跳跃）。唯心哲学主张世界上一切是由心灵感觉而成的，除了心灵之外，其余都是由心灵幻想或感想而成的暂时现象；物质的存在完全靠心灵的直觉。在这两种哲学争斗还没有解决以前，毁灭问题是不容易谈的。水先生究竟属于哪一派呢？他若是唯心家，则毁灭对于他已不成为问题了，因为他说："我的心灵已经在烂泥里了。我吃苦，全为的是我这个臭皮囊，我觉得有些不值……"他既然承认心灵已经死了，纵少也是丧失了（究竟丧失和死了有何分别，我不明白）。而他又说要毁灭"我"，究竟这个"我"从何而来？古人云："哀莫大于心死。"皆因心为一身主宰，其余一切只是心理感觉的现象；心死了，就是死了，还有什么别一个死啊？！若说古人指的"心"不是心灵的"心"，而是良心的"心"，那么水先生断乎不是没有良心的人。

但水先生若是唯物家——断断不是，因为他明明把臭皮囊看得很轻，而特别注重心灵——那么这个问题又当别论，因为唯物家是承认根本不能毁灭"我"的；就算死了也不能毁灭，因为凡物皆不灭，稍微明白现代科学的人都懂得这个道理，现在我略微解说一下：（一）生理方面，人虽死，人类永不灭，精神代代相传，至于无极。（二）物理方面，力可传达变化而不可灭；人的心灵可以由思想传诸他人，力可以由工作变成物质的形式。（三）生理方面，生命永远不断地成为生命圈，譬如动物死后变成矿物，为植物所吸收，动物又吸收植物，如此循环不绝。（四）化学方面，人是原子造的，凡原子皆不灭。由这几点看来，人是毁灭不了的，若毁灭也不过是暂时的现象。因之请水先生不必着急，你若是唯心家，你早就毁灭了。（水先生自己已经举了一个好例。他说丧失心灵之人不止万数，他们并不因为心灵丧失去向人请教毁灭自己。他们是已经毁灭了，还教他请教什么来？）反之，你若是唯物家，你是承认怎样也不能毁灭自我的，你便想尽千方百计，使了九牛二虎之力，也是徒劳无益啊！

说到这里，未免有句笑话：因为世界上的人多半贪生怕死，成天研究长生不老、永远不死的方法，而水先生竟敢来研究求死的方法。虽然同是一样的杞人忧天，我终究不能不佩服他的大胆！

七月七日

（原载1928年7月10日《世界日报》副刊《明珠》）

心与我之两问题（水）

我很抱歉，在我对读者声明不饶舌之后，又有这样一段声明。但是我实在不能不答复刘树槐先生。不然，我这个小议案，总算没结果。

刘先生所提出的唯心派、唯物派两大道理，我想除了张恨水之外，至于读者，一定知道的居多数，尤其是那原子不灭说，仿佛在初中教科书上已经有了，所以我这里不多引。现在我们要说这个人丧失了心灵，身子却未死，这个“人”还是“人”不是“人”？若说他是人，不是物，在你我他中，他总占上一个“我”。有了这个我，于是就有生存与毁灭的问题发生，这并不是爱因斯坦的相对论，像我这学问肤浅的人，似乎也容易发明出来。

其次，刘先生说：“若说古人指的‘心’，不是心灵的‘心’，而是良心的‘心’……”怪！良心和心灵，有以异乎？就名词说，“心灵”二字是象征的，“良心”二字也是象征的。就意义说，俗人所谓的良心，是王阳明所说的良知良能。再浅些说，是孟轲所谓恻隐之心，是非之是，羞恶之心。这个心，和心灵的心不同吗？否则只有把心指实事，说是心肝的心了。那么，良心是怎样一个形式呢？尖的吗？圆的吗？透明的吗？

复次，原文尚在，我没有说心灵死了和丧失了有什么分别。说到此，已交代明白，刘先生那一篇质问，本可不发表，但不发表，编者就有把持报纸之嫌，发表了，我又不能不答。所以我说不饶舌，究竟还是饶舌，我在读者之前，自举老僧失信之罪，阿弥陀佛！

（原载1928年7月11日《世界日报》副刊《明珠》）

（三十三）告和诗者

自本栏登录诗词较多以后，外间投稿之和章，为数甚多。其间自不乏佳者，惟原著人是否愿人之和，记者未敢揣测。率而发表，恐生误会。故关于此项作品，未便揭载。近来和作，依然不断的见教，积不发表，投稿诸公，或不明其意，故为此声明。诗人之旨，首重敦厚，诸公多端士，谅可原也。

恨水敬白

（原载 1928 年 7 月 2 日《世界日报》副刊《明珠》“免费邮筒”）

（三十四）答？先生

先生：

所询事，弟不知。《天上人间》所登之稿，均已卖版权。弟甚忙，此时亦不欲续撰也。

水

（原载 1928 年 7 月 4 日《世界晚报》副刊《夜光》“免费邮筒”）

（三十五）答读者：看电影胜似

看电影胜似（影迷）

看电影，胜似看极好的短篇小说。譬如小说只能写出一个人个性来，却没法把这人举止、动静、衣服鞋袜一切都写出来。但是电影能够。

看电影，胜似看戏。因戏要分场分幕，布景既费事，又只能在一个台上。电影则无论何地，皆能表现。

看电影，胜似游历。看电影里的外景，与出游无异，但出游没有这样安适。

看电影，胜似看跳舞。进酒馆去，看跳舞我们花多少钱。电影上的跳舞，却不另取资的。

看电影胜似赴音乐会。音乐会的音乐，无论怎样好，总要让我们呆坐着，白瞪两眼。

（原载 1928 年 7 月 16 日《世界日报》副刊《明珠》“银灯杂记”）

【注】“影迷”系张恨水笔名。

（三十六）答刘树槐先生

再质水先生（刘树槐）

早欲答复水先生，奈有两种不敢：一来是天气太热，不敢执笔；二来是在水先生郑重声明之后，又来找他啰嗦，显着过于麻烦。不过实在忍不住，只好不揣冒昧，干犯宏宸，在这凉风细雨之天又向他饶舌了，求他千万不要见怪才好。

水先生承认心之外还有一个我，这完全是二元论，就是心灵与物质并重，缺一不可。这一派哲学在现代也很有重要位置。不过我看水先生的言论好像是偏重心灵，故把他当作唯心家，若早知他是一个二元论者，那篇质问简直不用提出。良心与心灵是有分别的，良心的英文是 Conscience，心灵的英文是 Spirit，直译之即精神；虽同为抽象名词，而实地有异：良心只能指心灵的一种现象，而不能包括整个的心灵。没有良心的人，好像得了一种病，也许可以复元，譬如强盗哪有天良发现之时；当他良心丧失之际，他并未死，他仍旧可以观察事物，并且可以发出感情，因为他的心灵并未损失，只是其中一小部分——良心——为物欲所蒙蔽而已。

末了，水先生并附带声明“刘先生那一篇质问，本可不发表”，在我投稿的原意，并不是想出风头，或借此攻讦人，不过偶有所感，正如老大先生所云“我也趁个热闹”，游戏笔墨而已。水先生或者以为这篇质问太幼稚，够不上讨论，（他说至于原子不灭论，初中教科书上就有）那自然是以前所有讨论这个问题的文章应当都是高谈学理、探穷采微的名山著作，而小可看来，正未必尽然。本来死的问题是一个极普通的问题，上自伟人哲士，下至渔夫走卒，却必须经过而可以研究的，不过孔子说：“不知生，焉知死？”既然孔子都不敢讨论，何况区区小可呢！若水先生的意思是以为在他声明老僧从此休饶舌以后，又有人提出讨论，似乎不对。不过他那篇声明只说他个人不再饶舌，而没有禁止旁人重行讨论，也没有说关于此类文字，本栏停止研究的话；小可因看水先生很不满意一般的答案，所以觉得有继续研究之必要，特地作那篇质问（虽然我的题目是质问，可也有一般是解释水先生的问题的）。以为正当受水先生的欢迎，又谁料适得其反呢！

至于说怕我疑心编者把持报纸的话，更完全错误。文字若毫无讨论的价值，只因与编者的意见不合，或作者与己无相当交谊，即一概屏斥，那也不是真科学精神，真学者态度。

七月十三

又一段狗尾

刘先生是一个爱《明珠》者。我编《明珠》，我不愿和爱《明珠》者太丧感情。我现在宣告为刘先生战败。关于刘先生的再质问，恕不再答了。

水

（原载 1928 年 7 月 18 日《世界日报》副刊《明珠》“上下古今谈”）

【注】此答是张恨水针对刘树槐先生于1928年7月10日《世界日报》副刊《明珠》刊发的《读了〈老僧从此休饶舌〉以后质水先生》及本函所作。

（三十七）复能宾先生

水

能宾先生：

像你这样，对贱名发生疑问的很多，甚至生朋友会面走来就问这一句话。我真苦于解释。其实这个恨字，是形容词，不是动词。恨水，亦如春水秋水、恨海恨石也。人家对恨海恨石，一概不生疑问，独对恨水发生疑问，我对不辨是何理由。我为免除解释起见，本来想去了一个“恨”字，联系一个“水”字，但是事实上，又有许多地方不许可。所以读者喜欢疑惑像先生一般，我也只好让他疑惑到底了。

恨水拜白

附来函

水是人要喝的呀，一天不能离的啊，为什么要恨它呀？恨水先生曷有以答我！

以水君要打倒水阀，一则曰君，尊之也；一则曰阀，深恶绝之也。何水君要打倒水阀呢？因为水君恨水阀之作霸也，因而要打倒它。

因为恨它，所以要打倒水阀，不是吗？

能宾

（原载1928年7月25日《世界晚报》副刊《夜光》“免费邮筒”）

（三十八）复自若先生

这个没有猜着

自若先生：

您的大作，我已拜读。不过谬奖我的地方太多，我怕人家说我们互相标榜呢。关于《何堪词》一段，恐其他读者亦有误会，不得不辨。所谓“知音三个都消歇”，并没说是男子或是女子，足下何以指定是寄、史、何三位呢？况词章中兴到之言，原也不必实指哩。特此奉答，借表感佩。

水

附来作一段

（四）水先生所填的《何堪词》中（见本年阳历六月二日本报《明珠》栏）不是有“一个归休，一个漂流，一个青山骨未收”这几句吗？所谓“一个归休”者，岂不是《春明外史》中所说那位回南的李冬青女士吗？所谓“一个漂流”者，岂不是《春明外史》中所说那位寄人篱下的史科莲女士吗？所谓“一个青山骨未收”者，岂不是《春明外史》中所说那位被无锡老三困厄而死的梨云校书吗？

具以上四种的证明，所以下走推定杨杏园即系水先生的化身。下走素来是最爱猜哑谜的人，猜着也罢，猜不着也罢，但希望水先生宽怀大量，不要因此而怪下走多事才好啊！

（原载1928年8月1日《世界日报》副刊《明珠》“免费邮筒”）

【注】1928年6月2日《世界日报》副刊《明珠》所刊《何堪词》如下：

何堪词·采桑子

其一

琴书漂泊干戈际，有恨填词，恨也谁知？又是荼蘼半谢时。

不明何时愁浸骨，梦也如痴，醒也如痴，爱唱秦淮夜泊诗。

其二

知音三个都消歇，一个归休，一个漂流，一个青山骨未收。

喜君正是知音者，且共登楼，买酒浇愁，怕有离时在后头。

其三

东风处处鸣笳鼓，胡马江关，夕照河山，忍向天涯又倚栏。

喃喃负手将谁语，哭也无干，歌也无端，填出新词自已看。

查 1922 年 8 月 21 日张恨水发表于芜湖《工商日报》的《伤心人语（三）》一文，叙“平生一患难交。一族人张楚萍。一怀宁郝耕仁。一番禺郑慧英。萍以冤死于狱，至今寄棺黄浦”。此诗其二“知音三个都消歇，一个归休，一个漂流，一个青山骨未收”中“知音三个”，应为张楚萍、郝耕仁、郑慧英。

（三十九）敬张安澜、余维钦先生

昆明池联

张安澜先生：

云南昆明池一联，古今楹联大观中，曾载之。其他联书，亦多采及。手边无联书，原文长不能尽忆，难于录出，请自检阅可也。

恨水敬白

读书为苦恼之母

余维钦先生：

读书为苦恼之母一语，我国类似此种格言者甚多，如“识字为忧患之媒”，即其明证。此种格言，大抵谓人有知识，然后感到环境种种不快。虽出于愤激，亦系至理，殊不难索解也。

恨水敬白

（原载 1928 年 8 月 10 日《世界日报》副刊《明珠》“免费邮筒”）

（四十）复丽娜先生

吃与病

丽娜先生：

你的话极对。我还未吃，只说了要吃尽十春一句，就真病了。何况真吃呢？吾知勉夫！

水

附来函

水先生：

顷读《小月旦》，知病已全愈，恢复工作了。我但愿水先生永久的工作到底（就是永久不生病），所以特写信劝您以后绝对的不要生病。读到这里，水先生一定要说：“人的生病不生病，自己怎能做到呢？”要知您的病原不用医生证明，凡读《夜光》栏的都知道是“吃的野心之报应”。水先生吃了九春，还不足，一定要吃尽长安十处春，可见他吃的野心太大了。至于什么诗不诗，那是表面的推测而已。

末了，还要声明我这是代表阅报诸位，求水先生以后务必牺牲自己的吃福，来增进我们的眼福，不知可否？

敬祝康健

丽娜

（原载 1928 年 8 月 20 日《世界晚报》副刊《夜光》“免费邮筒”）

（四十一）致释缚先生

记者按：释缚先生那篇稿子，我以为于婚礼过渡时期，可以公开商榷，所以登出来了。内容却没有指明是谁。现在怡臣先生来信，说是他令亲的事。我是系铃解铃，只得再登出来。怡臣先生来书，有两三处费解，因欲存其真，并未改易，附带声明一句。

释缚先生：

十八日在《世界日报》上，得读大作《看了文明结婚以后》，非常钦佩！敝人素来不好在报纸上乱谈，更是对于这“任己实非”的事，从来不理，但此次大作上，有讽刺的意思，且与舍亲有关，不才敢来谈谈。

文明结婚，先生虽然是初次参加，敝人倒参观过不少。对于花车到时，新郎所以开车门、行礼等事，这很不稀奇，更不是轻视新郎，这是含有尊重女权的意思，又因为新妇初到，例属客位，新郎为主人，既为主人，必表示恭敬，开车门，行礼，也是这个意思。在旧式婚礼上，也有此举，在西洋婚礼上，更不必细说，这有什么可怪的？中国婚礼有一定的限制吗？说着这样是况外来吗？何必怨及傧相哩？先生请以后对于友人结婚时，多多看看吧。

“我们不知道他们山东是什么规矩”这句话的确有的，但不是傧相所说，这句话大有原因在，说这话的也没有犯神经病，先生不问青红皂白，就能乱加批评吗？闹着玩和说笑话，无论新式旧式，向来家家有此事，不但作傧相的不能管，旧式新人的家长也管不着，那天两位密斯并非初次作傧相，她绝对不能管你们这些闲事，先生你就不问清楚了就敢乱加是非吗？准知是说你吗？恐怕该日的事情以及一切，现在你还不知道哩！先生既系新郎之友，你可到他家探问一声吧！设身处地去比，如果是我，恐怕惭愧都闹不过来哩！

末后敬告先生，请你以后关于这信口是非的著作，少在报纸上登吧！敝人素讲忍耐从事，故对你此次的事，概不追究，谨慎！

怡臣书

（原载 1928 年 8 月 21 日《世界日报》副刊《明珠》“免费邮筒”）

（四十二）致澄叙三君并石符君

致澄叙三君

澄叙、荷君、澄敬三位先生：

来信拜读了，诸位对我这样盛情，我是感激莫名。从前也有许多人怂恿我把相片露布，我觉得这事有些肉麻，所以未曾答应。现在我常接读者来示，要当面谈谈。我既不应该拒绝，又没有相当的工夫会客，很是为难。若我把我的相片披露出来，倒也等于一堂恍对。现在就从三位之请，已把我的相片去制版，大概下星期一二，可以在《明珠》上肉麻一次，借此也可以拜会要来赐教的诸位。然而这事是很难为情的。

恨水拜复

致石符君

石符先生：

我在报社的时间，很不一定。先生住在极东的东城，老远的前来赐教，若是会不着，岂不冤枉。三四日后，我的相片，要在《明珠》上出一出丑风头，先生当可坐在家里看到我了。

恨水拜复

（原载 1928 年 8 月 25 日《世界日报》副刊《明珠》“免费邮筒”）

【注】1928年8月28日《世界日报》副刊《明珠》刊发了张恨水照片并加文字说明。

介绍我于读者（恨水）

左方一顾，面团团如富家翁者，是即为我。我自知粗俗平庸，实无披露之价值。愿读者不弃，多数必欲一识我。我藏拙不露，竟有疑其为人神秘者。今谨以此相公开于读者之前，聊助神交，借作登门拜谒云耳。

（四十三）答慧意等君

慧意等三位先生鉴：

《夜光》之稿不分新旧，以短小精悍为妙。其过长之佳作，则向付《世界日报·明珠》栏发表也。特此奉闻。

编者

（原载1928年9月5日《世界晚报》副刊《夜光》“免费邮筒”）

（四十四）复莽夫先生

论中医

莽夫先生：

大示拜悉。足下之态度则是矣，理由则未敢认为定论也。当今二十世纪，为科学昌明之时代。吾人纵不能举一切事物皆科学化，要不得反故背科学以为之。昔日无火车，今则有所谓吞炭怪兽。若曰此洋鬼子之物，不足乘载，我中国自有骆驼可骑。此岂人情耶？事理合于人生者，虽黑种所发明，不必以为不可用。事理不合于人生者，虽为吾国圣人孔子所倡，亦不必服从。仆在青年中，人素目为腐化分子。仆之为此言，自问极平心之论也。以言于中医，何独不然！中医之学，托自黄帝之事迹，历代历史家，盖难言之。黄帝之发明医药，究何凭借，足下为此道中人，当亦不得其详也。二千年后，乃有吾家仲景出。仲景先生，所谓医界中兴圣人也，吾尝读其书，亦不过阴阳五行之说，后之医者，仅叶天士一二人能稍稍出其范围。余则亦步亦趋，不敢稍认生克之说为不合。夫对症下药，为实实在在之事，何必远取金木水火土以为心肝脾肺肾之象征。事本明白，反以空洞拟之，此仆所以认中医之学为玄也。至于中药治病之功效，确有准者，如黄芪一物，西医即惊为神品。又如中医治咳嗽用杏仁，西医亦然。药果可用，中外原无界限。但中药之用，只是经验得来，或书本上得来，未闻有中医将药品一一加以化验者。此所以药愈真，危险乃愈甚。仆尝与中国西医谈及，谓如何而可使中医科学化，将四千年之医学发扬光大之。西医无不表同情，但谓非悠久之岁月与多数之金钱不为功。若足下一味攻击西医，则仆以为不若西医等所持之态度为是也。要知中西之分别是一事，庸医杀人又是一事（先父即以小病，死于中国庸医之手），初不得并论。先祖父马上生涯垂三十年，太平之后因官无事，老则习医，以消磨其岁月。老人读医书亦二十年，初不敢冒然开一方。仆叔伯辈询之，则曰以三个指头在人手脉上断人生死，我总无此大胆。此一言大可玩味。先生对此作何感想？先生果能为中医发大其光辉，仆极所赞同。然不能外于阴阳五行之说，仆终惶惑而不敢相从也。仆亦直言无隐，尚乞鉴谅。

恨水复

（原载 1928 年 10 月 9 日《世界晚报》副刊《夜光》“免费邮筒”）

【注】此函揭示了张恨水对中医的理解和态度。

（四十五）复岫侣先生

不战可乎?

岫侣先生：

关于恋爱六个疑问的讨论，是由读者给我一种指教，并不必读者先生互相攻击起来。尊函原拟不发表，又恐怕我有袒护一方面的嫌疑，只好发表了，而日子却不免因考虑迟一点。我希望孤血先生不必反攻，足下也就淡焉置之，不必有切肤之痛也。一笑。

恨水

附原函

在前拙稿第一句话说：“我没站在恋爱的立场上，不配谈恋爱。”的确！不期触了孤血等实行恋爱家的反感，抱歉！切肤之痛，焉能忍下？所以不惜反复辩护以粉饰，对不起！“跛子面前，哪许说短话”呢？

自己的理由，当然自己是拥护的，可是不许误入歧途，是非颠倒而不承认公论呀！

抬头的话，我是不赞成的，因为好好的篇，被我们无病呻吟的占了许多，是不合理的。

“金钱”是广义的名词，不是专指为到公园的二十个铜板的票费，女子——大部分女子拜金热，我是绝对承认的，因为这是在女子经济不能独立以前的习惯事实，不过恋爱中间要用金钱来介绍，以金钱为目标，那不是真恋爱，那只是打着恋爱牌号，唱着恋爱的高调罢了。这样，我还是叫他们“嫖娼”。

“环境不能支配人生，尤其是恋爱。”我是相信的，只看你的奋斗与努力，假如你随波逐流下去，我也没法。真的恋爱，可以达到同生死的地步，什么有一点不如意，就变了最初的意旨，那么，这不过是好头，伙计罢了！

其余各条，不能尽数提出，因为《明珠》篇幅的经济，不愿意用赘累不清絮絮叨叨的话，无理取闹，我的主张，是始终不变的。

“在旧家庭束缚下的女子解放问题的商榷”，请主编将拙稿发表，我们讨论吧！因为现在很有讨论的必要。

十，十六

（原载 1928 年 10 月 23 日《世界日报》副刊《明珠》“免费邮筒”）

【注】此函所复问题，均由 1928 年 10 月 5 日《世界日报》副刊《明珠》“上下古今谈”刊发的张恨水《恋爱上六个疑问》引起。原文如下：

恋爱上六个疑问

我自负是个老少年，不会谈恋爱问题。有人把这件事问我的意见如何，我就把我当年曾揭出的六个疑问和他一谈。朋友听说，也有赞成的，也有反对的，却不一致，一直到如今，我不知道我的疑问，是否是疑问？那六个问题如何？且把他录在下面，大家看看：

（1）恋爱大概要金钱。不然何以穷汉少得美妻？

（2）恋爱大概怕权利。不然何以美人而愿嫁老吏？

（3）结婚大概是恋爱最后一幕。不然何以已婚者不如未婚者之好？

（4）自由结婚仍有流弊。不然，何以新式夫妇离婚最易？

（5）恋爱由假可以变真。不然，何以旧式夫妇真有守贞节者？

（6）恋爱多因环境而易。不然，何以有始乱终弃及始离终合？

诸君看了，以为怎样？从前也有人赞成我发表长篇议论的，也有反对我写信来驳的。赞成我的，我当然不便拿出来自捧自。我现在可以把一位善继君驳我的信，录下来看看。

（一）请水先生从事实上观察，乡中的苦农人，没有妻的可以说不到十分之一。他们每到秋天替人家收获，到春冬雨季农家没有事情的时候，就往京城地方当小工（北京土语）或拉洋车，养活他们的妻子，能说他们不是穷汉吗？然每当他们回到家里的时候，他们夫妇，是何等喜欢，何等亲爱，能说他们没有真美的妻吗？

（二）水先生说：恋爱怕权利，并且还拿美人愿嫁老吏这句话证明，试问美人因怕老吏的权利而恋爱，这还可以说是恋爱吗？若给他“强奸”这个名词，是非常适当吧？

（三）“结婚是恋爱的最后一幕”，这句话未免太笼统了。可以说精神的恋爱不能承久吗？旧式夫妇爱情很深很浓厚的，可以说不是结婚才发生恋爱吗？

（四）“自由结婚仍有流弊，新式夫妇离婚最易”，这两句，有点欠研究吧？我想凡离婚的人，大概都是不知自由的真意，不明自由的手续。胸无主见、天性鲁莽的人，初遇不久，还未明了个性，就盲然拿自由结婚的名词来结婚，这岂不是错用自由结婚的真意吗？还能在他们这等人身上加这个好名词吗？

（五）水先生的意思：“恋爱由假可以变真。”看了真是莫名其妙，再看下边的证明“旧式妇人有守贞节者”，旧式夫妇终身死不合的，她丈夫死后因旧礼教的关系而守节，能说这旧式真的恋爱吗？而凡守节的就是恋爱？（水按：此段善继君引的不是原文。贞节要从两性说）

（六）我想两个人若是真正恋爱，结成就是使他们肉体分开，视线隔断，音信不通，他们的精神上还是一样亲切，永不会变更的，水先生，你以为怎样？

他这样驳我的话，似乎不很恳切，我想经过情场的人，他必然有所感动，何妨抓住这六个疑问，来谈一谈呢？

之后10月8日“上下古今谈”接着刊发岫侣先生的《谈“恋爱上的六个疑问”》，10月13日唤先生的《答复水先生恋爱上六个疑问》，10月14日子牙先生的《我也谈谈恋爱问题》（文后编发按语，水按：我已声明了，关于六个问题，赞成我的，反对我的，我都揭载。我以为大概吃过苦头的，必定和我有同情之感。反之，正在想象或试验的恋爱生活者，无往而不乐观，必定以为我太煞风景。然而我只是注重“大概”两个字请人讨论，谁捧我，谁骂我，那是说不上的。附带声明一句），10月16日孤血先生的《六个问题》，10月18日寿梅先生的《谈谈恋爱上六个疑问》，10月19日达蕴先生的《答“水”

的恋爱六问首两题》，10 月 20 日亦吾先生的《恋爱六问的我见》等七篇讨论文章。最后以张恨水《不战可乎？》的回函结束讨论。

（四十六）复甦也先生

多情人与不祥之物

恨水先生大鉴：

大著《春明外史》，文词之超妙有目共赏，无待赘言。书中之主人翁，即为公之小影，论者已多坐实。惟以走观之，公于描写杨杏园之处，虽多所回护，而迹其行事如白素秋之不知所终，梨云之抑郁以死，早使此君负着甚深了。联系第一次梨云之负气不快，冬青与杨杏园，天然佳偶，铢两悉称，公又不为之撮合，致使男方抱恨大终。读者已有不满之声矣。犹会以有史女士在，可以移花接木，差强人意，讵读今日文字，愈写确认，窥公之意，竟欲将活泼泼之史女士置之死地。现虽未见下文，若果幸而言中，则杨杏园成为不祥之物，为神人所共愤。公亦作茧自缚矣。岂不煞风景之甚。持函奉劝，务望笔下留情，完成好事。勿使情天留此缺陷也。

耑此祇颂

撰祺

甦也顿首

恨水戏按：听评书落泪，甦也先生诚多情人。好心不可埋没，特将原函一字不易介绍于读者。至《春明外史》结果究竟如何，好在不久即可揭晓，不妨少待。哑谜固越思索越有味者也。

（原载 1928 年 10 月 24 日《世界晚报》副刊《夜光》“免费邮筒”）

（四十七）复胡说、释缚、秋水三位先生

恨水候教

胡说先生：

请示真名姓，以便通函一谈。

释缚先生：

如有暇，请于任何日上午，过我一谈。仆寓宣内未英胡同三十七号。如命驾，请先电询南局四五六三号，免仆已出而不相值也。

赵秋水先生：

尊驾尚在北平否？乞示知！

（原载 1928 年 11 月 1 日《世界日报》副刊《明珠》“免费邮筒”）

（四十八）致《明珠》读者

征稿例

（1）本栏稿件，偏重于趣味方面，切忌恭维与谩骂。此外对于稿件之发表，并无其他成见。

（2）所需要稿件如下：（一）隽永之上下古今谈；（二）短小之随感录；（三）科学化之旧戏谈；（四）电影事业之介绍与批评；（五）中外杂技之介绍；（六）人情风俗之记载；（七）小说及诗词文话；（八）自撰之近代笔记；（九）短篇小说；（十）诗词。尚有特别征求者，北平社会上趣人趣事之记载。（须新鲜而不含攻击性者）

（3）除第十项词章为文人遣兴之作，不奉酬外，其余每篇至少酬洋三角，最佳者酬洋十元，长篇另议。特别征求项下，加倍奉酬。

（4）投稿人愿将自书题目刻戳者，（以有统系之长篇为限）可

照办。但须按《明珠》短栏之长度书就。

（5）稿金，月终结算，下月初奉酬。来稿请注明通信地址，以便通信。稿移登《世界晚报》时，亦照例酬。

（6）抄袭家勿光顾。短篇稿件不退还。此外并无投稿之章程。

（7）此例，自即日起实行。

（原载 1928 年 11 月 14 日《世界日报》副刊《明珠》“免费邮筒”）

（四十九）致玉文先生

玉文先生：

大示已悉。年来卖赋燕市，他无所得。惟文字精神之交，积久良多。喜也。先生如不见弃，所愿领教。乞以通信地址相告，以便专函奉约。

恨水敬复

（原载 1928 年 11 月 27 日《世界晚报》副刊《夜光》“免费邮筒”）

（五十）两封怪信

昨有某女士，将一素不相识者之求恋信与本人之复函，一并相示，要求登报。记者初不过感其有趣。继思于社交公开问题上，不无关系，发表亦佳。因可供读者之研究也。惟两方真名姓，为省事起见，一概抹去。

原函如下：

男致女函

今年夏天的时候，我在中山公园看见了你一次，回来就写了一封信到你，以后竟不见你的回信，恐怕在短小的时间，不能得实地住址与芳名，那信恐是失了啊！现在我费了百多天的工夫，才知道你的学校；可是，那你的贵姓决定对了的！

唉！为你用了多少手腕与心血，才得到写这信的材料啊！请你千万不要笑我，怪我的，回我一封信吧！放大胆不要怕羞怕丑，凡是越文明的女子，越开通，越不要抱着二十世纪的心理的！想你也是一位新人物，对于男女交友，那算出奇吗？那算丢面子吗？你瞧，现在社会上的人民，还是高尚的人家与高尚的心思眼光行为的民众，出来没有羞怕于男子的，我的本心要求你，也是作一个最亲爱的朋友；但是，又怕你不能啊！

祝你的幸福！快乐！

女复男函

你的信我已收到了，看完之后，令我十分欣羡。我想你的脑筋比牛脑筋还要发达，你的举动比猪还要活泼，你的丰采比大马猴还要漂亮，你的文章洋洋洒洒好像放连珠屁一般，并且你的字迹比狗脚迹还要好看。这都是你祖宗积德，所以才生出你这种败类，真足以扬名显亲，光宗耀祖，假如那几付狗骨头有知，九泉下想必含笑不止啊！

礼拜日有暇直往万牲园去与黄牛幽会，风雨无阻决不爽约，你果非凉血动物，当不至缩头不往。专此答复。

顺询　猪安

并询　全国六畜兴旺

教汝者劝

十月三十日夜

（原载 1928 年 12 月 9 日《世界日报》副刊《明珠》“免费邮筒”）

【注】这是张恨水针对《男致女函》《女复男函》所作的按语。

（五十一）答隐名者

隐名先生：

偶离平六日①，回家则信积如山，盛满三抽屉。于纸堆中清理出手书，领悉一切。仆于诗词，自知未入流，而专尚性情，则与先生同，若有大作惠赐，亟愿刊登也。又自前二日起，仆已照常工作矣。专复不尽一一。

恨水敬白

（原载1928年12月21日《世界晚报》副刊《夜光》“免费邮筒”）

【注】①“离平六日”是指张恨水应张学良之邀首次赴沈阳。

（五十二）答两封怪信

关于两封怪信

关于两封怪信这件事，有许多读者来信讨论。于此，可见两性的问题，总是人极愿谈的一件事。

但是这种文字，非袒男即袒女，在我们记者的立场上，很容易惹起误会。尤其是女性一方面，恭维之不可，攻击之更不可。所以这种奇怪的事，除让她和他去厮杀外，实在用不着第三者给她和他出一把汗。

无论是哪一个青年，都有急于求恋爱的一个时代。不过女性因传统思想的关系，在这一点，总比较矜持些，男的恰好居于反面，总浪漫些。总而言之，过犹不及。在这过犹不及的中间，我们何必说什么呢？

（原载1928年12月23日《世界日报》副刊《明珠》“免费邮筒”）

【注】此函是张恨水针对12月9日《世界日报》副刊《明珠》刊发的两封怪信而作的解答。

（五十三）敬答《夜光》《明珠》读者

容纳批评

艺术家一方面要去研究人，一方面很欢迎人来研究我。必定是这样，然后可望到改良与进步。

人家来批评我，不一定完全对。但在我，却要完全容纳。因为他若和我不是仇人来故意挑眼，那他的批评，多少有些意味。有意味的商量，当然有容纳的价值。

《明珠》《夜光》的读者，大概知道作小说的张恨水，就是编辑《明珠》《夜光》的张恨水。又是读者批评到我，除了与我以无理智的骂，我从来不敢将这种文字，送进字纸篓。

并不是我沽名钓誉，一个人要想望好，应该要宝贵这个交换意见的机会。

（原载 1928 年 12 月 25 日《世界日报》副刊《明珠》“免费邮筒”）

（五十四）答致先生

致先生：

尊示已悉。大作清新流利，兼而有之，甚佩。惟蒙奖饰，殊不克当耳。弟于二十八日正午十二时，在西长安街三十七号朝报社工作。如有见教，请驾临该处可也。

恨水敬复

（原载 1928 年 12 月 27 日《世界晚报》副刊《夜光》“免费邮筒”）

（五十五）就两封怪信答王德铭君

表明我们对两封怪信的态度

哀梨是个极虚心的人，什么人指教，都愿领受。但是我所受的指教，当然是我的事，这回却不料我为了两封怪信，把我第三者卷入了漩涡，而有王德铭君来信所云，发生那种误会。这事我不得不赤裸裸的说下。

这两封怪信，我最要声明的，就是为事实，绝不是造谣。信是由女方寄到本报社会部，社会部因体裁不合，转交到《明珠》的。我们看了之后，自然认为是个有意思的问题。不过女士另有一信，说是原信要退回。我们一度考量，以为虽然手续多些，究竟可登，所以登出去了。同时，我们料到必有人来讨论，我们也很欢迎的。可是就在这时，某女士已经驾临敝社二次。一次是催发表，一次索原稿。此后又连打了几次电话，并通电至记者舍下，而语意倒是无所用其客气。因为如此，我们怕赞同或反对她之后，她更要来麻烦。我们工作都很忙，不能为一件事老是应付着，所以只好置之不论。我们发表时候的态度如彼，发表以后的态度又如此，就是这个原因。德铭先生既认我们捣鬼，其他读者必有同样的感想，说出来大家知道，也是应当的。其实果是捣鬼，谁不得罪谁，我们又何必怕讨论呢？话说到这里，王先生当可以谅解了。

原信附后

哀梨先生台鉴：

前于贵报《明珠》栏见两封怪信，鄙人以男女之隔膜太深，于男女平权大有妨害，曾邮上草稿一篇，借此题以表个人之意见，虽词浅意简，然希望能引起公众之注意，而得出真正之原则。此作惟青年男女，对恋爱有所趋向，亦见先生公布此两信，而提出社交公开问题，以供读者研究之深意也。奈观本月二十三号此栏内先生之主张，似与前之主见大相矛盾。兹一一说明，愿求教于先生。冒渎之处，幸求谅焉！先生言：关于此两信，去函讨论者甚多，并曰两性问题，愿谈者总多。此情信然。然谈此事者并非戏嬉；以此本为极大悬案，静待公众解决，亦与论界所当注意者也。奈先生以此类文字，非袒男即袒女，在记者立场上，易于惹起误会，是诚令人不解。夫理论之生，皆借题而出；真理之得，则以辩论而益显。若此事男女双方和合，何理论之生？对社交公开问题，有何供读者研究之点？而此两信之登出，显系造谣生事，徒占篇幅而已。先生以为新闻界之任务只如此而已乎？且于记者亦无误会之可能。因记者只负审查来件之责任，并未参加自己之意见。至对此信男女双方之非难，是将信公布后，应得之反响。因公理所在，万不能泯；不平则鸣，为人情之常。若此信之男女双方，于此不明，而误会于记者，诚无理之至；因若恐有人反对，则不能将信公布，且记者亦当预先说明。若未加斟酌，草率登出，则对反响者亦当登出；不然则记者显系袒男或袒女，而处于不公平之地位；是非所望于舆论界者也。又曰："对于女性，恭维之不可，攻击之更不可。"此语非惟失记者之责任，且太藐视女子也。夫记者当以公理为目标，不论男女，有理者则恭维之，无理者则攻击之。若不受恭维，不受攻击，是无理性之野蛮民族，在今日女子知识发达时代，决不能如是莽鲁以自贬身价。至若不用第三者出汗，是更不合理。譬如二人因言语冲突，起而动武；在旁观者，或警察曰："任彼厮杀，勿庸调停。"先生以为可乎？又有所谓："女性因传统思想的关系，总比较矜持些……我们何必说什么呢？"鄙人常谓人生于世，不能抱消极主义，凡事皆不问闻，则永无真理之产生；而处记者地位，则更不当顾前瞻后。若此传统思想为不朽之原则，则保存之，否则打倒之。是近日革命之精神，亦记者之责任也。且此传统思想根本无成立之可能；昔者女子足不出闺门一步，禁与青年接近，今则何如？而先生不敢加言，反曰：

女子难于恭维，攻击！

敬候赐教并询

著安

王德铭启

（原载 1928 年 12 月 28 日《世界日报》副刊《明珠》“免费邮筒”）

（五十六）答律初先生并致潮界先生

研究恨水（律初）

恨水先生：

你在前两天的报上说过两句话：“艺术家一方面要去研究人，一方面要研究我。”哈哈！我现在就要公然作一个笑笑的研究了，请恕我的冒昧呀！（水按：奖饰太过不敢当。中略）惟近年以来先生作小说似已不如从前之专。除《世界晚报》之《春明外史》外，他如北平《益世报》《新晨报》《世界日报》，远地如《上海画报》等，无不载有先生之著作。夫学贵乎专，杂则不精，著作亦犹是也。先生将以著作愈多而愈显其精深博大之才乎？然试一观历来学术界垂名不朽之人，何一非以一种不朽之著述而显才，是知名愈大者，其所攻者必愈专，而多固无益焉。

然则先生之意果何在？斯益令人百思莫解矣。或谓余曰：傻子，人能枵腹而从事于一种职业乎？只知责人以不专攻不务名，而不知犹有急于专攻与务名者在也。

哈哈！先生之意果在是乎？若是，吾深为先生非而重为先生惜也。

诚然，人不幸而生于中国，民不聊生之中国，士不能安于学，农不能安于耕，工商不能安于制造贸易，家庭是这样的黑暗，社会是这样的腐败，国家是这样的衰落，财政是这样的奇绌，民生是这样的凋敝，自然在一般人眼光看来，小说家处这样的恶劣环境之下，是不能安心于著作的。然而我深信艺术家的天才，并不因环境的恶劣而少减，而磨灭，并且艺术家只有这样的情形之下，受过了无限的人生痛苦，饱尝着人世的沧桑和阅历，因而愈以激发其天才，增加其经验，发而为长歌，则抑扬顿挫，凄婉动人，发而为小说，则悲壮淋漓，不忍卒读，给人类以无限的同情和警示，而成为一种有绝大的价值的平民文学。反之，彼衣绸，食肉，住洋房，坐汽车，备受政府的优遇和自然命运的保护的文学家，我相信他们一定产生不出好的作品来。偶有亦不过是贵族式的庙堂文学，以供少数人的赏玩而已。因为他们的环境是舒适的，快乐的，他们从来就没有受过很深的刺激，所以思想是平庸的，感情是淡薄的，所以作品也是平凡无奇，而不足道。试看古今中外的大文学家，多半是一生潦倒不堪而后有伟大的作品出现，这就是一个好例子。

好了，就说到这儿止罢，离本题已不知多远了。本意是由极端的爱护和崇拜心而生出的一种无谓的担心（也可说是无谓的罢，不过这不是我私人的意思，我碰了好些朋友，他们也都是和我一样的无谓担心着）——担心着先生或将由这种贪多务博，或是不安于现有个人的生活的状态，而思有以改良的念头，而成为一个贵族式的庙堂式的文学家，而糟蹋其大好的天才，而不能完成其伟大的著作（因这种饭碗问题而牺牲了无数的有天才的青年，这是我深恨而痛惜的），而因以失掉其最荣耀的青年人对于己的羡慕和崇拜心。

先生，我本来是预备用个人的名义，和你作个私人的通信，后来我一想，这不独是我个人的意思，而且是一般人的意思，我确知道他们也是和我一样的盼望，盼望对于你这种不明了的情形，有一个相当的了解。所以冒昧的用了一个“研究恨水”的题目，希望你能把他在《明珠》上发表出来，并且请你一个回答。不过先生要是认为无谓的或是无答的必要的，马上就可以把他塞进纸篓里去呀！

恨水按：律初先生所言，甚为铭感。但恨水不才，向来不知积蓄为何事，决不欲拼命挣钱，至于自杀。惟各报约恨水作小说者，皆有极深厚之友谊，或有成约在先，决难中辍，非恨水以卖文得钱，多多益善也。先生只知恨水发表者太多，不知恨水婉谢而未应约者，实逾此数。恨水忧患余生，嗜好尽除。目前衣食所需，并不恐慌，亦无多卖文之必要。平内外所以犹有长篇小说八篇者，皆为友人而设耳。弟不必友人相劝，早已悟此为非计，现拟于一年内，陆续将各处文债结束。以后至多发表三篇，留其余暇，稍读中外书籍。而生平好游，尤拟一至边疆及海外，一扩眼界，此虽只好形诸梦寐，亦可知恨水非欲徒卖小说而已。此均直言，未敢相欺也。

致潮界先生

潮界先生：

前日光临敝社，面谈甚快。所交大作，弟以先生谓只在艺术范围以内讨论，故允发表。惟发稿时，仔细检查，内中未免太偏重于情感。设身处地，有令对方难堪者。吾侪十年读书，十年养气，当留吾少年焕发之精神，为国家社会尽力。若夫此区区小问题，似不必按剑而起。昨接来信，谬奖弟心平气和，弟岂敢当，敬以此奉赠先生，先生亦笑而颔之乎？承许以短篇小说见惠，甚感，如体裁与《明珠》相合，必当尽先披露也。特此奉达，并表歉忱。

恨水敬白

（原载 1928 年 12 月 31 日《世界日报》副刊《明珠》“免费邮筒”）

一九二九年

（一）新年致读者

强为欢笑：无话逼出迎年诗

作新闻记者的人，随时随地，可以感到无聊。就是无聊，而且不许不办。譬如新年办特刊，这好像是戏场开台的加官一样。明知弄出来，不过陈陈相因，还是那一套。所以每到过年，人家问我办特刊否，我是十分的踌躇。办呢？不办呢？若说不办，看报的人，一定会说：嘿！新年一点儿点缀也没有。若是办，中国来，每逢年，每个报尾巴，都要说。境内有许多报，一个报，自然有一个尾巴，自从中国有报一遍应时的话，岂不穷乎？所以我是愁着没有话说。

虽然，今年我们却感到不同之处，因为满街满巷挂的是青天白日旗，不是五色旗。在这个情形之下，抓着新旗，可以说几句话了。说话恐怕会累赘，抓几首歪诗罢。诗曰：

今岁新年大不同，大书统一贴灯笼。
爱他旗色含年意，白日青天满地红。

白日青天满地红，前天初挂省卅东。
旧时五色旗休怨，不见归休旧老龙。

国安家庆与年丰，五彩牌楼字样同。
不过今年多一说，大书统一已成功。

国府中人乐大焉，者番统一已完全。

请来算算忙何似，连走带跑十八年。（颇似快板之收尾）

大家相见笑嘻嘻，关外新悬白日旗。

但愿太平从此起，平安直过古来稀。

（原载 1929 年 1 月 1 日《世界日报》副刊《明珠》）

（二）致玉文先生

玉文先生：

大著已拜读过。请于九日下午三时半，至敝社面谈一切。某在接待社恭候。

恨水敬白

（原载 1929 年 1 月 8 日《世界晚报》副刊《夜光》“免费邮筒”）

（三）致虬公

虬公先生：

三示均悉，先生豪士也，某安敢失信？敬于十七日午十二时，在初次把盏处，烹茗候教。

水白

（原载 1929 年 1 月 14 日《世界晚报》副刊《夜光》“免费邮筒”）

（四）复孤血先生

与律初讨论恨水（孤血）

水按：题目里略去两位先生，是我连累律初了。

在年前，我曾记得似乎见了律初先生一篇讨论水先生的文字；当时我本想也写它一些，和律初君共同讨论，但是，年务匆匆，竟自把来忘掉，今天忽然想起，因而才补作这一篇文字。声明——我跟恨水没有任何关系的——律初君亦如是乎？

律初君的本意，是怕水先生由平民记者而一变为贵胄记者——这话我绝对的同意。然而水先生近几年来——据水先生自己说，是受佛学的陶溶——渐渐的似乎已经要由平民记者脱窍了——但是倒实实的没有往贵胄记者上走。水先生近来得的“光明之路”，大概很“滑”吧？北平第一贵胄记者，林白水先生是也——（以私人论；我依然崇拜）林先生的文字，固然是很平民化，然林先生治的是古文学，嗜好的是金石，于新朋友中颇契合安福系（以交友论，不涉政治范围），于旧朋友中赞成金息侯罗雪堂。以此，林先生贵胄化诚然贵胄，然而林先生的异常“强项”的，所以才有最后“晓风残月天桥路”这一幕，然则以身命来立论，贵胄化最是要不得的，然“殉职而死”，是又似乎无害其贵胄！

至于“滑”的方面，倒是可以“苟全性命于乱世”，然而，是非颠倒、淆乱黑白的所在往往就会有不期然而然，不期至而至者。那么，于名记者的地位是不是还有些缺陷呢？本来，记者这种职业不限定编辑政治（社会、经济诸栏，文艺在内），它讨人嫌的时间总多于博人欢悦。即以文艺一版来论，除却周公旦编辑《黄报》的旧文艺，曾著有悬例。“凡非南北社诗人，不得在此刊诗，其杨晶华一名，以邵次公面子除外。”其余只要不抱门罗主义，那就惟有听其“起打”，因而记者先生就会要挨上了“招骂”的帽子。唯是，挑担的固然是罪不容诛，但记者被人家殃及池鱼可否整理作一声真正的“大狮子吼”，以敬戒他们“王婆子骂鸡式”的人们一下。假使记者先生以为凡是因作文而招人大骂的，那都是“弄小巧用借剑杀人”的人们来要记者作傀儡，万不要给它上了当。然则如本珠一类，只好尽选些“面软口脂”的东西来搪塞了。

最后我要贡献给水先生一句话，就是“佛说我不入地狱，谁入地狱？”不知律初君以为如何？以下我对于水先生的作小说法还要批评一下，但是与律初君见解不一样，希望原谅些。

当去年以迄如今孤血曾作了一件亏心事，就是本珠曾刊有鄙著《小说丛谈——读了今古奇观以后》一文，当时自顾命意及笔致，似乎还不致有玷本珠的灿烂。然而方才罢起“等因……奉此”，对于标点法简直的是门外汉，在那时适值水先生感冒请假，于是乃成全孤血之隐痛，最近承莽苍社高友松君谈及，在孤血真有“任教濯尽西江水，难洗今朝满面羞”的现象，因而就联想到“时习之”的教训。然则水先生今日有八篇小说，在平沪各地发表，这事我是站在赞成的一边。

“拼命弄钱……”这问题，已成过去，可不必论。现下我就专以文学来立论，是之谓熟能生巧，何以言之，因为水先生的八篇小说，是否完全为小说？假令完全为小说，这就不得谓之为庞杂不专一、不纯粹。我们尝看《春明外史》第一集，据水先生自序，“颇有删改，与原书不无出入”。那么，水先生最得意的《春明外史》首集，何以到装订成书时才发觉这些错误？这才是后来比前较高。

平心而论，水先生各篇小说，比较最下下的要算《春明外史》首集，最妙不过的就是近作《天上人间》及《鸡犬神仙》两半段——可惜都受了腰斩，有人不信，请你们自己对照去好了。并且，所谓专一，换言之就是举凡家庭社会之言情、爱情、哀情、武侠、侦探都作得惟妙惟肖。审查水先生的作品，还憾于不能尽通一类，如赵焕亭只作武侠，哪里怕少。

完了——我且拿这篇文字撞一下看——因为水先生有一点怪毛病，就是人要说他好，他总以为是骂他。水先生你以为我是骂你不？

十八，一，九，写于海甸迤南

水按：作什么事都难，甚至于论到编豆腐般大的《明珠》也会有特别的痛苦。譬如去年有许多神交的朋友写信来，要我登贱照，我不登。人家说我摆架子，好不识抬举。登了，依旧是出臭风头四个字的一顶骂帽。再说研究恨水，也是这样。世间没有那种贱骨头，登报骂自己。但是登报捧自己，又未免肉麻。自然是不捧不骂的好。不过像读者来研究我，而且有他见仁见智的解法，塞之字纸篓，也是挨骂。所以我现在声明一声，我的研究，以此为止，下不为例，免得大家为难。好在孤血先生这篇文字，合于新闻记者“小骂大帮忙”的原则，总不至于有大反响。又《天上人间》，未曾腰斩，现移载《上海画报》。至于《鸡犬神仙》，将来也许会复活。附带的说一句。

（原载 1929 年 1 月 15 日、16 日《世界日报》副刊《明珠》“免费邮筒”）

（五）复傅宗元、王冠农先生

傅宗元、王冠农先生：

示悉。果有何见教，请于星期六上午十一时，至舍下一叙。惟谈话时间，愈短愈妙耳。（仆寓未英胡同三十七号）

恨水白

（原载 1929 年 1 月 17 日《世界日报》副刊《明珠》“免费邮筒”）

（六）新年告《明珠》读者

几句上场白

我常对朋友说，人生有不虞之誉，有求全之毁，孺子成名，英雄落魄，都是这个道理。缩小来说，至于编一张日报的小玩艺，也是如此。但是我认定了天职去做，毁誉之来，都不应该放在心上。

读书人过了二十五岁以后，总会感到肚子里的书太少。我立了三年的志向了，每日至少读中英文各半小时，始终办不到。固然是忙，实在也是感到无从下手。我想提出一个读书谈话会，在本珠发表，请读者把中英文读书的捷径（当然是各人心得之一部分）公布出来，大家研究研究。

谈恋爱的文字太多了，我写字柜的抽屉里，恐怕存到三十卷以上。虽然有人说，衣食住行性是人生五大要素，何以单是趋重于最后这一点？我愿大家谈谈其余的四件，换一换本珠的口味，大家以为如何？

新诗，自然有他的本身价值。不过我知道这种稿件，赏玩者虽有，而看了摇脑袋的也多。本珠并不戴文学帽子，所以缺了也不打紧。而像本珠一类的小玩艺，多半是不敢请新诗翁光临的。本珠自然不能例外。

我在外省某报上，看到他有几句标语。乃是：我们要增加读者的兴趣，所以要艺术化；我们要多数人了解，所以要民众化。这个标语，本珠是可以借用的。

任何报文艺栏，都有互相标榜和无味的攻击的文字。我们不敢说无，但是很愿改之呢。

我是学旧文学的人，词章是我乐于揭载的。不过寄来的稿子，我不敢像新诗那样冒昧登出去，必然要有考量的余地。

我们向不捧角。但是伶人艺术本佳者，也不能硬说他坏。我们承认皮簧是一种民众化的艺术，决不用科学的眼光，来抹煞一切。

谈科学是容易令人睡觉的。然而有趣味的科学，也多得很，本珠乐于登载。

（原载 1929 年 1 月 25 日、26 日《世界日报》副刊《明珠》）

（七）复虬公

虬公先生：

两示均悉！弟久灰尘梦，未绝呻吟，偶有所作，每感无聊，辄不禁其自已也。所询一节，敢诵天上人间之词，不蹈吹皱春水之诮。意在言外，伏维谅察。

恨水敬复

（原载 1929 年 1 月 30 日《世界晚报》副刊《夜光》“免费邮筒”）

（八）复 CC 先生、韩荔媛先生

CC 先生：

最近一月以来，从未接有以外国字母署名之投稿。先生谓恨水搁置大作，恐有误会。若先生所投之稿，系另一署名，应请指出。果然遗失，当专函道歉。恨水在此佣书，不过一种末席工作。论其性情，则槁木死灰，几可唾面自干，敢有一丝一毫夜郎自大之心哉？

韩荔媛先生：

大作甚佳。但须稍俟时日发表，能待否？照片毋须也。

恨水谨复

（原载 1929 年 2 月 19 日《世界日报》副刊《明珠》“免费邮筒”）

（九）致失名先生

失名先生：

示悉。大作甚为欢迎，请于三日内抄下寄社为盼。因三日后，弟拟赴西山一行也。

恨水复

（原载 1929 年 2 月 24 日《世界晚报》副刊《夜光》“免费邮筒”）

（十）答读者问

介

某君承问介字，尽吾所知如下。此在昆曲中，总名之曰科白。科者，表示剧中人一切动作之简写，白者即京剧中之说白也。科有直用科字者，如《西厢记》是。文中如莺莺不语科、行科，即其例。不用科，则用介字。如曰饮介，即谓剧中人此时作饮酒之一切动作，余类推。作曲者，每于科白以补唱之不足，故科白非可以赘文视之。但古人多忽略此层耳。某于曲学，亦门外汉，即有心觅某人而师之，亦至不易得。斯人记楔子，是一时欲脱向来窠臼，且略有好奇心，故偶然高兴，而为曲体。其实游戏文章，不成规矩也。

（原载 1929 年 3 月 9 日《世界晚报》副刊《夜光》“免费邮筒”）

（十一）致庸才先生

庸才先生：

十四日尊作《名伶轶史》，误植“笑然”二字，甚歉。稿费当列入先生名下，并代更正。

水

（原载1929年3月20日《世界晚报》副刊《夜光》“免费邮筒”）

（十二）复律初先生

关于水先生三个铜板的面（律初）

“艺术只是葬送人生的，学艺术的人除安慰自己而外是不能论代价的。”这几句话只要是学艺术的人，无论其为初学或已入门，总应该绝对的承认。那么，一定有人要问：一个人做事绝对不是无目的，意思就是说：他做一件事多少是对于这件事有点希望——有点报酬，那么，艺术当然也不能例外了。这话我是承认的。艺术是有代价的，学艺术的人也不能说是全无希望的。不过，艺术自有艺术的代价，它的代价，并不是像一般人所希望的，并不是像现在上海四马路，或北平单牌楼马路上一般皮其衣、革其履、托力克其眼镜的艺术家所希望的——把艺术当作一种出风头的工具，把它当作一种交际品，把它当作一种图利的工具，更痛快的说把它当作一种接近女性的良好媒介。所谓艺术家也并非是仅仅就像现在一般所谓艺术家者写几句“爱！愁！……”的新诗，写几篇“离！合！……”悲欢的小说。这些，这些……都不过是艺术由一部分形式表现出来的，我相信所谓艺术家者是绝对完全艺术的人生观，它的生活是无时无刻不在艺术的领域内。花香鸟语，月明风清，这种富有艺术的资料的环境是不用说。斗室茶烟，孤影相对，这自有它清闲的艺术意味。戏场烽火，弹雨枪林，这自有它悲壮的艺术意味。喝一杯茶，抽一根烟，都有艺术性的存在。街边蓬着首破着衣赤着足和汽车里的用了十二分工夫装饰出来的太太小姐们是同样的艺术化，手持粪铲、肩背粪桶、尘灰蒙面、两目圆睁如鬼眼者，和电影场里的西装楚楚、香气迎人的青年作家们，有同样的艺术风味，耐人寻味。所以，照这样说来，艺术的范围是这样宽，艺术的意义是这样的重大。那么，它的代价也决不至于仅仅的就像上面所说的那样，它的代价，乃是诗人随时随地都得着一种安慰——精神安慰。有了这种精神安慰，饭可以忘了吃，衣可以忘了穿，睡可以忘了睡。照这样说，艺术家是不怕穷的，学艺术的人也是不怕穷的。

那么，水先生所说的“我忆起往年在上海打铁滨吃三个铜子素汤面的往事”，也就无所用其感慨了。要晓得在这种流浪穷困的生活中，虽然看到那跳舞场上拥着爱人、西餐楼上吃着大餐的贵族艺术家的生活，有些眼花耳热，然而不能不说这正是艺术家的生活，不平凡的有意思的生活。不瞒大家说，鄙人也曾流浪过沪、汉、津、平，然而不像水先生感觉到特别的惊奇和感慨。

啊！我知道了，这正是艺术家与非艺术家的分别呀！我们不是艺术家，说不上什么惊奇和感慨，是不是呢？哈哈，我请教水先生了——一笑。

水按：我很诚恳的接受律初先生这一篇话，不过我住打铁滨的时候，实在是我不堪的境遇。中国文人，有一种“贫的炫耀”的怪癖，所以我不肯多写。再说我现在笔头所入，够吃够穿。（自然不是洋房汽车可比）关于物质一方面，于愿已足，也无须去回顾，偶然感慨，偶然就忘了。我不敢说是懂艺术者，平生也就不曾得一日精神上的安慰，所以“呻”的一字，或者不免。因为我不呻亦病啦。

（原载1929年3月21日《世界日报》副刊《明珠》“上下古今谈”）

（十三）答问《春明外史》者

《春明外史》全部，现已付印，惟书过百万言，分订六册，印工颇巨，当至五月尾始能出版耳。

（原载 1929 年 3 月 24 日《世界晚报》副刊《夜光》“免费邮筒”）

（十四）敬复读小说者

小说与事实

小说家虽不免借事实为背景，然而当以事实章就文字，决不以文字章就事实。故事实而入小说，亦十之七八，非事实矣。某不才，尚知天壤间有公道。好好恶恶，必社会同情者，初不以个人之见解，而加诸膝，而坠诸渊也。毕倚虹先生，予所心折，然其为人，友朋中颇有微议。如《人间地狱》中写江潮源事，完全虚造，而又故意与人以索隐之地，毁其人甚深。实则所指牛斯洋行之江某，偶因私事得罪毕先生耳。倚虹死且久，不愿多摘先死者之短。录此，可以知恨水之为恨水耳。此复读小说者。

恨水

（原载 1929 年 3 月 29 日《世界晚报》副刊《夜光》“免费邮筒”）

（十五）复润农先生

鸣鼓而攻抄袭家

读者先生：

对不起，我很忙，绝对没有工夫看杂志或新出的刊物，所以即极普通的新书，我也看不到的。我又不是教员，新教科书也是永不见面。自然若有人在新刊抄上一篇投来，我是不知道的了。前天所登宝珠的短篇小说，昨接九位先生举发，是抄袭的。如此普遍的书，我并不知道，我真惭愧万分了。这九封信，一齐登出，占篇幅太多，只好录出台衔，以示鸣鼓而攻之意。不过稿费经这样一分，为数太少，送去反得罪诸先生，恕不奉上了。兹录润农先生一函如下：

恨水先生大鉴：

昨阅《世界晚报》四月七号《夜光》栏载有短篇小说名所谓《平等的时代》一则，乃是抄袭中华书局新中学教科书，初级国语读本第一册，六八篇，晨曦君作品。原名疑问，请阅明公布。（却酬）

此外尚有李立、张竹冰、朱尚英、孙昭明、戴乾若、周炳华、李稚禅、彭国庆八先生同时函举，特此致谢。

（原载 1929 年 4 月 10 日《世界晚报》副刊《夜光》“免费邮筒”）

【注】1929 年 4 月 12 日《夜光》又刊发《举发抄袭问题（隐名）》一文，对杜绝抄袭问题提出了具体建议：

自从某某举发某某的抄袭引起了讨论。依我管见，可讨论的事，固然不少，若讨论抄袭，只有弊有害，不像是有利有益的。一、不斟酌完善，不如不讨论。要从各方面着想，一半句话说不完，又不是个有兴趣的问题，白占了篇幅，耽搁了别的隽永作品。二、各报尾无不另辟一栏，预备阐发余兴，使读者得以优游。消息至于捷报，也多不了三五条新闻。是以报之发达，余兴与有力焉。欢迎投稿，是使读者换换眼光。一人主笔则悴而劳，集众人之见解则博而易。修脯征酬，不失文人雅意，足矣。若欲以零□断素，达到一笔收入目的，不知要抄袭若干，方能斐然成章也。三、设今漫指某某之作是抄袭，就认为是抄袭乎？自然要个确实的证据。如印刷报品类，但是举发人能指定在某处见过原作者某名，恰无此种书报足以证实，是此一举发作为无效，是存为疑案呢？这稿费该归谁呢？（要不编辑先生和佐理先生代收了吧）还是编辑先生去寻觅这种书报来校对呢？校对后，或并无此件，或小有出入，什么法子罚举发人呢？四、军阀操同室之戈，是为的什么，为的金钱和地盘。一个文人，游戏笔墨，抄袭了所得几何，举发了所得几何，一抄袭，一举发，我敢武断一句，都是要作为的事吧！要说编辑作一度表示，使抄袭家自惭而退，则可；若作充分之研究，以稿费为举措，恐贤者裹足不前，不识者益增纷扰，得不偿失也。杂抒末见，请忠厚存心的水先生、聪明的CCT先生、自称苛刻同道的幻先生酌之，以为如何？

（十六）答不及门之友

先生真是个主张公道者，不过真要每位送他一个铜子的报酬，恐怕尽于嗟来之食。固然，瓜子虽少是人心，却不可一律而论的。人心之不同，各如其面，谁敢断定呢？末节我只有叹一口气，不知傀儡而为傀儡，无伤也。若是知道而又甘心为之，天下大有人在，就大可怜而可惜了。

附来函

南宋贾平章当国时，北人入寇，有士人献战守策，且谓不为备，只好降矣。贾不听，后果如士言，时人口号曰：厚我藩垣长彼贪，不然衔璧小邦男。庙堂从谏真如转，竟用先生策第三。为何引用这段故事呢？昨日之稿，本出诸游戏，不想第一次举发了，抄袭家就照计而行了。若说照计而行，当然是不会的。因为发稿时，信想来尚未收到。不过也要算英雄所见略同了。但是我又要来责备贤者了。请想诸举发先生，即奋然发稿，岂有不是眼观旌旗捷，耳听好消息呢？果然登出来了，可是把信封、纸、邮票、工夫都一概充公了。（却酬自愿牺牲者不在此例）岂非并九人之资本来代人受罚吗？依愚见，任是一个铜子，也给诸位先生送去，才是公道，才是破除情面呢。

这通信式的稿件，不能一定算投稿，只算替编辑先生添忙罢了。虽没工夫看书，却要看无关紧要的信。环境是对于个人如此的。平心而论，人要被环境驱使了，可就无异傀儡，一日只见他上场，不知他得到的是什么？是以我愿人少作这样的生活。先作了个人要作的事，再作环境义不容解的事，先生以为何如？

不及门之友

（原载1929年4月14日《世界晚报》副刊《夜光》“免费邮筒”）

（十七）敬告《明珠》读者

本社举发冒领稿费文骗

本栏稿费，向是先发通知，然后由投稿人持单盖章取款。其有通信地点不明者，则征求通信人地点，再发通知。上月份投稿人周愫倩君之地点，未曾预告，亦照例询问，不料同时有两愫倩写信通知地点。其一，即周愫倩君，除笔迹相符外，并盖有蓝色橡皮图章，与从来稿上所盖者吻合。本社即将稿费照付。其另一人住烂缦胡同七十二号，不称姓，只谓别署筠园，不但无图章，且来信字迹恶劣，别字甚多，本社知其冒领，置之未理。孰知无耻之徒，以本社为可欺，竟敢来信质问，作申申之詈。本社即登启事约其来本社面谈，以辨真伪。而彼到期不至，只令一小童，持函附筠园图章，于早一时来社领款。作贼心虚，可见一斑。本社当然拒绝。且同时周愫倩君尚继续有稿投到（已载昨报），其非此筠园冒称之愫倩，愈可证明。而此人仍不自休，又三次来函，谓本社无信用。本当即日通知警署，按地点查究，姑念其无伤于本社，不为已甚。兹将来信三封发表于左，以表示本社态度之公正。

来函一

此信亦请给总务部看看

《明珠》栏鉴：

前日见贵栏问敝人之地址以发稿费，当时即将地址寄上（总务部），至今已有五六日之光景，而稿费仍未寄来。但是贵栏亦仍在问敝人之住址，以我看来，就是写了几千几百封信，也是没用呀！

呜！我明白了，原来在报纸上好像分文不欠，并且还竟将没有地址的人们问出来，好像是不在乎这点稿费的样子。唉！脸上虽是如此的正大光明，而黑幕仍足比别的报馆加倍多了！你看，《新晨报》是何等的爽快，今天将地址寄上，明后天就能接到，像这种的报馆，真是要佩服几句。话说完了，我就要看到底稿费什么时候寄来，若再不寄来，我也就要到别的报纸上宣传去了。

恨水再见吧！

愫倩白

四月十六号

来函二

《明珠》编辑部鉴：

昨见贵报寻敝人到贵社一谈，本来我是非常的愿意，但是因为了时间的关系，所以一时也不能到贵社来。也许是我怕不敢来吧，不过我的确是有事，那么真要请原谅了，稿费和信件等请交来人可也。

上次和先生所写的信，真是对不起，后来我一想，真是太冒失了！由此可以看破我是一个有话不爱藏蔽的人、不爱说谎的人了！

不过我上次所说一套实话，的确是我们中国人的通病，尤其是在事忙速急的人们手中，更易做到那一层的手续上去！

至于稿费一事本来是毫无关系的，更何况于几块钱呢？所以上次所写的信，要请先生带着“开宽”点的路上看去！再见吧！

若有信件可叫来人带回，并奉上印章一，亦请将稿费交来人可也。

愫倩白

四月十九号

来函三

主笔：

请将回信交来人，因为上午十一时到贵社送信，仆人说：贵社已没人。我当时便感觉道：“信用何在？”把话不当话了！

将稿费亦交来人可也。

愫倩白

四月十九日

（以上所用信纸，均印有交通银行总管理处字样）

此稿发完，昨晨七时左右，此人又投函找到记者恨水家中。信封之后注明：请您快打开信大声的读读吧！不要偷懒了，快起床写回信。记者以此人骚扰不堪，决非情理所可分喻。即嘱女仆，将投信人唤入，披衣至外院，与之相见。观其人年约十五六，手挟一旧书包，似尚为学生。记者一面阅信，一面问其投信人姓什么，彼张口结舌不敢直言。久之，始曰：他姓王。问：你是他什么人？我是他街坊。问：此人冒名诈取，你知道吗？彼面红耳赤，不能对。记者曰：年轻人不学好，做这样诈骗的事，还敢骚扰到私人家中来，胆子太大，我要报告警察。彼一闻“警察”二字转身便走，口中连曰：不是我！不是我！记者喝其止步，彼竟夺门飞奔而去，记者追至门外，彼已逃过十数家门首矣。此事虽可恶，亦复有趣，兹再将昨晨投来之函，披露于后：

恨水！您的信用安在？前天命我十一时到贵社一谈，当时敝人因为有事不得来，所以便写了一封信到贵社，叫差人在十一时送到。因为一则恐怕您等候着，一则也可以来收稿费带回，而谁知先生还没去呢？唉！信用何在？不守时间您就是一份子。（恨水按，我是十点三刻到的，然而骗子小伙计，早已光顾了）后来到了晚上六时又叫差人来要回信，而谁知贵社的仆人恨恨的说道：“没有来，要回信到他家要去。”我听了也很可恨这仆人，若是叫我听了真要给他吃几耳光。唉！《世界日报》的幕中原来是如此的。为了一点稿费要如此的大做起来，真是可以骂为“混虫”。不过我要敬告恨水先生一声，过了月底三十我可就不再讲面子了，稿费要加倍的收。

别的报馆，收稿费都有通知单，而单独贵社奇怪，在报端上说“就发通知单”。而何以过了十来天稿费仍未发呢！唉！“混蛋！”该骂！

这月底要过了，难道贵社要不给稿费吗？我先告您这是不成的。我现在别的不说，请您先把稿费拿出来。或请写一纸条，命来人到贵社取去。先给了稿费我们再谈别的。我倒要看看《世界日报》的信用何在？

赠贵社一副对联，因为贵社就和这两句话很相像。

筠园白

四月二十号

“说话不当话，不如一只狗。”

并请将印章命来人带回，恨水之人格何在？

（原载 1929 年 4 月 21 日《世界日报》副刊《明珠》）

【注】1929 年 4 月 23 日《明珠》副刊又刊发“来函照登”，进一步澄清了此事原委。

敬启者顷阅：

贵报《明珠》栏载有烂缦胡同七十二号，署名筠园冒领稿费一节，敝宅不胜诧异之至。查敝宅并无向贵报投稿，亦无筠园慷倩其人，贵报所登各节，想系奸人素日与敝宅有嫌隙者所为。一方面冒慷倩君之名，希图侥幸领得稿费；一方面又恐露出破绽，遂将敝宅住址门牌开上，作嫁祸于人之计，用心之拙，莫此为甚。此种无意识之举，殊博识者一笑，惟是关系敝宅名誉，不得不据实函达，希查照更正是荷。

此上《世界日报·明珠》编辑部

烂缦胡同七十二号张宅启

（十八）并复张一鹤、嘉禄诸先生

张一鹤先生：

大作是何题目，登于何日，乞示知。

嘉禄先生：

本栏薄酬，一律改为现金，书券未加印，无以应命。酬金向系接通知即付。令弟取酬久候之说，或是会逢其适。本社有接待室，若告知编辑部，可在此稍坐也。

投稿先生：

今日舍下略有私事勾当，所须回之信，请稍待。

恨水并复

（原载1929年4月26日《世界日报》副刊《明珠》“免费邮筒”）

（十九）答一个质问者

先生误矣。吾侪海山相隔，马牛其风，无恩怨之可言，更毁誉之奚至？来函所云，羌无故实。惶悚之余，不明所自。非九州之铸错，可一言而解铃。反躬自愧，负荆仍是文章。索解不难，托迹无劳鱼雁。敬复。

仆十年读书，三年学佛，仅有牢骚，愧未养气。既多冬郎绮腻之词，又作班生慷慨之语，操刀未善，伤人实多。然而原文俱在，实不能曲解于友朋，况友且不及之先生乎？又及。

（原载1929年5月11日《世界晚报》副刊《夜光》“免费邮筒”）

（二十）致静厂、罗田郎、李铁一先生并启事

静厂先生：

示悉。足下虽自称为张靖一之叔，不是抄袭家，然其笔迹，与张靖一正同。同姓同居，笔迹又同，此事殆无若何疑问。稿费甚微，然如此付费，总务部碍难同意。足下意欲云何，一听从命。张靖一与足下之稿，均已保留。合并奉闻。

编辑部

朝大浔阳罗田郎先生：

先生之化名甚多，不知孰是，惟此名字较熟，故以是称之谅可恕也。先生前后十余函，或改姓名，或不署姓名，必欲弟答复而后已，为节省先生精神起见，姑答复一次，幸谅察焉。然其初弟非不复也，先生之函，文不择词，屎尿狗屁，尔妈尔祖，一并用之，弟向不惯如此，当然不敢返璧。然受人痛骂，仍须道歉，此在先生得毋所谓帝国主义，故弟惟受之而已矣。先生所不满于恨水者，恨水甚知之，即一次攻击天风阁主之文，第一次投诗数首，未揭载耳。其后先生屡以大言恫吓，以泄不登稿之忿。（其实发表之处尽多，何必以此介介）同时又另化一名，意在接近，对恨水加以誉词，弟以为骂不能受，奖亦不敢受，始终置之。然对先生，绝无恶意。先生曾托恨水转致某女士一函，亦如命寄去。（弟虽不识某女士，然其地址则甚易知，故乐得作此顺水人情）惟投本报《朝报》两诗稿，未揭载耳。（仆亦在《朝报》服务，但不管“鹊声”栏）更有进者，不登惟先生之诗，至散文则照文发表。最近先生化名李某某之大作，固已早在《明珠》发表矣。恨水日日阅稿多，投稿人之字，只须来二三回，以后无论如何化名，均能看出其字迹，故先生即甚能化名，与改易通信地址，而其或骂或誉，或怒或喜，恨水知其始终为一人，绝不有所动。（尊函有数封已保留）先生曾谓将在他报加以攻击，至今未见实行。今来函又谓将专刊一书，以对恨水。恨水果有此项价值乎？窃甚盼其

能早日实行也。在五六年前，恨水盛气亦如足下，斧钺在前，有所不惧，亦非易与者。今则豪气全消，直可唾面自干。先生如有何动作，即请署出真实姓名，磊磊落落，加以指教。弟虽不能闻过则喜，然逆来顺受，则数年来安之若素矣，决不对先生稍稍作反抗也。言尽于此，恕不再骂，弟亦劳不能禁，惟各为人子，幸勿辱及长上。敬此奉复，并候课安。

候教弟恨水上言

李铁一先生：

弟甚愿与足下一谈。或来社，或由弟至贵校奉访，均可。请示时间，幸勿推避。

恨水启

启　事

投稿诸先生：

若通知地址，请直函总务部，以免延误。

《明珠》编辑部启

（原载 1929 年 5 月 18 日《世界日报》副刊《明珠》“免费邮筒”）

（二十一）致谢霞裔、李铁一先生

霞裔先生：

先生真能游嬉三昧，其仙矣乎？先生示云，如有虚语，即非人类。既非人，只好以仙称之耳。接示后，亲造所指地，并无此人。仆忙人，幸勿如此恶作剧也。又尊函干脆之干误乾，狐疑之狐误胡，别字之别误白。敢贡一得，勿笑冒昧。好在先生是化名，揭出亦无关紧要也。一笑。

恨水白

铁一先生：

先生君子人也，谦逊乃尔。接函后，细问识途者，只有官房大院，无官房胡同，故未造访。他日有暇，当至贵校奉访，逆料必有一瞻丰采之机会也。笔迹云云，可勿深究，云过太空，一笑置之可耳。仆过穷其事，北平有指印专家，只一请教，真相便出，又何拘泥笔迹哉？先生和气迎人，仆固不疑也。

恨水敬白

（原载 1929 年 5 月 22 日《世界日报》副刊《明珠》“免费邮筒”）

（二十二）致小厂先生

小厂先生：

未登之稿，均已寄回。照片实未收到，弟可以人格为誓，决非狡赖也。《夜光》欢迎短稿，《明珠》稍长则无碍也，并复。

水白

（原载 1929 年 5 月 23 日《世界晚报》副刊《夜光》“免费邮筒”）

（二十三）复凡君：一只鹤考

凡君先生：

手示拜悉，甚感指教。仆只忆在笔记上曾看此则为讥袁子才。读示后，更悟原是讥陈眉公者。因袁作诗话，常称伊文端公云云，又借以骂袁也。（惟此种索隐，似不在秋雨龛中，不能详记矣）仆对吴老丈，依然是崇拜也。

恨水敬复

附来函

恨水先生：

足下在今日《夜光》“小月旦”中，论及吴稚晖老丈，引旧诗“笑他一只云中鹤，飞去飞来宰相衙”云系讽袁子才者，弟窃疑其误。忆旧时阅某笔记（不知是否两般秋雨龛）载称，明末，陈眉公好结交大老，有人作诗云：“妆点山林大架子，附庸风雅小名家。终南捷径无心走，处士虚声尽力夸。獭祭诗书充著作，摩掌镇鼎润烟霞。翩然一只云中鹤，飞去飞来宰相衙。”陈系云间人，故以云中鹤拟至讽袁枚事，则未之前闻，或系足下误记，故举全诗。聊资考证，非敢故相质问也，吴先生道德可风，（中略）然其不能忘情政治，自有正当理由，非袁子才、陈眉公诸人所可及也。手上，则颂著绥。

凡君敬上

二十三日

（原载1929年5月25日《世界晚报》副刊《夜光》“免费邮筒”）

【注】吴稚晖，原名吴朓，又名吴敬恒。江苏武进人。同盟会会员，国民党内著名的右派人物。1949年1月赴台湾，1953年10月30日因病死于台北。主要著作编入《吴稚晖先生合集》《吴稚晖先生选集》。

（二十四）敬告复衡先生

精神的安慰（在家和尚）

承衡先生不弃，问我忙人不能学佛，怎样可以得精神上的安慰？这个问题，非对哲学心理学有极深的研究，那是不能答复出来的。我现举出许多安慰者来，请先生自择：

将志同道合女友（不带一点物质上关系的最妙）的信札，把玩一下。

将声调铿锵的文字，朗诵若干遍。

将美丽的小诗（如晚唐诸作）小词（如饮水词）及《西厢曲》，

读之烂熟，得闲便高吟起来。

学四弦乐器（若胡琴等亦可，但不能把胸中的抑郁发泄出来）。

室中多悬心爱的图画，时一浏览。

独步荒园（在家和尚不得志同道合之侣，常独游，且不嫌远。如西山颐和园，均曾一人游历终日也）。

将详注的佛书（如《金刚经启蒙》《妙法莲华经详解》《楞严经详解》），随看数页。佛学深奥，若悟得一点，如作几何，证得结果，其乐无穷。如不悟，可在枕上闲思之。

院中有隙地便栽花草，自灌溉之。

读天下异人传记（中国如《徐霞客游记》，外国如哈葛德所著故事小说，《鲁滨孙漂流记》等），最可荡涤胸襟，奋发志趣。

焚香扫地，盘膝静坐（此最妙，然而和尚办不到也）。

（原载1929年6月12日《世界晚报》副刊《夜光》“讨论会”）

【注】“在家和尚”系张恨水笔名。

（二十五）致小厂先生

小厂先生：

署名是偶然的兴趣，实无多少内幕。和尚往年颠倒情场，亦系事实。然必如小说云云，亦非。小说决不能当供状看也。和尚衣食勉强可自给，亦不向任何种异性求恋。烦恼有之，枯燥未也。原文恐有互相标榜之嫌，恕略。

在家和尚

（原载1929年6月15日《世界晚报》副刊《夜光》“免费邮筒”）

（二十六）致天涯先生并投稿者

天涯先生：

此事甚易，奚待三百六十日耶？请示地点时间，弟当恭往拜谒也。

水

明珠暗投

投稿有甚佳者，因犯忌讳，未敢揭载。此一事，编者有三不痛快：（一）对不住投稿者；（二）失读者之爱好；（三）于职责有亏。然而不得已也。由此，知天下多明珠暗投矣。

（原载1929年6月18日《世界晚报》副刊《夜光》“免费邮筒”“三言两语”）

（二十七）释投稿者

来函照登

拙稿蒙刊十三日贵报，至谢！但鄙署名“介立”，手民误刊胡说。谨请更正至荷。此致编辑先生撰安。

编者按：原稿前署“胡说”二字，虽似标题，并未署名。且另纸并嘱托记者不得将胡说更改。故编者认胡说为署名也。编者不愿手民遭不白之冤，为解释如此。

（原载1929年6月19日《世界日报》副刊《明珠》“来函照登”）

【注】此投稿者来函所指6月13日文，系副刊《明珠》所刊的题为《强为欢笑》一文。

（二十八）复梁思孝先生

梁思孝先生：

拜读来示，甚为铭感。恨水非不知节劳，负担与人情，两相交迫，不得不如此耳。至于语体名词之商榷，足见心细。但此等处，亦不能不稍稍与时转。若目的、关系等名词，二十年前，由日文译出，甚为新奇，今则村妇俗子，出口即道之，小说自不能免矣。又如《儿女英雄传》《红楼梦》，皆纯用当日京话者，何谓“不当家花啦的”？何谓“小蹄子”？今日已难索解，想当时一种时语也。鄙意如此，至详细之讨论，有暇当略具寸见奉正，恕不一一。

恨水谨复

又《春明外史》，现全集共印。最近已印至二集第八回，大概尚须一月，即可发售预约矣。

（原载 1929 年 6 月 23 日《世界晚报》副刊《夜光》“免费邮筒”）

（二十九）复野航先生

谈　词

野航先生：

迭示悉。苦忙，未暇作复，甚歉。仆于诗词，但好为之，亦外行也。袁子才诗，举世病其轻率，然其作与赵瓯北，同尚性灵，仆颇爱之。词家向重白石梦窗，空灵仿佛，有时竟不可解，仆又不以为然。凡此，自知其外行之甚矣，故有此以相讨论者，恒谢不敏焉。愚意，词原分两派，一为委婉，一为豪放。但能典则浑成，二者皆可，实亦不必苦求晦涩。近人学词，未成也，初无布局，按谱填词，失之于“凑”。已成也，引用成语，敷衍成篇，绝无新意，失之于“堆”。若能于“凑”

或“堆”，力求避免，则或有望矣。闭门造车，未敢言当，特因未复见责，略述此言以答雅意云耳。

恨水敬复

（原载 1929 年 6 月 24 日《世界日报》副刊《明珠》“免费邮筒”）

（三十）致《夜光》作者

投稿的先生们

若投小月旦之稿，请不要忘了那个“小”字。

通知地址领稿费，请直接函致本报总务部。因为通知编辑部，编辑部还是要转到总务部去的。

笑话，我们是欢迎的，可是民间传说的，仔细人家早做过稿子了。

（原载 1929 年 7 月 23 日《世界晚报》副刊《夜光》“免费邮筒”）

（三十一）敬复诗则先生

五言律

诗则先生：

大示已悉。不耻下问，甚为铭佩。五律诗，与七律微有不同。五律字少，诗眼须十分紧练，虚字运用最难也。因求句法挺拔之故，不妨用拗体，但亦须自然。如“行到水穷处，坐看云起时”，即为明证。又如“开轩面场圃，把酒话桑麻”，亦拗第四字矣。说者谓古人为求别于无言试帖，不得不尔，其实不然。盖五言接近古体，只求自然，于平仄初不拘板，遂成此例。所述红楼论五言诸说，亦是。但曹雪芹于词章，颇属外行，咏雪有“无风仍瑟瑟，雨亦萧萧”句，真成孩子话矣。不敢厚诬古人，此为举世公论也。高明以为然否？

恨水敬复

（原载1929年8月2日《世界日报》副刊《明珠》“免费邮筒”）

（三十二）复东城王先生并强解先生

东城王先生：

尊号，弟万不敢当。所询一节，实因各处友好需助，不得不尔，非弟欲到处卖文也。拙著《上海画报》登有一种，某日报亦已特约，将来或须加一种。《新民晚报》通信地址在沈阳大西边门外小铁道五十一号，每日出两小张，《大如晚报》每星期出画报一张，合订每月只售大洋二角（画报奉赠）。承询并复。

恨水敬启

强解先生：

旧戏何以不许批评？何以一批评，即为文艺界之羞？此不过一般新腐儒所认为之公理。欲其道所以然，殆亦不可能也。无论作何事，一戴有色眼镜，即无须与之论理，弟不愿作不平鸣者，其意在此。如有高论，愿闻其详。足下谓评戏而不捧角者，十不得一二，亦系事实。旧戏以至为人所不愿批评，殆由此欤？

恨水谨复

（原载1929年8月8日《世界日报》副刊《明珠》“免费邮筒”）

（三十三）复旧雨先生

烛影摇红

旧雨先生：

大示悉。词而不署牌名，是考恨水也。幸此调熟而易记，否则如此办法，斫轮老手亦不免有交白卷之时矣。《烛影摇红》下阕第二句，应作上四下三。尊句云“记那时踏青人影”，误。应当云“徘徊留得鞋儿印”也。日来俗务冗，编稿且不免请人捉刀，容数日后检谱一为商榷之。老师少师之说，均不敢当。奉璧奉璧！

恨水谨复

（原载 1929 年 8 月 13 日《世界晚报》副刊《夜光》“免费邮筒”）

（三十四）复芙萍先生

芙萍先生：

函悉。辽宁《民报》及《新民晚报》，登载《金粉世家》与《天上人间》两小说稿，事前曾征鄙人同意。承蒙关怀，甚为感谢。

恨水谨复

（原载 1929 年 8 月 17 日《世界日报》副刊《明珠》“免费邮筒”）

（三十五）复素青、愫倩先生

素青、愫倩二先生：

来函均悉。稿费若有错讹，容改日细查。近事冗忙，苦无余暇，歉甚。

恨水谨复

（原载 1929 年 8 月 17 日《世界日报》副刊《明珠》“免费邮简”）

（三十六）致平先生

《春明外史》几个主角（平）

我向来反对投稿者与编者互相标榜，所以有人如论到我，我总以能闪开为妙。平先生这篇谈《春明外史》，我本想割爱。然而他评得那样精细，却也就事论事，至少是本报一部分及晚报爱读者所愿讨论的，还是登了出来。至于我要说的话，请俟之文后。（恨水附识）

一、幕前的几句闲话

我到旧京时，《春明外史》大概已经登载到第二集了。那时我没有注意到这本书，后听人们时常的提及，在第二年的夏天，就从友人处借第二集看。当是时，《世界晚报》又已开始登载着第三集了，偶尔也买几张晚报看看，但是没头没尾，终究感不出多大兴趣来。据说《春明外史》自登载以来已七易寒暑，在这悠久的时期中，假使有久住北京的人，从头至尾的把它看完了，并冷眼观看着人事的变迁，那才分外的感觉悲痛呀！不过这也许是我觉得。

我之谈《春明外史》，不过谈谈而已，并不是像文艺批评家来批评文艺一样。我是没有看着第三集的人，所谈的不过仅就一二集而言。但是看后一二两集，觉得有许多疑问盘旋在脑里，其中最使人百思莫解的是李冬青的“难言之隐”。这个问题也时常的和朋友讨论，但是终究不知道“难言之隐”是什么，虽然有时根据着事实瞎猜了一阵，但是理由并不十分的充足，终究不能成立，终究这问题是一个悬案。我想，这些疑问三集里定会告诉我们一点究竟的，——不过也许没有也说不定。好在三集快出版了，究竟怎么，我想三集里我们总会知道一点了。

我作这篇文章的意思，是想趁这三集出版的良辰，把这些问题拿出来讨论讨论，把我们讨论的结果报告给大家。我想未看着三集的人们定同有此感想的，定很喜欢我们讨论的。我们所说的话固然有好些没有理由，但是我们很希望同志逐渐的加入来讨论，并指出我们的错误来，使我们得加以改正，使我们讨论分外的感觉热闹一点，使我们看三集时分外的有兴趣一点，我们的愿望仅此而已。若有人说，你作这篇文章来讨论这些问题是很无聊的。这话我也承认。假使三集里把我们认为不解的都告诉我们了，那才更无聊了。然而我们暂且来谈谈吧！而且我们除了讨论这些阴暗的问题而外，更还要谈些无关重要的闲话呢！

二、李冬青的“难言之隐”

看着《春明外史》的总记得有杨杏园其人，然而提到杨杏园，总要提到他的两个爱人：梨云，李冬青。梨云暂且放在后面，现在我们先来谈谈李冬青。

李冬青不能与杨杏园结婚的缘故，大家都知道是为了“难言之隐”。现在我们所要谈的，也就是她的这“难言之隐”。

结婚是一个人所不可免的事情，除因特别的缘故不能结婚的人而外，我想谁都是希望结婚的。然而李冬青为什么不能与杨杏园结婚，而简直与人世姻缘无分呢？作者对于此叙述得隐隐忽忽，我们要想知道一个究竟，真是煞费精神。不过我们暂且把我们所见到的写了出来，把这些矛盾窒碍的地方聚集拢来，列做些悬案，等到另外找着比较可靠的证据时，再引到相当的结论上去。

在未说李冬青的“难言之隐”以前，我们要认定李冬青是爱杨杏园的，此非虚语，我们在书中随处都可以取来证明。为了时间的关系，我且引李冬青给杨杏园信中的几句话来证明吧！

“……而青于兄，则在读《梅花诗》十首之时，已心仪其人。……自有令人钦慕者在也。……人如其诗，窃幸所慕之非虚。……青非木石，安得木然无动于衷？……虽相逢日密，而不敢以男女之别为嫌……青果择终身之良伴，舍兄而外，宁复有谁？……”

书中关于这一点的话，真是不胜枚举。不过我们看了上面的这几句话，总该知道李冬青是爱杨杏园的了。

现在我们要进一步的研究李冬青为什么不能与杨杏园结婚。这就是所谓“难言之隐”者。关于这一点我与我的朋友麈君大加辩驳，各有各的道理，然而到头来弄得两人都莫名其妙。现在我先把我所见到的来说一说。

我以为李冬青因了有所谓“难言之隐”，故对于人世姻缘无分而不能与杨杏园结婚者，是为了自身生理上的关系的缘故——所谓石女者——这话说来似乎太玄乎了。其实也不是凭空造作的。请看李冬青给杨杏园的信上说：“……虽然青之薄命，自呱呱坠地以来，已为一定不易之局。故人世姻缘，与青绝对无分。（引证一）……青思及此，恨不即死，死而重生为女，十五年后犹得兄中年而事之。（引证二）”

先前我以为李冬青不能结婚的缘故，是为了家庭的关系，其实不然。我们且看杨杏园看着李冬青走后，再独自一人在北海的默想：“……心想这样个年轻的人，何以对于一切世事都这样十分冷淡？我真不解。她的家庭似乎有一幕不可告人之隐，所以她处处都是强为欢笑的样子，但是我想她本人身上总没有什么问题，何以也是这样疏疏落落的？……（引证三）”

这正是从旁来反面描写，从杨杏园的口中把我说出来。我们即使退一步说，李冬青不能结婚是因为家庭间的关系，然而这个是从书中看得出来的，她的家庭决没有什么大不了的事情！决没有什么不可告人的事情！所引为悲痛者，也不过是像书中所说的：“应门无五尺之童”“家庭零落”而已。但是结婚后她的老母及弱弟难道就不能照顾么？难道她为这一点小小的事就忍心不应允与杨杏园结婚么？这些事都是很好办的事情。我想，她不能结婚还是为了自身的缘故！自身是石女的缘故！（我的朋友麈君也认为她不能结婚是为了自身的缘故，但是他不认为她是石女。他的意见容待后评）

我的意见既如上述，但我朋友麈君的意见却不是这样，他说：“我想李冬青不能结婚的缘故，是因了她自己本身的关系。以我揣测，李冬青未生下之前，即以指腹为婚配给人家。而且未与杨杏园认识以前，即以同人谈过恋爱，而且已经是失身的了。”

他根据的理由是“又是一个藏着一部痛史在心里的人”这一句话。但是我引证一所引的话作何解？我们即退一步说，如他所说，那么根本何必要同杨杏园谈恋爱？而且既然已经被情网所缚，何不忏悔了同杨杏园结婚呢？岂不自相矛盾么？然而话虽如此说，但是他回驳我的话，却也把我的意见完全推翻驳倒了。他说：“石女是没有性欲的，既没有性欲，则也就无谈恋爱的要求。”他的话究竟怎么，要问生理学家才知道。但是我要说几句不通行的话，难道恋爱是专为求欲的安慰而恋爱么？没有精神上的恋爱么？杨李的恋爱是什么恋爱？

（一）杨杏园与史科莲

史科莲是多么的可怜！你看，一个无父母的弱女子，同着年老的祖母寄食在姑丈家里，虽然姑丈家里有钱，而且又是内亲，但是姑丈家里上下人等太多，这其中难免没有小人嫉妒，每天看着人家的“轻视的脸色”“讥讽的冷语”，这种痛苦也实在是够受了。而且史科莲的性情又是好胜而不能受委屈的，故她虽暂时住在余家，而终于要与余家决裂是当然的了。假使在这虚伪无情的人世中，没有人来帮助她，那么她的前途真是不堪设想了。然而可幸这虚伪无情的人世中，也还找得出两个怜惜她的人来，这两个人就是李冬青与杨杏园。

我们都知道杨杏园帮助她的最大的原因，是为了李冬青的缘故。然而他终不失为是史科莲的恩人，而且也是很怜惜她的人，这个我们在书中都可以看得出来的。这一节里我把他两人放在一处谈，因了他们两人间有了这样一段恩情固然是一端，然而我觉得他们两人将来也许有姻缘之分也说不定。假使李冬青能与杨杏园结婚，这种揣想固然不能成立，然而李冬青是不能与杨杏园结婚的，所以这揣想也就有几分可能性了。请看二集里的一段话：

“……史老太太笑道：‘杨先生添了几位少爷了？’杨杏园道：‘舍下都是反对早婚的，再说在外面糊口，也就不敢再添家室之累了。’史科莲这时便没有作声，自低头吃东西。史老太太听着杨杏园的话前后不接气，而且所答非所问，不过她年壮之时，也是一位精明强干的太太，如今老了，心里尽管慈善起来，那察言观色的本事，也并不曾让人。她一看这种情形，心下了然，知道杨杏园并未结婚。……史老太太道：‘可是话又说回来了，客中有家室，也方便许多，一个人显得孤寂些。’……”

我们看了杨杏园的答语，都知道并不是什么“所答非所问”。他是明明地答复他尚未结婚——未结婚，当然没有儿子。——不过说话说得圆活一点罢了。而作者却这样的描写史老太太，说她听着杨杏园的话“所答非所问”，又说她是一位善于察言观色的老太太，而且看了这种情形，就知道杨杏园并未结婚。我想，这种话无论他是个什么人，当然一听就了然的，作者这样琐琐碎碎的描写，简直明明告诉我们，史老太太是故意托言问杨杏园的，同时我们又知道，史老太太是为孙女的婚姻问题而问杨杏园的。——我所引最后一句，更显出试探的口吻来。——我们再看史科莲那种态度，也好像人家在说她似的，这虽然是小女儿的常态，然而我们不得不说作者有意如此，而且我们也不得不说这是作者描写手段的高明处。

我们再看李冬青给杨杏园的信上说：

“……更一面物色贤淑，自居于蹇修……”

李冬青所谓的“物色贤淑”，固然不是专指史科莲而言，但是我们看史李杨他们三人间的情形，似乎此处是在指史科莲。然而我所根据的这个理由，却也并不十分的充足。总之，我们要记住史科莲与杨杏园之间，是有这样一重公案的。史老太太为了史科莲的婚姻问题，曾试探过杨杏园的口气的。虽然他两人将来是否真能结婚，那是另外一件事情，现在我们暂且不必管她。且再看杨杏园从番菜馆里回来，在路上的一段默想：

“……究竟不知道这一餐饭是什么意思。要说是酬谢，不应请我一个；要说是约我谈谈，又毫无所谓，叫人真是不解。……”

这不是作者再三的叙述么？且再看他回到家后所填的词：“眉样初成天际月，秋容淡秀如花，忽然高髻挽双丫……”

这我们可以看出杨杏园的脑海里，已有史科莲的印象了。

先前我以为史杨结婚，于年龄上殊嫌相差，其实不然，作者对此似也曾注意到，请看：

“……杨杏园见她没有梳辫子，头上挽着双髻，徒觉得除了几分稚气。……这越显出那青年处女的本色，竟不像是从前那个女孩子相了。……”

这我们可以看出史科莲已不是小女孩了。而且即以十六七岁的少女配二十多岁的男子，也并不是什么不可能的事情。

上面所言，似乎尽于猜谜，其实也不是毫无事实作为根据的。综上所述，我们知道史杨之结合，是有可能性的，而且作者在二集里，已经作下了这许多伏笔了，这不能不说是毫无意义。不过后来杨杏园死了，（这是偶尔在去冬《世界晚报》上看到的）不知这重公案怎么了结？假使史科莲与杨杏园结了婚，那才更可怜呢！

（二）杨杏园与梨云

人们都说妓女是无情的，其实不然。对于客人真情的自然也有，只是很少罢了，我看后《春明外史》便这样的感觉得。作者描写此一对苦命人儿的恋爱颇沉痛，我想提出来略谈一谈。

杨杏园于无可奈何之时，能够找着这样的一个知己；梨云一个在青楼中的女子，能够找着一个真心爱自己的人来，我想，这在他们两人不得不算是意见生平最满足的事情的。然而因了两者的冷酷无情，终究使他对于梨云起了怀疑。本来鸨母冷淡淡的对待他，坐着时鸨母和梨云眉来眼去的那种鬼鬼祟祟的举动，出门时又看见梨云和人坐着汽车去了；他自己想自己，——无钱无势的自己，与有钱有势的阔佬比起来，在鸨母的心目中，——只知以钱为命的心目中，当然是觉得有钱的好；而且人家干这种买卖，完全是营业性质，哪儿能来给你谈恋爱呢？他看着这种情形，当然不得不有所感慨了。你看他这样想：

"……不料一个天真烂缦的姑娘，不久之间，也就染了青楼的习气了。……"（仿佛是这样说，因一集不在身边）

他们两人终究是演了一幕悲剧。于梨云病重时，双方都谅解了，然则晚矣！作者用生花之笔，写得十分的惨痛，最显著的是使我们的脑海中，印像出一个"风尘漂泊""日暮穷途"的杨杏园的形影来。

虽然如此，但是我们觉得作者于此似乎受了一点花月痕的影响，把杨梨两人写得那样的命苦，而又写出何剑尘与花君一对有福气的人来。但是这也不失为是作者描写的手段，因为两相对照，能够愈使我们感觉出杨梨的惨痛来。

（三）杨杏园与张恨水

文学是表现全人类生活的工具，凡是一种文学作品，都应当是全人类生活的表现。然此不过就广义而言。能狭义言之，则表现社会及个人者，也未尝不是文学，因为使它带有普通性，我们能够从此看出全人类的生活来。作家假使能够做到这一步，他的作品当然是很伟大的了。然而，这也是对于人生非有深刻的观察不可的。不过个人的精力究竟有限，人间世上的事情假使要件件的观察了然，实在是颇不容易的。所以作家描写时，大半他自己的生活就做了中心了。

我们以此来看《春明外史》，来看书中的主人翁杨杏园，虽然不一口咬定说杨杏园是张恨水的化身，然而我们不得不说这是恨水先生一部分生活的表现。

近来常常闻听人说，有人写信去问张恨水先生，杨杏园是否即他自己？我觉得大可以不必如此，我们只要认定这是他一部分生活的表现就可以了。

恨水附按：关于书中人的，第三集马上出来了，有书去解铃，用不着我来说。而其间我必须解答的，就是杨杏园是否是我？其实，这是多此一问的。一个作小说者，取来的材料，设若不是完全空中楼阁，当然在他的环境内取得。偶然把自己卷入漩涡，也当然在所不免。然而写得惟妙惟肖，我即是书中人这种写法，就未免过笨了。《石头记》是写曹家的事，现在已证明了。可是说贾二爷就是曹雪芹自传，却也未必。至多，曹雪芹写的，近取诸身罢了。由此说来，恨水与杨杏园是一是二，不必辨，也无待辨了。

（原载 1929 年 8 月 28 日、29 日、30 日、31 日《世界日报》副刊《明珠》“小说丛谈”）

（三十七）答小庵先生并投稿诸公

小庵先生：

尊处相片大小共五张，已存发行部，请来领去。以后关于画报事，请向画报直接接洽可也。

投稿诸公鉴：

本栏每日收到信件，至少亦在三十封以上，其不合格者自多，如必一一退回，实不胜其烦。且信件积至一星期，即达百件外，投稿时不署通信地址，事后函索，实亦无法清理，以后非长篇巨作，概不退回。诸请原谅。

编者

（原载 1929 年 8 月 30 日《世界日报》副刊《明珠》“免费邮筒”）

（三十八）复 KC 先生

诗与散文之别在行列

◎有诗一首为证

未曾说到本题之先，我要声明一句，我不是用编辑人的地位来讨论，我是用平常朋友的资格来讨论，这是要请 KC 先生原谅的。

KC 先生投来了一张稿子，题目是两首莫名其妙的诗。这两首之中，第一首，且不管他。那第二首诗原文原式如下：

火车上挤满了旅客，

但一个兵坐的地方，

四围却是空空的。

我说：“你们为什么不去那儿坐呢？”

一个人偷偷的拉我一把。

——啊！啊！原来那个兵手里拿着武器。

由上面的式样看来，由标点以及行句的排法，我不能不承认是一首诗。但是，我们如要把他联续起来呢，就不像了。试写在下面：

火车上挤满了旅客，但一个兵坐的地方，四围却是空空的。我说：“你们为什么不去那儿坐呢？”一个人偷偷的拉我一把。啊！啊！原来那个兵手里拿着武器。

像以上的排法，无论是写出来，或者排印出来，设若不在本文之前，写上一个诗字，决计没有人知道是诗的。由此说来，诗与散文之别，难道就在行列上？愿与读者先生一讨论之。

（原载 1929 年 9 月 5 日《世界晚报》副刊《夜光》“讨论会”）

（三十九）复中铮先生

中铮先生：

前接手示，适因事未奉复，甚歉。大作甚为歉意，愿与面谈一切，能拨冗来晤否？如有暇，或是今日或明日上午，至未英胡同三十七号一晤。

恨水启

（原载 1929 年 9 月 6 日《世界日报》副刊《明珠》“免费邮筒”）

（四十）复菊坪先生

菊坪先生：

示悉。此系排印校对之误，现一集三版，已改正矣。

恨水复

（原载 1929 年 9 月 9 日《世界日报》副刊《明珠》“免费邮筒”）

（四十一）答石隐先生

小笑话（石隐）

◎诗人水先生

某甲最好奢华，房间里修饰的很好，织花堆彩的铺着，金碧辉煌的摆着。一日晚间，某甲告诉他仆人说：明日将客厅归置出来，我要请一个大诗人。仆人应了几声是。第二日，某甲早起到客厅中一看，所有的毛毡台布与椅褥，都收过去了。忙叫仆人来问，仆人说：小的怕湿了。某甲笑骂道：糊涂东西，大诗人便是水先生。仆人忙道：小人明白，老爷昨天不说过了，不是水先生，焉能是湿人呀？

恨水按：某虽能做几句歪诗，只是偶尔游戏，在报上补白，绝不敢自命为诗人。大作云云，则更不敢当了。

（原载1929年9月10日《世界晚报》副刊《夜光》“趣之素”）

（四十二）敬告《明珠》读者

上场白：改换一下面目

《明珠》从前因为铅字题，整个排，太不美了，所以改了木戳。然而每日刊的报纸，和周刊期刊不同，要逐日换木戳，是不可能的。久而久之，觉得换来换去，还这等三四十块木戳，非常沉闷。现在本社从初号字起到六号字止，都要换新字，正在赶铸中，于是我也就毅然决然的，趁这个机会，决定《明珠》在排法上求美观，暂去木戳，尝试一下。

以上是改良的一大点。此外，我们新买了百十个小图案，以后随时插入文中，以资衬托。文字方面，一面扩充艺术的介绍与批评，一面增加二三百字的小品，以求紧练，并想加一种有时间性的纪事（报酬从丰），增加读者的趣味。

这样编法，编辑人是容易“吃力不讨好”的。尚望《明珠》的忠实同志，多多予以赞助。

（原载 1929 年 9 月 13 日《世界日报》副刊《明珠》“免费邮筒”）

（四十三）与《明珠》读者商榷

小小说的作法

《明珠》的读者，近来有许多小小说的稿子投来，大家好像很是有趣似的，然而我检阅之下，觉得大家有一点错误。这错误是什么？就是小小说的组织，只是在一反与一顺的文理。

固然，短篇小说的组织，是要有一个交错点，但是这个交错点，并不一定在文字里要表现出来，鄙人作的《死与恐怖》，树先生作的《插旗的大车》是个明证。此外，小小说，还有写一个极简单纯的感想或环境的，很不容易动手，他日有工夫，当写一篇出来，大家研究。

（原载 1929 年 9 月 14 日《世界日报》副刊《明珠》“免费邮筒”）

（四十四）复思孝、吴奇、律初先生

思孝先生：

来示甚感佩，原函恕不发表，以免读者疑吾人互相标榜。关于陈黄孽工作时间一段，弟或有误，容查后再答。“玩”字，弟未错误。“顽”字，是顽固之顽，似不能作玩要之玩用也。至平仄不符，诚如所云，但此与字面无关，在书上更不成问题矣。

吴奇先生：

大作已拜读，初次试笔有此，将来未可限量，望努力。

律初先生：

示悉。弟为人尚不十分顽固，然有一主张，至死可不变。即中国人说中国话，用中国话作中国文也。高明以为如何？

恨水并复

（原载 1929 年 9 月 16 日《世界日报》副刊《明珠》“免费邮简”）

（四十五）更正并致歉

原是《武家坡》，不是《汾河湾》

前几天的信口开河，随手举了一段戏词。也不知如何疏神，把《武家坡》错成了《汾河湾》。当时并未留意，及至报上登出，才知道自己错了。《汾河湾》《武家坡》两曲戏，本来极容易会认错，但是我至少看过五十次《武家坡》了，竟有这样的错误，实在该打。除自行更正外，并特地向读者道歉。

（原载 1929 年 9 月 23 日《世界日报》副刊《明珠》“免费邮简”）

（四十六）答仁民君

仁民君鉴：

敝社通知单，两次寄至前孙公园第一宿舍赵华甫先生收，两次均已退回，非本社忘酬也。

记者

（原载 1929 年 9 月 25 日《世界晚报》副刊《夜光》“免费邮简”）

（四十七）致抟虎客先生

抟虎客先生：

投稿例登日报且逾一月矣，安有取瑟而歌之意？另则所述十三四之某伶，潜德幽光，不容久复，弟愿以方寸之地，为之介绍于社会，先生能指出其人，以便一瞻其艺乎？

编者

（原载1929年9月27日《世界晚报》副刊《夜光》“免费邮筒”）

（四十八）致俊先生、仁民先生

俊先生：

来函未开通信地址，无从退还。

仁民先生：

本社通知单，两次寄至前孙公园第一宿舍，均无人收，何故？

记者

（原载1929年9月27日《世界日报》副刊《明珠》“免费邮筒”）

（四十九）答天涯先生

答　诗

天涯先生：

来函拜悉。笔墨劳形，久疏吟咏，偶有所作，信笔便书，不足以言诗也。所询，试以诗答之，不能求工，达意而已。

十年久别游仙梦，除却寻诗那种魔。
偏是闲愁忘不得，还为牛女吊沧波。

闻道多情才学佛，何须有酒始成魔。
凄凉一页斯人记，锦片前程是逝波。

维摩面壁犹多病，天女飞花那是魔。
解得乾坤无大小，好凭一叶渡沧波。

（原载 1929 年 9 月 29 日《世界晚报》副刊《夜光》“免费邮筒”）

（五十）告《明珠》读者

《明珠》上的科学材料

有些热心的朋友，主张《明珠》登些有趣味的科学。这事我也很赞成，不过这里有几点可以考虑：（一）太肤浅的，用不着我们来介绍。如苹果落在地下，是受了地心吸力的吸引，谁不知道。（二）太深了，当然不合宜。老实说编辑先生就不懂。如爱因斯坦的相对论，就把来变到二十四分浅，多数的读者，也是茫然。（三）有些科学，实在不容易找出趣味。在作者研究有素，看到很有趣，写出来给普通人看，那就隔行如隔山了。（四）有些科学，就是找出趣味来，排列很费事。如数学游戏之类。若是于此四者，能极力避免，我们自是很欢迎的了。

（原载 1929 年 10 月 5 日《世界日报》副刊《明珠》“免费邮筒”）

（五十一）致诗隐先生

秋夜长

示悉。“秋夜长”三字，非改去，因手民挪行，校者未察，遂有此误，然而先生之唐诗，固甚熟也。一笑。此致诗隐先生。

（原载 1929 年 10 月 7 日《世界晚报》副刊《夜光》“免费邮筒”）

（五十二）致投稿诸先生

不大喜欢

某先生告诉记者曰：贵光[①]常登恋爱问题文字，我有些不大喜欢。记者曰：先生并没有看内容，怎样能加以赞否？某先生曰：怎么没有看内容，偏偏我都看了。记者笑曰：幸是先生不大喜欢，所以不过是篇篇看了。若是喜欢呢？先生岂不要把那一栏文字吃下去吗？

谈恋爱的投稿先生，来罢。哈哈！

（原载 1929 年 10 月 14 日《世界晚报》副刊《夜光》“趣之素”）

【注】①“贵光”指《世界晚报》副刊《夜光》。

（五十三）复陈景胡先生

少　许

启者：

贵报十月十二日，第四版“半知半解”栏内有少年白发一段新闻，内有“……胆矾半两为末，捣作一块，每以绢袋盛一弹子，用热酒入少年，浸汁洗发一月……”最末一句，鄙人读之至再莫明其意，不知贵社能再以此意乞木木先生给解释否？此请著祺并希赐复为感。

鄙陈景胡顿首

十三日晚

编者按：“年”字乃“许”字之误。特此奉复，并告一般读者。

（原载1929年10月15日《世界晚报》副刊《夜光》“免费邮筒”）

（五十四）告《夜光》读者

报之捧骂谈

而今什么事，都有一个连环性的批评，而愈批也愈见微妙。就以报说吧，最先是“有闻必录”，其次是“不闻亦录”，又次是“有闻不录”，最后是“不闻有录”。不闻有录者，说是不听见登什么也。爰仿西施之颦，以博诸君之粲。

办报最出风头，是专骂不捧。第二等是不骂不捧。第三等是大骂小捧。第四等是小骂大捧。第五等是半骂半捧。第六等是乱骂乱捧。第七等是一骂永捧。第八等是永捧不骂。

这八个等级，是记者干了十几年的生活发明出来的。至其所以然，暂不宣布，诸位读者，不妨细细研究一下罢。

（原载1929年11月5日《世界晚报》副刊《夜光》“趣之素”）

（五十五）复香谷、孝思、愫倩、亚里先生并附一音乐家言

香谷先生：

大作甚佳。以后以稿见惠，请免除文旁圈点和铅笔写字，以免排字工友因有错误。能于文中注明译自何时何项报章，尤妙。

孝思先生：

未发表之稿，稿权当然属于作者。

愫倩先生：

大作既在他报发表一部分，敝处未便发表。先生于旧剧素有研究，愿时赐教，但文字以能短有结束者为妙耳。

亚里先生：

其事甚微，尊函似不必发表也。

编者

一音乐家言

◎对萧友梅黎锦晖二人音乐作品之商榷

曩者，本珠屡有讨论音乐问题之文字，颇为一部分读者所注意。无他，以报尾上向不见此项玩意也。前数日，于宴会之间，遇一音乐家，亦言及此。不才，音乐门外汉也，则以二事为询：（一）萧友梅之音乐如何？（二）黎锦晖之儿歌又如何？某音乐家乃为言之如此：

萧博士，初非在外国专学音乐者，亦课外所研究耳。中国原无音乐研究专家，萧博士对于西乐之介绍，与音乐之开始整理，在音乐界不为无功可录。然其病在重视外国音乐，而漠视中国固有音乐，且更误认外国音乐为整个的。殊不知音乐与其国民个性，有莫大之关系，以为音乐无国界者，非是也。（恨水按：此层予极同意。如燕赵古多悲歌慷慨之士，其声乃激越异常。吴人不振，乃有靡靡之

音矣）英国有英国音乐，法国有法国音乐，义国有义国音乐，何可一概而论。若统名之曰西洋音乐，尽弃在我，从而学之，或留我之一小部分，而以所谓西洋音乐者为标准，则有何新创作可言。以言制谱，萧博士根本上即不能张嘴。不唱而制谱，谱失所根据矣。至王光祈尚在德读书，其所学为音乐理论，兹暂不必为肯定之断语。

黎锦晖，国语家，非音乐家也。其所为儿歌，适中国所需要，独行生意，遂风靡全国。以言音乐，外行听之，似颇悦耳，内行则摇首矣。盖其所制谱，非整个的有所根据，皆东鳞西爪，拼凑而成。仔细研究，有得自日本者，有得自中国古调者，有得自市井小曲者，亦有灌输男女恋爱之词，此实平衡之论。况如《毛毛雨》等，其哎育调，又极恶劣乎？词之淫荡与否，又为第二事也。

恨水按：以上为某音乐家言，本不欲发表，记者谓君言之而我记之，当不至有同行是冤家之嫌。君笑而许之。此文志在介绍一音乐家之商榷，不才外行，决不敢以言批评也。

（原载 1929 年 11 月 11 日《世界日报》副刊《明珠》“免费邮筒”）

（五十六）致忘天先生

忘天先生：

甚感拔刀相助，此事已见本筒复梁思孝先生书，恕不发表矣。

恨水上

（原载 1929 年 11 月 21 日《世界日报》副刊《明珠》“免费邮筒”）

（五十七）致《夜光》读者函

给诸位一点消息

看《夜光》的朋友，大概以老主顾为多，甚至有我们开张以后就光顾的。

我们现在为答谢老主顾及欢迎新主顾起见，在最短期间，我们要大事改良。既然有个大字，这改良决不是含糊的。单以容量而论，就比现在要超过一倍多。至于组织如何，将来我们有广告登出去，这不过给诸位一点消息罢了。

此外，我们还要套用梨园行一句老话，便是准备演拿手好戏，概不加钱。

（原载 1929 年 12 月 11 日《世界晚报》副刊《夜光》“本地风光”）

一九三〇年

（一）敬告《夜光》投稿者

启事：本栏征稿

本栏内容，现已变更，注重文学方面稿件，其需要者如下：

（1）文学批评；（二）诗词曲小说；（三）笔记（须有时代性，类似抄袭者不取）；（四）短篇小说（翻译品、创作均可）；（五）书法绘画等之研究与批评；（六）有趣味之科学记载；（七）其他有关文学之研究文字。

稿件注重兴趣，过于拘板不收，涉及迷信者不收。

登载之稿件有酬，仍照《夜光》前例，退稿须附邮票信封，否则恕不照办。

有以诗词见惠者，无任欢迎。惟此为文人遣兴之作，以供读者欣赏，并不奉酬。

投《夜光》之稿，须说明《世界晚报·夜光》收，以免遗误。

（原载 1930 年 1 月 6 日《世界晚报》副刊《夜光》）

（二）谨答三友先生

三友先生文鉴：

两年以来，时得匡助不逮，忠心耿耿，未可言宣。《夜光》改进而后，取材较窄，选稿尤难，每于伏案构思之下，斟酌情理，点缀雅俗，不无披沙万斛之感。每得大作，辄弥此憾。而先生时日化名，既不求知于读者，且行迹向疏，更未尝锱铢得润于同人。虽先生意在文字之欣赏，未及其他，仆时受实惠，乃无半纸之报，未免惭悚万分。方今春节既届，厂甸书市，又将麇集。囊以素好如此，必抽一二日之暇，钻头故纸堆中，以博合意之品。岁月依然，今日自不例外。颇拟代备线装者存之本社发行部，请倩介来取，便仆聊表敬意。惟未知签典之间，尚需何书，贸然相赠，或非所喜。尚乞屏除客气，一函相示。庶秀才人情，终得圆满达到也。敬祝屠苏增亮，梅花增福，百凡不一。

恨水拜启

（原载1930年1月28日《世界晚报》副刊《夜光》“免费邮筒”）

（三）与《夜光》作者商榷

小说中之兀字

前有友人致函相问，谓仆之小说中，喜用“兀”字代“忽”字，知读水浒烂熟。然事有不尽然者，敢举一知半解，以供研究。

兀，颇似北人所读之“物”字，落月韵。词源中收此字，以为系语助词，元人词曲多用之，亦未尽其义。就愚在小说上所看来，宋代京本通俗小说中，即用此兀字。如《碾玉观音》中，“兀自未到家”是。《大宋宣和遗事》中，亦有此兀字，如写高平章至李师师家，“女奴来报，兀的夜来那个平章到来也”。似宋朝人说话，此兀字为通常应用语也。

兀自，犹言“犹自”也。《水浒传》中，多半作如是解。兀的，则于本文语气中，亦有“犹自”“依然”之意，惟不甚明显，不敢附会古人意思。至元词曲中，如“兀的不是……某某来也”，等等，则兀的又有与来也牵连之处，其义仍不可解，惟如作忽然之意，不如作“那里”解较觉近似耳。

所谓京本通俗小说，其年代分明在南渡之后，京应为今之杭州，而非开封之东京，亦非洛阳之西京。故文中之俗语，袭汴洛遗音，杂南方语气，不能纯粹。而平话本，又不免为说书先生底稿，甚至杂入市井语，以求人之了解。如喝酒，京本通俗小说均作吃酒；不是平常，则写作“奢遮”。吃与奢遮，水浒亦同也。水浒成于元初，元去南宋未远，则宋人用兀，元人亦用兀，在平话文字，为当然可通之事。至近人用此字，本可不必，惟系一种习惯，下笔之时，偶不留心，即为羼入，实未尝有意。盖好涂鸦小说者，未有不读小说之理，亦未有不受先代小说影响之理。为免除读者疑惑起见，最好是不用耳。

仆颇有心研究唐宋小说，以穷小说之源。苦于学识谫陋，而家中又缺少可读之书，只得空具此宏愿。因友问及兀字，乃连锁成为此文，读者进而教之，固所拜嘉也。

（原载1930年2月3日《世界晚报》副刊《夜光》“免费邮筒”）

【注】为便于读者理解此函，附上刊登于1930年2月8日《夜光》署名“风”的《答恨水小说中之兀字》一函。

答恨水小说中之兀字

尝读元曲，常见此字，初亦不解所谓。特按其语意囫囵释之，意虽可通，然终不确。其后因考究乡语，吾乡贵阳，有口语若委者，盖猛呼声，使人注意或猛然有悟而自表之意。求其字，久之乃悟，即元人之兀音转而变也。吾乡至元，始置总管府，故虽处西南，而特多北语之遗，不只委兀之证而已。如淡不刺沙，即《西厢记》之颠不刺类也。又如你勒我勒，或今日勒，明日勒，勒即元曲之来。更常用眼读，泥于字面，竟作来去之意，而辄不可通。及以口呼之，其语乃豁然，故以贵阳语读兀，时常是口头语，而读曲乃泥于字面多不可寻玩。此等字无意味可说，但是一种语气并兼神情，明其神情语气，而兀字之用乃活现纸上矣。偶读尊著，用贡所知，以足所未尽。

风白

（四）复白中铮读者

为《小小的一点纪事（白中铮）》一文的编后感

作文不必要好题目，苟能绘声绘影，纵给检煤核的孩子作本纪，也算能人。此文侧声旁敲，神来之笔。乍读之，觉其“损”，细想之，亦复痛快，不殊哀梨、并剪也。

（原载 1930 年 3 月 8 日《世界日报》副刊《明珠》“免费邮筒”）

【注】此函所提“哀梨”“并剪”，均为张恨水笔名。

（五）复永詹先生

答　　谢

永詹先生：

示悉。小说中之年月时日，最易忽略，而又最关紧要。水之小说，十九急就，安敢自诩不错。所示外史三集菊榜时期一日之误，细核果然，将来五版，容为正之，以副盛意。

又水已不亲事《明珠》《夜光》编稿之事，答复羁迟，深为抱歉。

恨水

（原载 1930 年 3 月 23 日《世界日报》副刊《明珠》“免费邮筒”）

（六）敬告《明珠》《夜光》读者

告别朋友们

我并不是什么要人，要来个通电下野。我又不是几百元的东家，开了一座小店，如今不干了，要呈报社会局歇业。所以我对《明珠》《夜光》的编辑，虽然已卸责两月之久，我并没有登什么启事。但是为了省这一点事，倒惹了不少的麻烦。外间投稿的诸位先生，有所不知，由文字更牵涉到事务上，不断的和在下通函，因此我只好来作这一篇告别书。

在《世界晚报》未产生以前，更不论《世界日报》了。在那联合通信社里，我便是一分子，虽然我到现在，还是一个被雇佣者，我与本报，是有这样久长的日子，一旦云别，能毋黯然。而诸位投稿先生、读者先生，在文字上也早已作了神交，我也不愿突然的叫声再见，所以只得含糊着直到不能含糊的今天。

我为什么辞了编辑？本来无报告之必要，然而也不妨告诉诸位朋友的，就是人情好逸而恶劳。我一支笔虽几乎供给十六口之家，然而好在我把生活的水平线总维持着无大涨落，现在似乎不至于去沿门托钵而摇尾乞怜。小人有母，我不敢步毕倚虹的后尘，不及颜回短命的岁数便死了，因之钱我所欲也，命亦我所欲也，二者不可得兼，舍钱而取命者也，于是决定了节劳。这节字从哪里下手哩？我除了本报编辑而外，还有六篇长篇小说，本市三篇，上海两篇，沈阳一篇，都是早有契约，不能中断的。其间可以节省下来的，只有编稿了，所以我决定了辞掉编辑。交代已过，请诸位朋友，以后不必以编辑事务来有所询函了。

在一个读书不多而思想腐化的我，和诸位相见许多年。虽然打通电的也有，而喝彩的也不少。兄弟这里给诸位鞠躬，多谢捧场。下场来不及抓诗，填阕《满江红》吧！那词是：

弹指人生，又一次轻轻离别。算余情余韵，助人呜咽。金线压残春梦了，碧桃开后繁华歇。笑少年一事不曾成，霜侵发。　　抛却了，闲心血。耽误了，闲风月。料此中因果，老僧能说。学得曲成浑不似，如簧漫弄鹦哥舌。问匆匆看得几清明？东栏雪。

宏按：他唱完了，没他的事，把我换上来，仍旧接演下去，可是好角之后，唱戏不易，还求诸位捧场，喏喏喏！在下这厢有礼了！

又按：恨水既没有通电下野，我又何必来个通电就职？他既有了下场词，我也不可不补一首定场诗，喏喏喏！恭抓七律一首，送恨水：

半生辛苦负韶华，草木知名豪士家。
不与俗人同宛转，且观风月斗奇葩。
读书我愧无三箧，下笔君真富五车。
小别不须徒悒悒，文光晔晔照天涯。

（原载1930年4月24日《世界日报》副刊《明珠》、《世界晚报》副刊《夜光》）

【注】《告别朋友们》在《世界日报》副刊《明珠》、《世界晚报》副刊《夜光》同时发表。文章阐明了张恨水辞去两报职务的原因，一是对资方的不满（指张恨水与成舍我之间的“欠条风波”），二是他要腾出时间专门从事小说创作。左笑鸿接替张恨水编辑《明珠》《夜光》副刊。文中“宏”，即左笑鸿。

（七）敬答宋冲先生

《啼笑因缘》几个疑问

◎敬答宋冲先生

日前，本栏有宋冲先生投稿，对敝著《啼笑因缘》有三个疑问，兹奉答如下：

一、樊家树游北京，为夏历四月间，去考期已远，夏间既有爱人，又回里探母，故亦未入何校补习。秋时二度北上，始考大学本科。十九回已补叙之矣。因无关大体，故暗写之也。

二、北京闹贼必飞，为至寻常事。寒如敝庐，亦飞贼关顾二次。盖北京房瓦，皆用泥嵌，结实可行。间有灰房之顶，则如平地，跑马亦可也。惟其为刘将军之家，故闹贼即加警戒，在平民则警戒亦不必矣。

三、大杂院（原问大落院一误，非乡村之谓），贫民窟之谓。秀姑在北京多年，昔曾换伯和同胡同，继迁后门，亦邻闹市，岂可不见电话之理？且北京电话，多至数万亭，几于触目皆是。小油盐店中亦有之，非稀有之物也。（北京附郊数百里亦有电话）

宋先生所问，恨水虽可答复，然书至二十万言，决不能无漏笔败笔，未发现之疑问，恐为数尚多。读者如能加以指正，俾于出单行本前能加以修理，实甚幸也。恨水附识。

（原载 1930 年 10 月 12 日《新闻报》）

一九三一年

（一）复张孟昭

接读大札，敬悉一切，只以佣书忙碌，答复羁迟，尚乞见恕也。恨水以稗官糊口，本无足称，岂敢以文艺自视？乃蒙远道驰书，奖誉备至，适增惭悚，若能不吝珠玉，时赐教言，固甚乐闻耳。（下略）

（原载 1931 年 3 月 3 日《锡报》副刊《小锡报》）

（二）复观蠡书

观蠡先生文鉴：

久疏笺候，无任驰系。昨奉手示，屡承青及，铭感无似。弟前曾许以拙作呈正，值国家多难，俗务蝟集，未能践约，歉何如之。然终必有以报命耳。明春拟南下，苏州母校原址，时萦怀抱。无锡惠泉，迄未一尝，实为生平憾事，届时必过府晋谒，一揽九龙二泉之胜也。专此奉复，并颂著祺。

小弟恨水顿首

（原载 1931 年 11 月 10 日《锡报》副刊《小锡报》）

【附 1】

致张恨水（观蠡）

◎论《啼笑因缘》影片事

恨水先生惠鉴：

自报端拜诵宏著，常为神往，《啼笑因缘》名振海内，尤为弟所酷爱。鄙意其蹊径既有旧小说之神髓，复有电影化之描写（如凤喜目击家树影片义欲交战时等），弟读此小说，揣知我公必嗜电影，苟所料非虚，则吾侪实有同嗜。弟近且在锡创一电影院，为此副业羁绊，遂致笔政久旷。海上《晶报》，久辍拙作，亦即是故。最近《啼笑因缘》之摄制，竟成一问题，惟其争之烈，而我公之名愈著。弟读两方广告，其是非曲直，非局外所能知，但就公司资本及演员人才论，则胡蝶之何丽娜、沈凤喜，夏佩珍之关秀姑，身份恰合，小秋之樊家树，亦工力悉敌，必能与大著相得益彰。鄙意则明星、大华同摄一片、同用一名，而同时有两出品发现于银幕，只须使观者辨明孰为明星出品，明星自能占得优势。未识尊意对于此事感想如何？

弟观鑫顿首，十，廿四

（原载 1931 年 10 月 26 日《锡报》副刊《小锡报》）

【注】为便于读者理解此函，附上发表于 1931 年 11 月 3 日《金刚钻报》“景星”所作的《张恨水与〈啼笑因缘〉》一文：

明星影片公司与顾无为《啼笑因缘》剧本之交涉，双方曾在各报大登广告，原著作人张恨水君，因《啼笑因缘》之影片权，确由彼售与明星公司，今被顾无为侵占，大为愤怒，除委托吴经熊等三律师，以法律保障外，并于致京方某要人函中，深表其愤懑之概，兹节录于此，想亦文艺界中人所应表示同情者也。

（上略）弟阅沪报，突有顾无为所登启事，顾有内政部执照，摄制《啼笑因缘》影片，并谓有公演及剧本著作权。弟阅后，惊异之余，又加愤激，《啼笑因缘》，为弟之著作，任何人不得不征求弟同意借以谋利，况此书弟已将版权让与三友书社，将剧本及影片权让与明星公司，如顾所登启事，竟同强盗行为，则弟以后著作，可以任人利用。吾侪文人，启有饭可吃？弟即亲自南下，与顾相见于法庭，亦在所不惜。内政部一时不及觉察，为其蒙蔽，自有可原。然事后不图补救，听此辈流氓敲吸文人，则弟一息尚存，

决不墨耳。（下略）

观于此函，则恨水之恨，不问可知，闻此事明星公司及《啼笑因缘》出版李曾耀，原著作人张恨水三方，已联合控请内政部撤销顾之执照，刻下正在静候批示中云。

【附2】 张恨水与观蠡同病（亚丹）

观蠡丧爱女寅一，泪珠如泉，涓涓不息。其夫人吴薛淑君，尤哀痛逾恒。室中供遗照一帧，笑靥迎人，明眸善睐，芳龄才九，其聪明智慧，固超越庸侪万万也。寅一生前读而未竟之书，与心爱玩物，一一罗列遗照之前。观翁伉俪，每观遗容，辄唏嘘不置，甚或潸然出涕，爱之深，弥觉痛之切也。名小说家张恨水，适与观翁同病相怜，其爱女康儿，生于民国十九年十月，殇于廿一年五月十一，幼于寅一六岁，后于寅一之死，才二日耳。恨水致观翁书，至情至语，哀感动人。观翁读之，当益增于邑，节录如下："……人事多艰，久疏尺素，蒙赐大报，愧无以答，故人近况，固一日不在念中也。顷读大著，知吾兄痛失掌珠，哀思不已，弟最小偏怜之幼女康儿，亦不幸于五月十一日以猩红热夭殇，悲痛之余，工作尽废，读公诗弥增感触。弟于小女临死之前，握手嘱其再来，公诗意亦云然，可谓病相同，痴亦相同矣。自哀哀人，转不能觅一语相慰。小女棺中殉物，只《金刚经》一部，祝其减少痛苦，早生极乐。亦惟以祝令爱寅一耳。人到穷途迷信多，虽幼习科学，未能例外，奈何奈何！"恨水作康儿墓志，附于函末，尤悱恻缠绵，读竟为之黯然："康儿，吾第三女也。生于民国十九年十月十五日，不幸于廿一年五月十一日，以猩红热殇，得岁才一岁有半耳，如是稚年，敏慧如成人。一岁能行，每日侵晨，辄以新闻纸置父榻，父赐果饵，恒谦以饵父。其肤如琢玉，其颊如苹果，其眸如点漆，家人父母，爱之逾恒，途人亦莫不爱之也。蔓草荒烟，长埋俊骨，其亦知钟爱尤深者之哀痛无已时耶，呜呼！"

（原载1932年6月7日《锡报》副刊《小锡报》）

（三）张恨水致东北文化社函

东北文化社公鉴：

谨启者，友人传示辽宁《大亚画报》，称鄙人为贵社外埠社员，并支津贴二百元云云。贵社是否有外埠社员，鄙人不得而知，若就鄙人而论，则不居北平，并不受贵社任何名义，自无所谓津贴。此等谣言，本可一笑置之，然不理则又形同默认，而外间且将谓鄙人窃贵社外埠社员名义以事招摇，尤为不妥。应请贵社向该报更正，所载实为两便。专此即颂公祺。

张恨水谨启

八月三十一日

【注】此信原载1931年9月17日《大风》，原题为《东北文化社与张竹平、张恨水》，作者“拾声”。信前有小序：辽宁《大亚画报》曾揭载一稿，谓东北文化社对于外埠社员之津贴，谓名小说家张恨水及上海电报经理张竹平君均有津贴。二张大为骇异，因特去函声明，诚可谓捕风捉影之谈也。

一九三二年

关于《啼笑因缘》的说明

（上略）读贵报戈壁《〈啼笑因缘〉从纸上搬到银幕上》一作，详实可喜，惟涉及弟者，仍有数点与事实相出入，兹特函恳为弟一披露之，非敢更正戈壁先生之作，也不厌求详之意耳。兹为分述如下：

（1）《啼笑因缘》初稿，果拟由两名：一为今名，一为《剑缺歌残录》，二者请严先生择一。盖弟以因缘二字，根于佛说，恐人写作姻缘，未免伤俗，故另拟一名。后严先生卒用今名，非严先生提笔所改也。

（2）《世界小报》之稿，系转载北京（时未改平）《世界日报·明珠》《世界晚报·夜光》版，弟时主撰此二版也。弟未尝在《世界小报》投稿。

（3）东北弟曾去过三次，未入政界，亦未入报界，仅代表东三省《民报》《新民晚报》作小说耳，且每次至沈阳，均不过旬日。

（4）上海新闻记者团北来，北平新闻记者开盛大之欢迎会，弟为北平记者欢迎员干事之一，未当张汉卿先生招待员也。

（5）严先生约弟作小说，自始即极垂青，偶有搁置，乃稿挤之故，非严先生南返后始决定发表也。

（6）拉杂书呈，均为实话，幸先生察之。

（原载 1932 年 7 月 1 日《社会日报》）

附

《啼笑因缘》从纸上搬到银幕上（上）（戈壁）

◎一波三折忽啼忽笑，几乎令人啼笑皆非

从年前南市《小世界》游艺场由姚民哀办得一张《世界小报》上，常常有许多稿子的题目下面，署着这么样一个署名：恨水。

这时报界中盛行着《玉梨魂》《玉田恨史》《孤仇恨》一类小说，做稿子的人，也都署名“天恨”“恨我”一派字眼，这位“恨水”先生在那时已混在上海，可惜鹤立鸡群，那时竟无人发觉。混了几年，无人赏识，恨水郁郁不乐，便一溜烟跑到东北，在报界中又混了几年。

恨水的小说越做越好，渐入佳境，一部《春明外史》，又一部《银星幸运》，又一部……又一部……深得一般人欢迎。可是恨水是南方人，眼红地看着《新闻报》《快活林》上的长篇小说，便由钱芥尘介绍，送一部长篇小说到独鹤那里，记得题目叫《□尘□影录》。

严老先生也不在心上，淡淡地搁起来，因为实在海上的小说家，车载斗量，各大小说家谁不追随在严先生胖胖的身畔，挨着想过一过做长篇小说的瘾。李涵秋、不肖生、顾明道、徐卓呆……轮也轮不完，哪有闲工夫轮到张恨水，所以这部小说，不过藏之名山而已。

张学良为了张扬自己东北三省的政治成绩起见，函邀上海报界遄赴东北，向来足迹不出上海一步的上海新闻记者便大形活动，结成团体到东北去。严独鹤也一同去，到了那儿，张学良委了几个干员充当招待委员，竭诚招待。

招待委员中有一位委员，就是张恨水，和严独鹤二人谈得最投机，三日一小宴，五日一大宴，便成莫逆。

待得整装回来，严独鹤想起张恨水来，便翻出那部《□尘□影录》，拨冗一读，好似哥伦布发现新大陆，不觉拍案叫绝。因为恨水的作风，轻松灵活，叙事曲折层次不乱，与上海各小说家的作品换一口味，便决定刊登。恰巧那时《快活林》中的长篇小说是秦瘦鸥的《盗宝归来》，已经排完，本来由顾明道续作二集《荒江女侠》

慢一部发表，先把那恨水的《□尘□影录》，改名《啼笑因缘》。

（原载1932年6月20日《社会日报》）

广东大戏院是黄金荣有一部分股份的，办事的人，个个神气活现，所向无敌。眼见《啼笑因缘》四字，红得登峰造极，便抓着《啼笑因缘》排为京剧，海报一出，戏牌挂起，见得人眼珠都弹上一弹。明星公司知道后，照例一封詹纪凤的律师信，勒令停止排演。

这事闹大了，黄金荣是向来不曾收那么样的律师信，勃然震怒，依然排演，绝不肯让步。明星公司方面，也根据张恨水所授与的权利，严重办理。广东大戏院却依然不可让步，由王吉士律师代表在报上大开笔战，笔飞墨舞，闹得像现在陈济棠和陈策一样的上劲。

其间，经明星公司董事袁履登托杜月笙和黄金荣去讲，杜月笙也愿意作调解人，因杜月笙在浦东高桥杜氏家祠落成的那时节，明星公司曾派大批人员，特地做了水手式的黄绿色的服装，日夜拍摄电影，共计送了千余尺影片，明星公司一个钱也没有收。有此深切的友谊，杜月笙特地和黄金荣再三再四的商量解除双方的误会之道。

可是事情是“僵”了，明星公司坚执着广东大戏院必须停演，以绝别家戏院效尤也排《啼笑因缘》之借口。黄金荣却因社会上都知《啼笑因缘》已由广东大戏院公告排演，如果停演，也下不下这个场，而且黄金荣又持着各种可以排演的理由。两方面都提起了“肝火”，各不相让。

正在这个严重的形势之下，忽然跳出一位大宝贝顾无为来，举起大刀阔斧，杀开一条血路，奇峰突出的登出一幅绝大的广告，意思是：“顾无为呈请内政部，取得《啼笑因缘》剧本著作权及摄演影戏权，禁止别家公司摄取同样名义之影戏。”这一张广告，含蓄的意义极大极大，看了这个广告，一望而知明星公司绝对无摄《啼笑因缘》的可能性。

（原载1932年6月21日《社会日报》）

这里面也有一种内幕，远因是顾无为的大华影片公司从前受明星公司的影响和中央影戏院的限制而淘汰关门的。近因是顾无为在南京开设游艺场大世界时代，顾无为要做《歌女红牡丹》等新戏，明星公司根据理由，正式的向法院提出诉讼，法官面谕一切戏剧除非向内政部取得映演权，否则别家有版权的人便可干涉，禁止排演。顾无为只得唯唯听判，失败而回。这时节代表明星公司到堂的无非是一个小小的职员，见了官司打赢，已经心满意足，哪里会注意到法官的官话。顾无为却吃了亏学了乖，懊丧回家之后，日图报复，索性向内政部请求《啼笑因缘》剧本注册证，昏天糊涂的内政部部长刘尚清，见了“为呈请事……实为公便……谨呈部长刘”，一看手续俱全，法章全符，便发他一张执照，也不细细看一看上海的报纸，《啼笑因缘》已否有人摄演。其实，明星公司公告摄演《啼笑因缘》的事情，大小各报早已宣传得乌烟瘴气，满天星斗。在稍稍留心社会事务的人，哪个不知，谁个不晓？偏逢刘尚清糊糊涂涂，一物不知，一事不晓。一张执照发出之后，顾无为当然起劲得好像汪精卫进京做行政院长一般，兴高采烈，大登广告，特别宣传。

此时明星公司早由张石川率领大小职演上下各员，浩浩荡荡，杀奔北京。今天到先农坛，明天到前门大街，拍得正在起劲，下的本钱，已是不少。上海的顾无为偏放了一把野火，烧的红光满天。此时情节之紧张，表情之卖力，真像看《啼笑因缘》看到关秀姑杀死刘将军一般，使上海一班看报朋友看得个个舌挢不下，料不出如何结局。

顾无为何以如此吃硬，这里边也仗着广东大戏院黄金荣的交涉不曾了结，所以索性大闹嘉兴府，闹到使人啼笑皆非。

就这事的实际上讲，这中间的关键，错在内政部的一张执照。可笑内政部的办事着实糟不可言，自知错处，一经明星公司请求，轻轻又发了一张执照。

一天星斗，至此完全烟消云散，好比伤寒症弄得晨昏颠倒，大便一通，完全神清气爽，明星公司的《啼笑因缘》于是得以照常开映，张恨水的小说于是得以由纸上搬到银幕上。

《啼笑因缘》搬上银幕，明星公司是聚着整个精神，张石川、周剑云、郑正秋……老班子之外，严独鹤也是其中一个大将。胖胖的严先生，一面患着胃病，一面日夜总览《啼笑因缘》文场的事务，弄的日渐消瘦，出人意外。《啼笑因缘》影片的精神，却日益饱满。

最近各方面都接到了一张试映券，上面写着："《啼笑因缘》试映券，六月十九日上午，地址是南京大戏院。"

大雨滂沱，南京大戏院挤满了一千四十多人，点灯一暗，机声轧轧，樊家树、沈凤喜、关秀姑一一跳上了银幕，使看过《啼笑因缘》小说的人们，脑海中影片似的印象，越发加深了一层。

明星公司的人才，支配《啼笑因缘》的人物，最合宜的是胡蝶兼饰沈凤喜、何丽娜二人，夏佩珍饰关秀姑，和我们看小说理想中印象大致仿佛。胡蝶饰丽娜的几幕，骨头之轻，风头之彪，行头之俏，实为得体。最妙的开口密斯脱樊，闭口密雪司陶，尤其是临去秋波时的一声"GOOD BAY"，活写洋化少女的满身"洋"，骚气使人一看而知觉得加以"厌恶"，实在妙极。

胡蝶饰沈凤喜，做到情话绵绵的一段，渐入佳境，可惜谈到入港之时，但见"眉眼对准"，不见嘴唇同嘴唇接上一接吻，实为绝大恨事。因为描写二人情谊之浓，已达沸点，不但银幕上的人情不自禁，感动得看的人也情不自禁。可恨导演者太不识相，吊得看片子的人的胃口热辣辣地胃酸汹涌。忽然窗帘一拉，完全成为画饼，真是惟一缺点。我想如果胡蝶的接吻公然映诸银幕，那么，门票多加二角钱，似乎也是便宜货啊。

郑小秋，大家都看过他的《孤儿救祖记》，因此往往都以为他是一个"童伶"而非成人，哪里配演《啼笑因缘》中的樊家树呢？岂知一看《啼笑因缘》之后，却把这种印象完全推翻，在当年王元龙盛时，实在也不过现在郑小秋的风度。越做到后半部，精神越足，

“月下和唱”一段，跟胡蝶两个人对弹对吹，神情超绝，令人不得不拍案叫绝。以善于表演著名的夏佩珍在这第一集《啼笑因缘》中，实在无戏可做，比较上劲些的一段，就是把她老子关寿峰抱上汽车，力大如虎，轻轻的一扶，竟把百来斤重的臭皮囊，提得像拾乌龟一般轻松，使一班看客舌挢不下。虽然是摄影上的一段技巧，可是夏佩珍的威武之态，也着实娇憨可喜。饰关寿峰的那位萧英，捉苍蝇一战，究属牵强，并无生色之处，可是在生病时流泪而说“天无绝人之路”的时候，确乎动人情感。

“有声有色”一来，也帮助这部影片生色不少。摄影方面，末幕“月圆之夜”一段，确实摄影上的佳作，可惜有几段颜色不大好，打扮得最美丽、装点得最动人的姑娘拖到光滑得可以竖起来当镜子的地板上大跳特跳起来……一次，两次，三次，男的衣袋里顿时跳出了一块洋钱……这样难道也是联络感情、增进友谊的“交际舞”吗？愚蠢的我，老是怎样怀疑着。

怀疑者尽管怀疑，追欢者还是疯狂般的增加着。在白热化最高的一个时代，一条在白书里没有人注目的西藏路上，过了下午九点钟，从派克路口起，一直到大世界，差不多整个的浸在淫靡的乐声、炫目的灯光和诱人的香槟酒的气味的深处了。

在北面，还有老靶子路以北、虬江路以南的一段北四川路和它遥遥地呼应着。

“一跳而袋袋空，再跳而富变穷，三跳而困水门汀……”童谣似的呼声，跟着新兴的舞场而布满了上海。

一年，两年，三年……一掷千金，阔得比爱多亚路还阔得舞场的追欢者终于应了童谣里的预言，有的是袋袋空了，有的是富变穷了，有的竟然使实授“水门汀长”了，所剩的不过是寥寥几个石崇邓通般的天纵之骄子了。

关了皇宫，闭了月宫，封起了桃花宫，连那真正预备给人家来联络感情、增进友谊的天华茶舞会，也悄悄地跟着停止了。

天孙老去，织女层斑，充满着欢笑和纵乐的舞场已经遵照着天然淘汰的公例而渐渐地寂寞了。不料，雪上加霜，像疯狗似的日本兽兵凭空又来放了一把夜火，从此，繁华的舞场永远是寂寞的了。

寂寞了跳舞场，挤破了电影院，惯于享乐的上海人是毕竟不能不享乐的。

（原载 1932 年 6 月 22 日《社会日报》）

一九三四年

张恨水致《社会日报》信

张恨水西北来鸿（一定）

《啼笑因缘》作者张恨水，不辞跋涉，远游西北，兹觅得其最近来书，记西北军政首领印象甚详，非特足慰故旧，亦时人珍屑也。因摘录数则如下：

（上略）弟已到了西安，住在西北饭店。这位饭店东主张德枢先生，是国民二军的旅长，放下枪来干这孟尝君子店的，现在奉告些新闻屑，借明此行情况罢。

邵力子主席，腿伤还没有好，睡在床上，短衣赤足，盖一床薄被。我问邵先生痛苦不，他作个翻身不能翻的样子，又揭开被来，让我看那上了绷布木板的腿，笑道：就这一点，你说痛苦不？

周学昌教厅长，冒了雨来看我，大谈老朋友别后的话。他说第一天到西安，就闹了个笑话，事实是这样的，这里有个开元寺，是唐朝建的，里面有玄宗遗容，古迹很多，到西安的人，当然要去看看。周先生管文化的，要看比别人还急，所以一来就去。有人问他在哪里来，他说由开元寺来，朋友大笑。你说是什么原故，原来娼妓都在开元寺附近，若说由开元寺回来，犹之在北平说自韩家潭来，这不是笑话吗？所以老周为保持文化地带清白起见，火车一通，决轰妓女上车站。

全国经济委员会西北办事处主任刘景山，是个奇人。他身体高大，像金达老先生，头发斑白，五十余岁了，但是他精神很好，声音高亢，能说英法德三国话。他跑过的国度不少，自称是个学筑路的，他主张宣传，办法要由新闻改为小说，好像是专给我拉生意。他不久到绥远去，预备叫我捉伴儿同行。

三十八军驻省办事处长温良儒（天纬），是北大毕业生，和成舍我先生是同学，一谈起来，便是熟人。他说陕西人在秦时代统一了中国，如今何以式微到这样子，那完全是为了水的问题。以前陕西到处有沟渠，关中富足，像江南一样，后来汉人躲开匈奴突厥，迁都向东南，东南到处开沟渠，东南就富足起来了，一富足文化当然跟着好，西北呢就越荒下去。

（原载 1934 年 6 月 12 日《社会日报》）

一九三五年

（一）致《花果山》读者

这第一炷香

《西厢记》里的崔莺莺，在后花园难过的时候，曾烧上这么三炷香。那第一炷香的祷告语，却是名正言顺的，祝她亡父早登天界。我们这《花果山》，今天开幕大吉，似乎也要名正言顺一下子。可是这花果山的齐天大圣，究竟是位野仙。若是说上一大套子金科玉律，倒有点不搭调。所以就干干脆脆，还是从今宵只可谈风月作起。

谈到第一炷香本身，这是烧香的人所极愿得着的。北平彰仪门外，有座财神庙，每当正月初二，大开庙门，任人烧香。那些财迷的香客，天不亮，就在城门口等着，城开了，一窝蜂的出去，为的是要烧第一炷香。可是到了庙里一看，第一炷香，老早让人烧了去，大家全是懊丧之至。因为人要敬了第一炷香，财神爷就得照顾着他啦。假使您要敬着第一炷香的时候，若要买航空奖券，头奖准是您的。

有这么一个人，上财神庙烧了十年早香，都没赶上第一炷香。他急了，第一天晚上，带了香烛，偷偷儿的溜进庙去，躲在神案下，打算一交子时，立刻由桌子底下钻了出来。庙门没开，香已烧了，谁还能抢了去？不料刚打过十二点，佛殿上就有脚步声，探头看时，庙里老道正带了香烛上殿呢。那人钻出来，一把抓住老道说：怪不得你们庙里老道年年发财，第一炷香，老早是你自己烧着哇！老道说：这个您得原谅！我要不年年烧着第一炷香，财神不照顾着我，哪来的香客挤破庙门呢？那人这才明白了，第一炷香该是老道的，不然，也不成其为财神庙了。

说句生意经的话，看报先生，全是我们的财神爷，《花果山》老道，这厢有礼了。

（原载 1935 年 9 月 20 日《立报》副刊《花果山》）

【注】《立报》，由成舍我于 1935 年 9 月 20 日创刊于上海。1935 年 9 月初，张恨水应成舍我之邀协助创办《立报》，约期三个月。张恨水任《立报》副刊《花果山》主编。

这是一篇发刊词，从创刊号的编排可见张恨水确实煞费苦心，以“第一”为看点，既有插科打诨的幽默小品，也有纵论古今的历史掌故，更有谈天说地的地理风物；既配合了“第一日”的开篇之义，又寄予了美好愿望，期待《立报》将来成为上海小报业的头牌。

（二）与读者说《花果山》

关于花果山

《花果山》今天已问世十一日，好是不配说，不过在读报先生看过之后，足可以供给您一些喝茶饮酒的谈料。而我们的意义，“卑之毋甚高论”，也不过如此！

《花果山》云者，说这块豆腐干，上面有花有果，我们把他当了一座山头，请大家驰目一游。此外，并无什么奥妙。有人把副刊叫“鹦鹉洲”，有人把副刊叫“沈水”，有人把副刊叫“快活林”，我们“山”他一下，有何不可？

这里既是个游目骋怀的所在，仿佛杭州城里的城隍山，开封城里的中山市场，而我们也无非在这里摆些说书摊、把戏棚子而已。

讲经，论道，演说，全用不着。至多说两句相声，也总以说戏迷传得口吻出之，很不愿发什么议论。破口骂人，那是一百辈子不来哉！

投稿，我们是十二分欢迎的，但总要言之有物。虽本栏总是废话，总也不要太废话！

（原载 1935 年 9 月 30 日《立报》副刊《花果山》）

【注】此函意在说明《花果山》的用稿方针、办刊立场与《花果山》的意义。

（三）与读者再说《花果山》

我们的态度

报纸上的副刊，这不过是调剂读者滋味的一种刊物。甜，酸，苦，辣，各凭报纸的立场去采取，事实上是不能一律的。

《花果山》的稿件，从来是偏于叙述，少发议论。纵然有时带点商量的意味，却也不是斗争的。最近，本栏接到许多近于斗争的投稿，或是对某一问题，某一个人，某一机关，带着刺激意味的指摘。我们觉得这种稿件，纵然文字优美，理由充足，但就《花果山》的性质而论，却似乎有点不十分恰当。

借了这个缘故，我们再申明一下。《花果山》的滋味，甜，酸，苦，都不妨有，可是我们不愿有那刺激性的辣。而文字既是偏重于叙述的，也无辣之必要！

自此以后，希望赐稿诸公，纵然有什么故事要商量时，也只以《花果山》为限。免编者偶一不慎，至有耘人之田的嫌疑。

（原载 1935 年 11 月 2 日《立报》副刊《花果山》）

【注】此函再次阐明了《花果山》的立场。三个月，三则稿约，三次表态，立场统一而坚定，表达了张恨水明确的报纸副刊编辑观，和其小说观相呼应，这就是："秉承趣味主义原则，既不认为副刊能够承载利国利民的千秋功业，也不过分看重文字的载道功能。"

一九三六年

复某先生

某先生：

你的信我收到了。小说的结局，本不一定要写成悲剧，但是宇宙里的事，有缺憾的，要占多数。我又是个饱经忧患的人，凭我的思想去运用事实，下起笔来，总不免有点伤感的情绪。不过在最近两年以来，我也知道我的缺点。所写的小说，都已另找出路了。谨此奉复。

恨水

（原载1936年9月11日《南京人报》副刊《南华经》）

【注】《南京人报》于1936年4月8日在南京创办，系张恨水与好友张友鸾共同创办。张恨水出资，担任社长兼编副刊《南华经》，张友鸾任总编辑。

一九三八年

（一）敬告读者“这一关”

这一关

“关”这个字，在中国文字里，已够严重。“关”上再加“最后”两个字，这严重性是无待费词了。

最后一语，最后一步，最后一举……这些最后，表示着人生就是这一下子。成功，自然由这里前进。不成功，也决不再有一下子。那暗示着绝对的只有成功，不许失败。事情不许失败了，那还有什么考虑？我们只有绝大的努力，去完成这一举，所以这副刊的命名，有充分呐喊的意味包涵在内。

因南京的沦陷，一部分报人，或为私或为公，来到重庆。在下也是南京报人，是入川的一个。（惭愧之至。这惭愧容明日交代）恰逢《新民报》在重庆重振旗鼓，同庆更生，却约在下来把守这《最后关头》。在下因心绪的恶劣及病后身体的衰弱，自忖是无可努力，恐怕不胜呐喊之任。然而在下在南京，也办有一张豆腐干型报纸，和《新民报》是好友。而个人和《新民报》社长陈铭德兄，经过这一转进，更成了患难之交。在许多条件之下，不由我不作一回最后的努力，所以我就毅然的答应了在这《最后关头》上来作一个守卒。任务，自然是呐喊！

这呐喊的声里，那意味绝对是热烈的，雄壮的，愤慨的。决不许有些消极意味。我相信我们总有一天，依然喊到南京新街口去，因为那里，是我们南京报人的。我们绝不放弃新街口。我们呐喊，现在就开始。

（原载 1938 年 1 月 15 日《新民报》副刊《最后关头》）

【注】《新民报》是今天《新民晚报》的前身，于 1929 年 9 月 9 日在南京创刊，创办人陈铭德、吴竹似、刘正华，陈铭德任社长。1938 年 1 月 15 日，《新民报》重庆版发刊；1942 年 11 月 1 日，《新民报晚刊》问世；1943 年 6 月 18 日，《新民报》成都版创刊；1945 年 10 月 10 日，《新民报》南京版日刊复刊，1946 年元旦，《新民报》南京版晚刊发行；1946 年 4 月 4 日，《新民报》北平社成立，发行日刊；1946 年 5 月 1 日，《新民报》上海社成立，发行晚刊。上海版出版后，《新民报》在全国已拥有五个社，日刊、晚刊共八张，号称“五社八版”。

张恨水于 1938 年 1 月 10 日抵达重庆，应陈铭德之邀加入《新民报》，并被聘为该报主笔，兼副刊《最后关头》主编。之后，张慧剑、赵超构相继加入《新民报》，人称《新民报》有“三张（张恨水、张友鸾、张慧剑）一赵（赵超构）”。

（二）再告读者

启　事

蒙在渝文彦，日以诗章见赐，无任感谢。惟《最后关头》稿件，顾名思义，殊不能纳闲适之作。诸位高明察之。

编者

（原载 1938 年 1 月 26 日《新民报》副刊《最后关头》）

（三）与读者《最后关头》谈诗

关于诗

《最后关头》，常登些旧式诗词，因之投稿的越来越多，积在抽屉里的诗稿，有一百多首。除了一部分要慢慢发表而外，有三种我们不愿发表：（一）颓废的，没有抗战意味的；（二）自我宣传的；（三）不很成熟的。

我始终认为填词作诗是一种高尚的娱乐，独自或和朋友同来，都好。我们正不必唱什么高调，说是诗言志。只要提倡这种娱乐，而能绝对不吟风弄月，打情骂俏，对于人，对于自己，并无大害。

大家不要以为旧诗有格律，就是一种可以遗弃的尸骸。其实它之可以要人迷恋，正是这种格律。犹之于唱歌，动听之处就在有音节。不然，胡嚷一阵，没什么意思。文坛上崭新的人物，思想尽管前进，能哼两句诗的很多。鲁迅能诗，郭沫若能诗（应该说是喜欢作才对），不用说了。而这位新的不能再新的朋友毛泽东先生，他也是常常大作其七律。所以我们不以作旧诗有碍于思想之前进，而也正愿一班老先生们，也成为一个“起来，不愿作奴隶的人们”，把“采菊东篱下”的意识，改为“大雪满弓刀”。

（原载1938年3月21日《新民报》副刊《最后关头》）

（四）向读者致歉

道　歉

蒙读者对于《最后关头》的帮助，每日都接到二三十封信，我们很感谢。这里所要道歉的，倒不是地盘太小，不能择优发表。正因为好的稿子，在许多方面暴露着，在爱不释手之下，反是保存了。有什么法子呢？只求才高诸公原谅，但我们仍当努力，决不用“此夕只可谈风月”来敷衍下去。

（原载 1938 年 5 月 1 日《新民报》副刊《最后关头》）

（五）复某君

某君：

七星岗无《新蜀报》馆。幸来信有编者名，已交到。张冠李戴，眼前事且糊涂如此，尚言读史耶？仆因说笑话，误忆一则笑话，至多健忘（但亦不至将所读报名亦复错记），决非罪大恶极之事，足下抬出贵部长来，意欲何为？吓我乎？（同日，报社另接一信，亦抬出贵部长。逢迎至此，殊属可笑）仆不姓简，君举简雍事，是为仆数典忘祖，正是君引典错误。窃以为必与姓吴者谈水浒，不知智多星为何人，始能引用恰当耳。更有进者，仆为一文字佣工，决不引公司报纸为私人利器，凡所主张，均属正义感。忠言逆耳，不悦者自大有人在。其实从政者应在社会上留几个诤友，以求进耳。如见逼，仆何敢抗，当遁迹入山，不复多言。但足下衰朽之年，备位小吏，当无依附可图，何必怒目相视。足下又谈及教科书，当注重经史，虽属戏谑，事出有因，可谓三句话不离本行。敬以一言奉劝，国难严重若此，足下权令所及，应当注重科学精神，发扬抗战情绪。引经据典，不妨俟之太平之日。万不宜于此，将线装书之毒，灌入青年纯洁之脑。（熟读十三经，能抵抗坦克车否？）一旦不幸亡国，君我同沦为奴才，欲书汉字不可得，谈何经，数何典？君其思之！日来苦热，部中电扇，当不如南京之多，十小时枯坐，烦躁奚似。曾读左传，翻词源否？不为无益之事，何遣有生之涯？得恭和某公某老诗几许？能见示否？此信本不欲公开，但足下匿名投函，殊欠光明。虽知君为谁，正式函复，恐不承认，故发表如此，恕之恕之！又请转告贵同事，在今日争论经典，事出无聊，不必将此函剪呈贵部长，呈亦无功可录，因彼所注意不在此也。

编者

（原载1938年5月31日《新民报》副刊《最后关头》）

（六）复何景先生

敬启者：

贵报六月二日《最后关头》版，载有念生先生所著《释节约》一篇，拜读之下，与《民力周刊》第六期（五月十四日出版）拙著《从国防公债说到节约运动》一文，除一二三及第五段下半节略去外，内容文字完全相同。此等文字本不应禁止且极欢迎转载，以广宣传。惟就道德上言之，似应注明其出处，不应据为己有。质之恨水先生，及念生先生以为如何？此上并颂撰安。

何景

恨水按：《民力周刊》，未阅及。投稿者抄袭尊著，实未知，歉甚！然编者决无掠美之嫌也。念生君何故抄他人著作，据为己有？应请明白答复。

（原载1938年6月6日《新民报》副刊《最后关头》）

（七）复泸县某君

泸县某君：

贵校禁止学生作救亡工作，这当然是可痛心的事。但我们没有得到消息以前，也未便以一面之词加以披露。若是尊函所说不虚，应当邀请全体或大多数同学，负责向社会报告实况，我保证新闻界必予以援助的。

编者

（原载 1938 年 7 月 6 日《新民报》副刊《最后关头》）

（八）答是公先生

《最后关头》文字，完全公开，凡与抗战及为劳苦民众呐喊之稿件，皆所欢迎。文艺水准，不求过高，但枯燥无味之抗战八股，亦不欲揭载耳。本报篇幅小，稿子不得不作经济打算，故与他报副刊取材略异。此复是公先生。

（原载 1938 年 8 月 26 日《新民报》副刊《最后关头》）

（九）答和尚

几位大和尚：

我首先觉得这答复是多余的。而各位出家人的来信，也一般的多余。因为各位这么一问，这一不了然（四川讲法）已是犯戒了。

关于我写那篇《太虚与白杨》的动机，除了十分忠厚的人，大概看得出，我是感到后方人过于闲适而发的。将太虚高比佛印，似乎已太对得起，尚何间然？若不愿说太虚到过温泉，不愿将太虚法号与白杨两字相连，未免太不解脱。至于事实的根据，我是得自《南京晚报》的特写。这位执笔的人，当然是在温泉看得来。我并不造谣，我也无须对一个和尚造谣。

更有进者，于斌主教，也是一位宗教家，抗战以来，多为国家贡献如何？各位爱你们法师，应当使其作大狮子吼，学学于主教。

深山讲道，不妨俟之异日。何须你说，我实在不懂佛学，现在也来不及去学，以后我也不打算学。可是事实我知道一点。印度佛国，所悬为英国旗。而南京失陷，大批日本和尚随着日本大炮，进了中山门。这年头，谈佛似乎也要来个辩证法才好。一笑。

还祝远离烦恼！

被问者敬答

（原载1938年9月2日《新民报》副刊《最后关头》）

【注】为便于读者了解此函，特将刊于1938年8月27日《新民报》的《太虚与白杨》一文附录如下：

太虚与白杨

友人自北碚来，看到太虚和尚和白杨姑娘同在温泉出现，颇觉有点那个。这一那个，也无所谓深妙的道理，只是仿佛色彩不调和而已。其实，友人也是见骆驼以为肿背之类。

我觉得哲学的领会，由宇宙间实地经验得来的，比从书本上得来的，要胜过多多。白杨所经历的社会，所过的生活，已是告诉了她无人相，无我相，无众生相。假如赤条条无牵挂，太虚能看着四大皆空，无不可往。那白杨又何尝不是观世音菩萨？当然不是摩登伽女。

重庆成了临安，北碚仿佛就是西湖吧？当然，也就要有佛印与苏小小之流，作现世的点缀，供后人的凭吊。我们不是宋代诗人，也就不必去吟咏那西湖歌舞几时休了。

（十）复许介眉

编辑先生：

兹阅贵报八月四日登载《芜湖陷落后》新闻一则，系唐贤龙投稿，末段有云："新芜湖日报，主笔者为许介眉"等语，见之不胜骇异。查介眉自去年宣城被敌机轰炸后，即携眷避难于泾县中村，至今并未他徙，地方人士，均可证明，所在全非事实，且与名誉攸关，相应函请予以更正。是为至荷！

专此敬颂，撰安！

许介眉启

八月廿八日

编者按： 此信虽有许君盖章，但函中称避难泾县中村，而信封则系由泸县俞致强寄来，并非寄自安徽泾县，合并声明。

（原载 1938 年 9 月 15 日《新民报》副刊《最后关头》）

一九三九年

（一）与读者再谈《最后关头》并代邮

不忍不说（小百姓）

抗战十八个月，中国对于敌人的一举一动，都已加以研究。可是对于我们自己，却有处不免忽略。假如“百战百胜”成语下面，是“知彼知己”四个字，我们还得下一番知己功夫。

不作前方的官吏，不一定就是不爱国。后方还尽多事作。负了前方官吏很重要的一个名义，又不敢前去。此吴稚老所谓，不出恭又占着茅厕。何苦！

我们认为作文章，必须写“抗战有关”的。纵然是八股，也无害于读者。在这日子，以日报正宗的姿态，天天登些闲适性的明人小品，颇与国际观瞻有碍。

春秋之义，责备贤者，现在的贤者，就不大爱听责备，于是乎也就无人肯申春秋之义也。

敌人平沼内阁人物登台，不饮香槟，不穿礼服。这并不是热衷者急于作官，忘了这些。人家是已经装着一些国难样子出来了。我们是真正受难者，却要极力点缀生平。

君子愿世上人都成为君子，小人也愿意世上人都成为小人。人尽为小人，小人之恶，就不易发现了。由此，可以知道防备小人，莫过于洁身远离。

代 邮

上海《晶报》主办人请了：

这段代邮，我想你是能看到的。读《新闻报》广告，知道你们又把《南京人报》上我那一篇《游侠外传》改个名字再版了。当然我不奈你何。可是，这里面文字，很富于革命性。当心！同时，我还在继续写抗日文字。与其致干未便，我想，你们还是停刊了罢。站在我的立场上，我不愿直接和你们通信，所以公开在这里。

、　　　　　　　　　　　　恨水

（原载1939年1月8日《新民报》副刊《最后关头》）

【注】“小百姓”为张恨水笔名。

（二）与读者三谈《最后关头》

关头语录（铁汉）

人生要抱定两种宗旨，就是“自立”与“自力”。

一种打击，常常会成了一种进步的阶梯。

一种东西，向小处分拆就愈小，向大处探求就愈大。

人有时候自以为不能得救的，但如果迅速加以援手，也可望得救。

名誉的价值，就是有时能做到金钱所做不到的事。

人做事业必须自己对那种事业发生兴味才能收效，否则便不免失败。

（原载1939年1月17日《新民报》副刊《最后关头》）

【注】“铁汉”是张恨水笔名。

（三）与读者四谈《最后关头》

关头语录

有人说：敌人一向是军事上主攻，外交上主守。但他的外交形势，是日趋险恶，这也见得敌人枪杆压不倒世界。

法西斯用尽了九牛二虎之力，拉人加入反共公约，结果只拉上了一位马牛其风的小匈牙利。世界上似乎也有些公理存在。

有人这样想，以不入租界自负的吴佩孚，传也避入东交民巷，似乎不妥。我说：住租界不过准亡国奴，在敌人统制下居住，简直是亡国奴。吴今日能避入东交民巷，到底胜于昔日不入租界。我们却盼望他这样做。

肯牺牲为人，便是最忠实的人。对于国事，尤其如此。在这种日子凡图享受的，就有些靠不住。

（原载1939年1月19日《新民报》副刊《最后关头》）

（四）答读者问

将毋同

客问：《最后关头》的文字，是不是都与抗战有关？

答：然。

问：有时候看不出与抗战有关。

答：你再看一遍，再想一遍，你就觉得与抗战实在有关了。

问：作诗必此诗，不是诗人，这样编《最后关头》吗？

答：将毋同！

问：现在不是东晋，为什么用清谈语气答我？

答：将毋同！

问：你们要笔杆的，忍心学清谈！

答：将毋同！

（原载 1939 年 2 月 10 日《新民报》副刊《最后关头》）

（五）就《最后关头》再告读者

编者的话

我们打算在本刊也登些新体诗，但有两个条件：要有情感的，要可以朗诵的。为了篇幅关系，还不能长。

本刊征稿以来，只得着几篇军人的壮烈故事。希望读者多赐稿，这不是本社些微的报酬可以鼓励的。表扬忠烈，各有这一点心意吧！

只要故事好，文字稍差不要紧。润泽修饰，那是编者的责任。

须退稿者，请先声明，并附足邮票。过短之稿，似无退回之必要。以减手续。

来稿请勿横写，请勿两面写。

描写劳苦民众的稿子，没有收到过，颇为失望。

谈社会上各问题的散文，请投大时代栏。本刊欢迎研究抗战文艺稿件。

（原载 1939 年 4 月 29 日《新民报》副刊《最后关头》）

（六）就《八十一梦》敬告读者

连载长篇《八十一梦》

羞向朱门乞蕨薇，荒山茅屋学忘机。卢生自说邯郸梦，未必槐阴没是非。（恨水）

文学家与艺术家之思想，原极玄妙，其梦境更玄而又玄。本栏主编张恨水先生，近养痾山村，以梦中之幻景，渲染为文，著《八十一梦》寄《最后关头》发表。兹定后日起刊登，敬希读者注意。

编辑部启

（原载 1939 年 11 月 29 日《新民报》副刊《最后关头》）

【注】《八十一梦》自 1939 年 12 月 1 日至 1941 年 4 月 25 日在《新民报》副刊《最后关头》连载，有十七八万字，以散文体的形式，采取“寓言十九，托之于梦”的手法，对国民党统治下的“陪都”腐败的官场和社会上种种黑暗现象进行了无情的揭露和有力的鞭挞。书中人事均有所指，受到了进步人士的欢迎，也引起了国民党特务的注意，张恨水仅写了十四个梦即被迫停笔。

一九四〇年

（一）复某兄：谈“穷朋友”

投稿官

一位朋友赐信给我，提到了“穷朋友”问题。说是有人月入数百元，也向人哭穷，迹近欺骗。我说：此事当两方面看。（一）此种人，以前混迹南北，至少月入次数，以今之购买力视看，他当然可以称穷。（二）此种人既非穷朋友，也不是文人，他是以发表文章而为贵人的“投稿官”。夫既为官矣，而犹免不了抹桌子投稿，则其叫穷也亦宜。

续上两个原则，我们客观的说他呼穷，迹近欺骗，但他主观的说法，却是批评者“不知作官之艰难”了。所以在穷朋友方面，只有尽其在我。假如不能扫除文坛这些禄蠹的话，我们也无须红眼，只要爱惜羽毛不为此蠹所蚀，也就无愧斯文了。

顺此，答复赐信的某兄。

（原载1940年2月26日《新民报》副刊《最后关头》）

【注】函中所谈“穷朋友”，系指刊发于1940年2月11日《最后关头》张恨水的《告穷朋友们》一文，附录如下：

告穷朋友们

以下几句话，是对我几位素有往来的穷朋友说的。在文章不值钱的今日，有朋友说，示以公开，那么，就聊贡一得罢。倘若有人以为头巾气太重，一笑置之可也。

孔子说：“岁寒，然后知松柏之后凋也。”陆机说：“渴不饮盗泉水，热不息恶木阴。恶木岂无枝？志士多苦心。”所以一时穷困也不过减少文人物质上的享受，无多大关系。人每到“穷且益坚”之时，常有“一览众山小”的观感，那一种精神上的愉快，却非读书人不辨。这决不是所谓阿Q式的精神胜利。国家且以精神总动员来克服贫困。颜回的“一箪食，一瓢饮，乐在其中”，这诚然嫌腐旧些。列宁革命的日子，就能坦然睡在同志家里的地板上。穷困何碍于他的前途？朋友，别灰心，也别暴躁！诸葛亮说：“淡泊以明志，宁静以致远。”就技术上说：“文以穷而愈工。”穷，也许这正是文人技术上的一种磨炼呢。当今文人，有三种魔星照命，一沾上便万事俱休。请当心！一是洋场恶客，二是马路政客，三是朱门清客。我们要做个清洁文人，必须对这三客远远的躲避，尤其在叫穷的今天！

（二）答客问二则

一、复宋六箴先生

十月二十日得《新闻报》转来尊示关于《水浒新传》有所商榷，甚感不耻下问。敬复如下：

（一）孙二娘父孙太公，是愚信笔书来，并无所本，意在引张青夫妇西去，且住东京，以作书中联络。尊示引原传十七回，张青对武松语，其岳父系剪径者相质，自是甚对。愚于原传此数语忽略过去，遂有此误。但改孙太公为孙二娘伯父，则无不可矣。水浒写屠沽忠义，胜于衣冠中人，颇足发人深省。故愚特以张青、曹正入京，以与公卿相对照，且力揭孙二娘之父，只资烘托。执笔时未曾一翻原传，愚之过也。

（二）卢俊义被擒，先生已称与史乘吻合矣，愚可无多辨。至写单骑决战，愚有二用意：一、卢性颇好胜。原传写其单刀过梁山泊，作车轮大战，渲染备至。则愚写其与张叔夜单骑决战，似未脱其个性。

二、愚向觉中国旧武演义，有一大病，即写两军胜负，恒以门将决之，门将古虽有此事，实属鲜见。若以国家兴亡，均系于两方将领一刀一枪之肉搏，如同戏台上演戏，岂非误尽读者？故愚新传，力避此事。但一次不写，又与原传相去太远，故于张叔夜之擒梁山副酋，偶一为之，亦正以卢俊义有单刀赴战之故事在前也（以后尚须描写一二次）。至张叔夜之勇无勇问题，似当以有勇为原则。古来用儒为将，虽亦不乏，但身为大将者，多熟习弓马。张叔夜身为南道都总管，率兵勤王，谓其能冲锋陷阵，实不为过，《荡寇志》谓张不以勇称，似无所据。且愚叙张叔夜之在海州，一再用计，先生亦不能谓愚忽于智之描写也。山高水远，不尽欲言。

二、复虞之相先生

接《新闻报》转来大示，至感且愧。感者，先生嗜痂至此，不惜阅报之余，万里攻错。愧者，实未当于先生之奖许也。先生以地名大辞典为证，将愚作《水浒新传》地理名称，代为订正，愚甚折服。然亦有辞，水浒原传，最大谬点，即为地理不可解。然后人当原谅，因作者集合宋元各地方梁山故事，编凑成书，实不易使地理与事吻合。如书中写杨雄在蓟州时属辽辖，事在异国，而吾人读书，则见其官爵名称、故事叙述毫无在异国情形也。然果写异国，则行文时又大费周折，故此等处，却不必板板六十四作史书看。愚作新传，于地理上殊不敢大拆烂污。然必左图右史，一一订考无讹，然后下笔，实病未能。在今日姑无论作小说不必如此，即必如此，以愚作客巴山，乡村一庐，四壁萧然，措大不必用之《辞源》《辞海》，愚且无之，更不能求如先生之有地名大辞典可翻，于此而欲其叙宋代州县名称丝毫无误，此固非腹俭如愚者敢自许也。虽然，地名能够不误，自是最好，先生所指各节，愚有当认错者，亦有不必者。谨答如下，并兼告读者。愚生平不饰过，文字上之过失，饰亦不可能，故乐得公开也。一、先生指梁山人物由东京回寨，无须渡河一节，此可作二解。若绕道徐沛，当然无须渡河；如走捷径，宋时黄河故道，诚如尊示，曾一股入淮，则非越河不可。黄河改道屡矣，大抵开封东北角总有河道，由汴京东北行者。叙其渡河，今已不然，似不为过也。二、滕州金置，是愚失考。三、安东卫置于宋后，愚为文时，亦知之，因欲卢俊义由海道去海州，无适当位置，故用之。明知其错，留待异日有书订正耳。四、蒲州之称，愚未错。水浒原传，亦曾用之，但作蒲东耳。五、献州即今献县。尊示已认为无误，又称地名大辞典谓系金置寿州，后改献州，宋另有献州在四川云云。此则待他日考证。愚忆往日读通鉴，曾叙及献州也。总之，愚于作新传之困难处，手边无书考查，曾于凡例中言之，先生亦已见许。故此等地名上之略有出入，非如原传之随便跳浜千里，似可见谅。此等小疵，亦非愚畏难，不肯翻书有以致之，无奈欲借一部宋史参考，数托渝中大家，亦不可得，实令人徒唤奈何！盖书非绝迹，藏书者恐有失，不肯出示也。先生称书中思想颇合，并许其用心之苦，苦实不止此。以今日之人，写宋代故事，一言一动，皆非眼前事物，如不能“瞎换海”，下笔实不能不略有考虑。故间有小毛病，事后亦常发觉，如童贯为广阳郡王，下笔时作平阳郡王，及封寄已久，更正不及，只得听之。试自检一事，亦略可见全凭记忆为文，其情境与坐拥书城者大有不同也。拉杂奉复，文不择词，谅之谅之。

（原载 1940 年 11 月 5 日《新闻报》）

一九四二年

（一）敬复高语罕先生

一封白话信

◎敬复“白话书信”的作者

语罕先生：

读了你索书的诗，我真透着惭愧。咱们天天说别人口惠而实不至，谁道自己也这样干吗！可是，我起一千个誓，我没有冤你。那天在《新民报》经理室看到你的信，还有《新民报》的二张当面，就告诉陈铭德先生，请他挂号寄送你一部书，而且我亲眼看到陈先生在书上签了字，交给文书股由收发处付邮。没想到再版已过，二版卖光，在没发行之前送你的一部书，竟会没有寄到，这就怪了。怪透了！没有到的原因何在？不用问了，反正有那么一个原因吧！还是个九九八十一，罪在小弟，为什么我不自己去投邮呢？三版出售，大概至少还得半拉（此字读“那”，在白话信里面，读起来似乎比“拉”字俏皮点，尊见以为如何）多月，未便请先生再等了。我家里还有一部再版书，请把你的江津地址（好像应当说原址）写信告诉我，我立刻用快信寄上。一说到这儿，事情又有点意外。在重庆之外寄书，除作小包裹之外，凭你说什么，也是白说，不寄。可是在南温泉，倒是有个例外。印刷品不出川，总可寄，若是你爱多花钱，寄挂号，寄快信，你想会是问题吗？我的通信地点是南温泉，南泉新村二十七号。邮局同人，太熟了，你不爱写那么多，甚至单写南温泉三个字，也许都可把信寄到。自然，礼多人不怪，爱详细写更好。

书已备好了，就等你的回信儿吧。这封白话书信，说不定就是五四时代，读你“白话书信”得来的招儿（招字实常用者，从俗）。你瞧，学得像不像？热天好哇？

弟恨水敬复

（原载 1942 年 8 月 30 日《新民报晚刊》）

【注】高语罕（1888—1948），原名高超，号世素，安徽省寿县正阳关人。中共早期建党骨干和社会主义青年团的筹建者之一。1937 年抗日战争全面爆发后，以陈独秀代言人的身份宣传抗日。1939 年 5 月随陈定居四川江津，与陈合译《大英百科全书》。1942 年 5 月陈独秀逝世，他帮助料理后事。此后移住陈铭枢家中，撰写古体诗。1945 年撰写《九死一生》回忆录。1948 年春在南京病故。

在重庆期间，高语罕与张恨水多有交集。高语罕病逝后，张恨水曾撰《悼高语罕先生》一文予以怀念。

此函是针对 1942 年 8 月 22 日《新民报晚刊》副刊《西方夜谈》所刊高语罕《责索〈八十一梦〉寄恨水先生》一诗而作的回复。原诗如下：

责索《八十一梦》寄恨水先生

江村长夏乱蝉鸣，蚊虫欺人体欲鳞。

渴待沉酣八一梦，至今一梦也难寻。

一九四三年

致重庆《新民报晚刊》读者

不得已的声明

一病兼旬，什么文字都懒得写，但今日这段小声明，实在教我不得不写了。

自从拙著《啼笑因缘》搬上舞台与银幕以后，一直被人误解着，以为话剧也好，京剧也好，电影也好，大鼓书也好，甚至四明戏、扬州戏也好，一切剧本的责任都由我负，真是冤枉之至！

试以电影而论，明星公司拍的《满江红》，仅用了我原作十分之一的故事，而把火烧木船一场假景点题，教人啼笑皆非，没有看书的人，就以为这是我的浅陋。再以《欢喜冤家》而论，我写一个女戏子嫁人而后，为封建社会所不容，依然去唱戏。这是一个问题小说，而天一公司却把这个都市女子弄到乡下去喂鸡种菜，完全超现实。其他如《似水流年》之类，编成电影，都和我的意思相反，关于这些，出版权法又不加以保障的，教我有什么法子呢？而人家作电影广告，却是大书特书张恨水原著的。

这两日，重庆来了一张影片《今日秦淮》，广告上说是拿我《秦淮世家》小说改编的，而另外却加些秦淮风月等等艳丽字样。这又是一场冤枉。这篇小说，我是到重庆以后来下笔的，文字是在上海《新闻报》发表，目的在讽刺南京群奸，实在不是替秦淮歌女捧场。那时上海是孤岛，在《新闻报》上骂汉奸，虽非绝不可能，也很少可能，我借了歌女为题，写一群汉奸对日寇奴颜婢膝，已觉骂得不能尽如人意。若抹煞这一点，专去渲染歌女生活，不但不合时代，也就舍本逐末了。所以这片子好坏，实在与我无关。

读者请注意，电影广告那个改编的“改”字，是大有伸缩余地的。改百分之一二是改，改百分之九十九也是改。明乎此，我责任已明，其余可不必词费了。

（原载 1943 年 3 月 13 日《新民报晚刊》副刊《西方夜谈》）

第二辑

与报刊编辑通信

一九二二年

就小说《皖江潮》敬告《工商日报》读者

恨水启事（一）

不佞所著之《皖江潮》，两月以来，按日由京发稿。虽贡献不多，而力求免除间断，则当为读者所公悉。自奉洛风云发生，津浦京汉交通，一律困涩。按日发稿，必不能按日到芜。惟有积稿京寓，俟交通恢复后，再行一并寄芜，联蝉发刊。在不佞既无鸿鲤浮沉之虞，在读者亦免鳞爪东西之憾。无可奈何，有如此办法。本余兴栏，如止厂、鹤鸣轩主、沧厂、恨海余生诸贤，日演拿手杰作，鸣金戛玉，必足以娱读者。不佞之前码泛戏，本不过凑凑篇幅。偶然请假，与本舞台之好戏，同无影响之可言也。识此谨博一粲，并请原谅是幸。

十一年四月二十二日

（原载 1922 年 5 月 1 日《工商日报》副刊《工商余兴》）

恨水启事（二）

不佞所著之《皖江潮》，兹已撰就十一回，第一集即拟于此告，不难得知。最可恨者，则为一班欺世盗名之伪君子。吾人方以其满口仁义而敬之，实则其毒兹甚。第二集之描写，大概当即注重于此。惟不佞一身数役，又复多病。近医察身体，谓恐患脑充血症，宜稍休养。故第一集告终时，第二集当稍后旬日方可披露，惟阅者谅察焉。

（原载 1922 年 7 月 26 日《工商日报》副刊《工商余兴》）

【注】应芜湖朋友之邀，张恨水创作反映安徽政潮的长篇小说《皖江潮》，于1922年2月22日起在芜湖《工商日报》副刊《工商余兴》连载，并被芜湖学生改编为话剧公演。

《皖江潮》为白话章回体小说，仅创作上部，连载至1922年7月27日，计11回103次，约8万字。从写作时间来看，应是张恨水初期作品的最末一篇；从思想内容和艺术形式上看，属于张恨水第二期作品的第一篇。他由此从旧式言情小说的窠臼中摆脱出来，走向讽刺和谴责的社会言情创作之路。

此两函即张恨水就小说《皖江潮》连载过程中的有关问题向读者所作的说明。

一九二四年

复香谷电

芜湖《工商日报》香谷宗先生鉴：

鱼电奉悉。水于真日迁入铁门七十三号丁宅，为近市以卜居，非择邻而出谷，偶攀旧苑之花，会逢其适，欲追前人之迹。事已成尘，余音何在？空梁落旧燕之泥，往日无多，长夜忆隔江之曲，埋在三耳之外。有闻无闻，曲藏一枕之中。似梦非梦，叹龟年之已老，难窃霓裳，感宋玉之多情，寄怀香草。天水楼中，自视为无限佳话。夕阳庐畔，仅添一则趣闻而已。欲知绕梁余韵之真情，请问信口开河之大个。专电奉复，即请垂察。

长天一色楼主人叩真

（原载1924年3月16日《工商日报》副刊《工商余兴》）

【注】“长天一色楼主人”即张恨水，时居北京，并兼任芜湖《工商日报》驻京特派员。

一九二九年

与《上海画报》编辑函

编辑先生：

《春明新史》第五十四次，在“这话未免说不过去”句以下，中间脱落敝稿两页，约一千字，虽经先生斧正，使无痕迹，惟其中戏场后台一段，及《飞龙传》为宣传赤化等语，殊关紧要，兹将存稿（弟惟恐遗失留有底稿一件）检陈，乞在一期中更正，以便将来发单行本时可以补入。又《天上人间》第一回尾声诗两句为“有怨不逢知己说，无人能解女儿愁”，刊时颠倒，亦乞补正。麻烦之处，均望原谅。

即颂

撰安

弟张恨水顿首

（原载 1929 年 1 月 21 日《上海画报》第 434 期）

【注】1928 年 8 月，沈阳《新民晚报》创办，邀请张恨水为该报写一部类似《春明外史》的小说，张恨水应约写了《春明新史》，从 1928 年 9 月起在该报连载，并与小说《天上人间》同步连载于《上海画报》（1928 年第 372 期至 1929 年第 469 期，共 84 次）。此函是张恨水对这两部小说文字脱落、语句颠倒等细节所作出的更正说明。

一九三〇年

（一）敬答《上海画报》读者

恨水此次南下，蒙诸前辈、诸友好盛情款待，宠誉有加，私衷惭感，楮墨难宣。比以北平来电，匆促言旋，沪上地阔途疏，不能一一走辞，尤为歉仄。北上而后，益当勉竭驽钝，力治所业，以答诸前辈友好奖劝之至意。临颖依依，不尽欲言，特此申谢，并乞鉴原。

张恨水拜启

二十日

（原载 1930 年《上海画报》第 658 期）

【注】离沪前夕，张恨水在《上海画报》刊发此文，表达了他对上海诸位朋友盛情款待的感激之情。

（二）致钱芥尘

芥老[①]：

临行匆匆时，在秣陵饭店得接尊示，弟年来境况，得我公提携之处，笔难尽述，何尚谦逊乃尔也。庐山我公相片，弟已付款，嘱其直接寄至府上，底版则不肯让渡，同行有中华汪鉴荣君，亦谓照相馆例不予人底版，弟亦无法。新君[②]曾共饭一次，点戏五个，萍水相逢，从此劳燕东西。佛谓一切因缘等诸幻梦者矣，愧不如公之能护花有力也。弟二十二晚登车，本只买到上铺，登车后，同房之外国人未至，出上铺钱，独据一包房，亦旅行中可足自豪者也。所嘱一切文稿，回平后，当详细奉复。恐劳远念，在车中聊草数语，先以奉闻，独鹤先生处，代为致意。书成后，在何站投邮筒，未定，请看邮戳便知矣。

即送

俪福

小弟恨水拜启

十二月二十三日午十一时

（原载 1930 年《上海画报》第 660 期）

【注】①芥老即钱芥尘。时钱芥尘任《上海画报》主编。信前，加了编者按：张恨水先生离沪赴京，蹴居秣陵饭店，百忙中为世界书局改易《春明外史》回目三十九回为一百回，一昼夜而改成，不愧下笔千言之誉。闻“世界”将重排为四号字（原书为五号字），分装十大厚册，可谓爱护名作，不惜工本，微沈知方先生无此魄力也。倾知恨水先生在津浦道中（滁州）所发之一封书，亟录之以告关心恨水先生者。

1929 年 5 月，上海新闻记者团到北平，经钱芥尘介绍，张恨水与严独鹤相识。严久慕张恨水大名，约其为上海《新闻报》写长篇小说。这就是数月之后，在上海《新闻报》上连载的《啼笑因缘》。

1930 年 11 月中下旬，张恨水应邀赴上海，受到上海报界、出版界的盛情接待，钱芥尘自赴南京迎接。此函是张恨水归程途中写给钱芥尘的。

②新君即金陵歌女张新红。

（三）就《啼笑因缘》敬告《明珠》读者

关于《啼笑因缘》

我于二十四日[①]，倦鸟飞远了。在我回来的时候，接到有许多人的来信，存在抽屉里，我就是马上答复，已经相隔多日了。我很抱歉。在许多问我的信中，（除私事而外）要算问《啼笑因缘》这一部书多些，我且简单报告一下。

我作这一部书的时候在十八年夏间，到十九年春间，才在上海开始发表。可是发表之期，正在南北报纸的隔断之日。有些朋友，以为北方报纸的读者也许愿意看看，因之，我就将该书在本栏发表。不过此书在上海发表二十二回，本栏发表八回，在一个烧点上停止了，这是有点不同的。

关于本书影片，那是事实，不在我奉告之列。单行本由上海出，北平归王府井大街大华书局经理，再顺便带说一句。

（原载 1930 年 12 月 27 日《世界日报》副刊《明珠》）

【注】①指 1930 年 12 月张恨水离沪抵平日。

应严独鹤约稿，《啼笑因缘》于 1930 年 3 月 17 日至 11 月 30 日在上海《新闻报》副刊《快活林》连载。同年 12 月 1 日，严独鹤发表了《关于〈啼笑因缘〉的报告（一）》，告知读者关于《啼笑因缘》连载情况及下一步计划（影片摄制、单行本出版等）。在《关于〈啼笑因缘〉的报告（二）》中，严独鹤专门指出：“最近有北平某报亦刊载《啼笑因缘》小说，以此颇引起一部分人的怀疑，以为《啼笑因缘》何以同时刊载南北两报，实则系北平某报完全未得本报同意，亦未得恨水先生同意，自行转载。现此事已由本报请恨水先生就近向之直接交涉，现该报已承认，即此停止（所刊亦只八回）。关于此点，是本报和恨水先生均不能不切实声明的。”文中所指是成舍我主办的《世界日报》副刊《明珠》，于 1930 年 9 月 24 日至 11 月 28 日连载的《啼笑因缘》改编版。

张恨水针对严独鹤文章涉及的版权问题公开发表了此信，意在避免误会并引起两报法律上的纠纷。关于具体纠纷，可参阅石娟《〈啼笑因缘〉的两个版本——〈新闻报〉与〈世界日报〉之间的一桩公案》（载于 2010 年第 3 期《新文学史料》）。

一九三一年

（一）再致钱芥尘

芥老：

津浦道上，预上一信，谅已到达，弟于廿四日，平安到平。在沪诸蒙（疑此两字颠倒，应为“蒙诸”）提携，无任铭感，惟愧弟一介书生，无力作琼瑶之报耳。《天上人间》稿，容于一月上半月内足成半回寄上，决不误事。《似水流年》，日内检阅一番，即行寄上。赵君豪先生，请转告为盼。一切旧稿，须俟郝先生来平，再为整理寄上。弟即准备迁居，房子已看妥西河沿一所矣（先生原居未英胡同卅七号）。

匆匆即颂

俪福

小弟恨水拜启

（原载 1931 年《上海画报》第 661 期）

【注】此信承前函《致钱芥尘》，其中所提《似水流年》，原名《黄金时代》，初刊于沈阳《新民晚报》。张恨水此次南游期间，答应给上海赵君豪主编的《旅行杂志》转载，转载时改名为《似水流年》。信中提到的郝先生，即郝耕仁，是张恨水进入报界的举荐者，对张恨水有知遇之恩。张恨水此次赴上海，专邀郝耕仁同游杭州。

（二）三致钱芥尘

芥老：

见“上画”（为《上海画报》之简称）披露弟信，新君事竟自画供状，风流罪过，愈彰彰矣。闻某小报曾述弟与此君有所缱绻，殊非深知弟者，弟生平提倡缠绵之爱，不喜热烈之爱，如此云云，适得其反。弟对朋友之戏谑，极表欢迎，惟牵及此君，恐有碍其事业，所不能安于心耳。

弟十二日迁寓西长安街大栅栏十二号，此“大栅栏”三字，读“大扎啦”，别于前门外之大珊滥（大栅栏）也。以后有示，请即直寄此处。北平市面日见萧条，居家则殊相宜。有人劝弟移居白门者，弟笑谓爱住金陵为六朝，早有此意，但至今日则夙志不无变动矣。因寄稿之便，附以奉闻。

即送

俪福

小弟恨水顿首

寓东亚若干日，朝夕与我公见面，是否有轨外行动，不能瞒我公。公如有暇，代为一述新君相识之经过如何，或友人辈亦可小作《啼笑因缘》研究也，一笑。

弟又及

按：与其代作，不若自作，谨将原书披露，乞恕疏懒。

（原载 1931 年《上海画报》第 666 期）

【注】1930 年 11 月，张恨水经南京赴上海期间，与金陵歌女张新红相识，坊间传言他与张新红相好，钱芥尘曾在信中询问此事。此函是张恨水对钱芥尘的回应。一年后，张新红嫁与南京缎业老板张老五，为避免读者误会此张老板是张恨水，《上海画报》专门刊登一篇《张新红的“张”（斤凡）》文章予以澄清。

（三）致逸芬书

逸芬仁兄雅鉴：

年初奉手书，正值迁居，羁迟忘复，谦何如之！兄知我忙，定能谅我也。迁居之屋，以前主人病卒于是，值颇廉。凡院落折直五六屋，可居二十间以外，仅月费四十元耳。以家居日多，正好借此屋角余基，多栽花木。此间本有枣四树，大槐二树，椿一树，野桑二树，花椒一树，无花果一树。弟更益以洋槐四，杨柳二，梧桐二，丁香二，珍珠梅二，紫藤一。若至明年，当可满院扶疏也。燕市人善栽花木，而值亦贱，凡此所费，不及三十元也。小斋斗大，而外临敞院，院中首架新藤，新植之榆叶梅，亦百花齐放。外有隙地，旧主所植葡萄，根未挖去，新苗便自地中钻出，一番小雨，生意愈佳，放笔小步，不亚偎红依翠之乐也。此隙地亦不欲放置，拟耗六七元，铺以草茵，则夏日佐以草本野花，足资歌哭于斯矣。北方无新著，惟代《北平晨报》作一《满城风雨》，一星期更作《小说考证》千字而已。《新闻报》之《太平花》，已撰四回，能再迟登一二月，弟更写意。世界书局之第一部小说《落霞孤鹜》，已成二十七回，再有九回可完。第二部拟作《旧时月》，取“淮水东边旧时月，夜深还过女墙来”之意也，取景则拟在秦淮钟山之间，而主人翁欲属之于一歌女，或亦银幕材料欤。春来作《麽生》。锦片前程，伏维自爱，知关锦注，拉杂以闻。

即颂

著祺

小弟恨水顿首

俞按：自恨水之归，消息久寂，顷得其手书，述新居与新著甚详，吾人亦为恨水慰也。书中于“锦片前程”及“自爱”诸字旁，特加密圈，拳拳之意，尤用为感耳（恨水有一小说，亦名为《锦片前程》）。

（原载 1931 年《上海画报》第 698 期）

【注】逸芬，即俞逸芬，江苏无锡人，张君劢外甥，袁寒云弟子。此时受钱芥尘委托编辑《上海画报》。此信一方面向俞逸芬详细描述了自己乔迁的新居，另一方面则是介绍了自己目前的写作情况。

（四）再致逸芬书

逸芬仁兄：

快示并单均领悉，甚为感谢。已函世界书局送兄处十部，除兄所述之五人外，含英女士，疑始、观蠡两先生书，亦请代送，容当后谢。弟今岁为合同所拘，未能离平，明岁拟往游南北，以广见闻。兄如不北上，当偕赴苏州旧地，进谒丹翁、瞻庐、明道诸公。弟本欲去北戴河小住数日，近竟不果，殊引为憾。豆蔻办成，弟必略效棉（应为“绵”）薄，勿念。某书俟来春毕事，兄即付印可也。

专复并颂

文祺

小弟恨水顿首

（原载 1931 年《上海画报》第 736 期）

【注】1930 年 11 月，张恨水赴上海，一个重要收获就是与世界书局签订《春明外史》《金粉世家》《满江红》《落霞孤鹜》《美人恩》五部小说的出版合同。1931 年 8 月，世界书局出版的张恨水小说为《落霞孤鹜》，信里张恨水托俞氏代送的书应为此书。

信中“含英女士”即赵含英，曾拜张丹斧学书画篆刻；“疑始”即侯疑始，江苏无锡人，严复弟子，一度主编《舆论报》副刊《瀚海》，擅长篆刻；“观蠡”即吴观蠡，江苏无锡人，《锡报》创办人。

（五）致汤笔花先生函

笔花先生：

大示敬悉，承询《啼笑因缘》电影剧本问题，足见关怀弟。此事现委托律师办理，一切当依法进行，无他意见。弟生平砚田自守，与人无争，此次不幸出于法律争持，为生平所梦想不到。然非人逼迫过甚，当不至如此也。弟对任何方面并无恶感，更不能无故慢易人之利益，至于自身利益小有损坏，当不妨让步。惟此次顾无为君无一言之告一金之惠，竟取弟原著向内部注册，且公然登报直提弟姓名向人警告。生平公然受人侮辱类此为甚，弟此而不问，咱以后文人著作可以任人夺取，而卖文为活者，不更觉其路途隘窄也耶。弟既以法律与人一较短长，自不能出乎法律说话，而公道不亡于天壤，想亦不至终被压迫也。

特此奉复，并颂撰祺。

弟恨水敬

十一月十日

烦带交汤笔花先生台启　北平西长安街大栅栏十二号张笺

（原载 1931 年 11 月 10 日《影戏生活》）

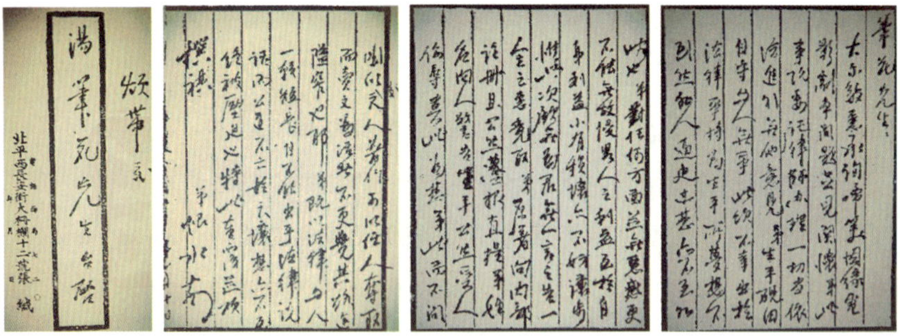

张恨水回复汤笔花信件

【注】因电影《啼笑因缘》摄制权官司问题，上海《影戏生活》编辑部致函张恨水，张恨水回复该刊主编汤笔花，叙述事情原委。

汤笔花（1897—1995），浙江萧山人。1915 年起，先后在商务印书馆、中华书局和中美图书公司等处任职。20 世纪二三十年代在上海曾主编《大常识》《影戏生活》，还与他人合编过《罗宾汉》《福尔摩斯》等小报。他也是著名的现代越剧评论家和宣传者。

《影戏生活》创刊于 1930 年 12 月 26 日，1932 年 1 月 9 日出至第 1 卷第 52 期后停刊。该刊主要刊登明星小史、影坛消息、电影批评、明星生活、影场概况及中外电影明星趣闻等。

此函刊发时加了编者按：张恨水君所著之《啼笑因缘》，蜚声遐迩，名重鹊林，为晚近小说部之异军突起者。明星公司特商之张君编为《啼笑因缘》剧本，曾赴北平摄取外景，详情已叠志本刊。后因大华公司顾无为有摄制《啼笑因缘》之说，双方因是引起交涉，各延律师，登报辩论，互执一见。本刊急欲明了底蕴起见，特致函原著作人张恨水君，询问一切。兹读张君来示，语极沉痛，中有“以后文人著作可以任人夺取，而卖文为活者，不更觉其路途隘窄……惟有委托律师办理，当依法进行”等语，足见张君对此事精神上所受之痛苦矣。兹将张君原函制版于后。

一九三二年

（一）致民犹先生

张恨水君来函

民犹先生文鉴：

于本刊两读教言，莫名心佩。窃以为当此国家一切急谋建设之秋，吾人毫无建树，仅以稗官家言，自糊其口于四方，已甚为愧赧，更何自信之足言。一斑之见，颇欲努力于旧式小说，借以通俗之故，略贡区区意旨于社会。惟心力有不足者，则劳资两方需要与供给，颇难一致，不得已，乃日为人间儿女说相思事。此种苦痛，殊不足为外人道。故弟非敢以抱残守缺自负，亦非敢哀乐中年，犹风流自赏不置也。至读者对弟之批评，无论于何立场言之，弟一律接受，且绝不作无味之申辩，以文过而饰非。盖吾人有一技供献于社会，社会必有一共同之认识，苟有短处，决难逃慧目，欲盖弥彰，又何苦乎？要亦非忠厚对人之道也。弟写《春明外史》时，是《春明外史》时之环境；写《啼笑因缘》时，又是《啼笑因缘》时之环境，而假以时日，读书稍稍获益，下笔又自不同，故批评二书，颇有足于书外求之者。然此亦不足为外人道也。弟于《啼笑因缘》序中曾言之，只是一种职业的文字，初不思在文坛上妄欲占何地位，出版而后，得社会上溢美之赞，非始料所及也。次数而后，弟紧接撰有《落霞孤鹜》一书，惨淡经营，虽言情之作，自视尚不落旧套，而友朋读之者，亦谓价值在《啼笑因缘》之上。（《落霞孤鹜》世界书局去冬出版，共三十六回约二十万言，版权非弟有）惟吾人自言，必甚主观，谬误随之。先生曾屡向弟作为深刻之批评，仍乞取而读之，不客气的予以指教。谚有之，高烛台不能照着自己。况弟非高烛台乎！固甚望他人之攻错也。弟生平不护短，此信即令公开发表，亦属无妨。

顺此即诵文祺

小弟张恨水顿首

一月十四日

北平西长安街大栅栏十二号

（原载 1932 年 1 月 25 日《大公报·文学副刊》）

【注】此函是张恨水针对民犹先生发表于 1932 年 1 月 4 日天津《大公报·文学副刊》的《评张恨水〈啼笑因缘〉》一文而作。民犹，即毕树棠 (1900—1983)，山东文登人，文学评论家。时毕树棠正在清华大学图书馆工作。

查《艺文杂志》1943 年 11 月的第 1 卷第 11 期、1944 年 1 月和 5 月的第 2 卷第 1 期、第 5 期，毕树棠分三次发表了署名“螺君”的 109 天的日记摘抄，发表时的篇名就叫《日记摘抄》，日记的时间跨度为 1932 年 1 月 4 日至 1941 年 11 月 1 日，约 25000 字。涉及张恨水相关史实的日记，写于 1932 年 1 月 15 日，分作两段，附录如下：

《大公报·文学副刊》转来张恨水君来信，文甚长，多牢骚语，盖不满意时人对其小说之批评也。并谓近成一新著曰《落霞孤鹜》，已让版权与世界书局，自觉此作为精心结撰，较《啼笑因缘》为佳，嘱余读而评之，又嘱将此信发表于《文学副刊》。

余前尝撰一文，评潘凫公之《人海微澜》与《隐刑》，连带论及张君之《春明外史》。二公为人间说儿女事，已誉满京华，而余实未尝特别注意，论文之作，乃借题发挥个人对一般小说之管见耳。后闻徐志摩先生颇赞许张君之《啼笑因缘》，杨丙辰先生更到处拍案叫绝，大有“生平不解藏人善，到处逢人说项斯”之慨。友人闲谈，亦以为《啼笑因缘》较《春明外史》

为进步，犹吴趼人《二十年目睹之怪现状》之与《恨海》也。余乃复撰一短文评之，虽见解平常，自信尚不失为说公道话，张君此信盖即此而来也。惟就所见说公道话，乃书评者之天职，亦即当然之限度，其他则非所知，亦非所愿闻也。

毕树棠日记的第一段，有一条重要线索，就是张恨水写过一封“文甚长，多牢骚语”的“来信”，并嘱毕树棠“将此信发表于《文学副刊》”。第二段，自叙写作评说张恨水作品的初衷和体会，也有自我评定的意思。

现将《评张恨水〈啼笑因缘〉》全文附录如下：

评张恨水《啼笑因缘》（民犹）

自《春明外史》一书出，张恨水之名骤闻南北，不佞前已与《人海微澜》（皃公著）相提并论矣。（见本刊第百三十六期）夫社会之变更，人智之增进，互相演化，无穷期，无止境。此中小说家应取之方向，不外两途。一则作横的开展，步步求万象之包罗；一则作纵的追求，层层寻大智之归宿。而其所以异于历史家与哲学家言者，则在其情感之富、艺术之巧与文章之美也。证之近数十年来，在报纸上发表之社会小说，皆属横的一面。作者初出茅庐之时，往往皆精心全力以尽己之长，取材则极力铺张，情节则极力离奇，描写则极力渲染，运笔则极力肆畅，结果其书常得社会一般之推重，而小说家之名以立。及至求之者众，应之遂广，又往往以枝笔之力，同时写数篇之多，用急则才尽，量多则质薄，又往往不得不以浮辞陈套，转相因袭，写出许多篇名，而实则无丝毫进展，遂流于烂矣。此所以小说家不特须具先天之聪明，且尤朝学识之修进与经验之博求也。张恨水氏之才情与文章皆有相当之慧根，而皆不到家，具体而微，诚哉所谓才难。不佞读罢《春明外史》，深服其为旧小说之末世添生气不少，同时又觉其才尽如是，后来恐无多希望，辄闻张氏文名大振，复见平沪报纸充满张氏之作，更觉希望绝少，恐不免蹈孙玉声、李涵秋、毕倚虹等人之覆辙也。今读《啼笑因缘》，知张氏之文章已能改头换面，不复作无根之好高骛远，摒弃其所短，发展其所长，宏博固不如前书，而齐整则过之，昔者主观太深，描写处太露骨，今者还说成见，只作客观之演述。其中文情笔致，固不无粗糙玄虚之处，然大体是一进步，兹略论之。

第一，《啼笑因缘》结构紧凑，穿插适节，无过分之铺张与轨外之枝节，故篇章殊齐整，转折有节奏。惟后文酒楼话别山寺除奸以后，关氏父女可不必再登场。樊家树百无聊赖之余，入春明大学，春游山无意中与何丽娜相遇作结，即复干净。遭匪遇救及沈凤喜入疯院两段正面文字，皆是蛇足，作者之意，无非欲借此写尽侠义之能事，其实近于无聊，且写得不生动，徒落前人之俗套而已。第二，全书描写虽不深刻，大体笔笔皆到。人物如沈凤喜、何丽娜、樊家树、沈三玄、刘将军等人之性格，皆写到生动地步。地方景色，如天桥、什刹海及各人之家庭情景皆写到逼真地步。惟写关寿峰父女，则纯为想象的，且有过火之处。在电影中，必将越墙窥影、山寺除奸、绝地逢生等侠义节目大费手脚，然必失败。第三，作者之思想，在《春明外史》中已发挥净尽，本书仍不见有何新思想。然为说故事而说故事，亦是小说家之当行本色，作者只取迁都前北平之一段逢时而生之故事，津津演说，不讲笑骂，不立教训，亦颇得体。且书中除关氏父女外，皆一时之平常人物，无至善，无极致，不过因时代之混沌，造成一群冥顽之头脑，复因环境之势力，演成悲欢与离合，其因果虽属自然之事，而其所以然者，则音在弦外，使读者自解，此节是张氏小说之一大进步。第四，至于修辞，张氏对旧小说之文笔，本有相当领会，清慧秀韵，是其所长，本书亦复如是。而描画北京土话之清脆合调婉俏入神，尤为特色。北京话之入小说，由《红楼梦》至《儿女英雄传》一大变，（《品花宝鉴》中亦有一部分京话极肖）至《啼笑因缘》又一新变。此是张氏一新贡献，为《人海微澜》所不及。惟文中微有参入新式句法之处，似不合调。又他、她乱用，亦非是。其他如将两天之事写成一天（如樊家树等相片一节），皆因在日报上随作随登，致生疏忽，印单本时，又不修正，是其小疵。

总观《啼笑因缘》全书有一大缺憾，即写关氏父女之失败。此类人物在小说中，大可利用，而最不易写，尤以现代社会为背景之小说，更不易将此类人物写之得体。如《红楼梦》中之包勇，《孽海花》中之大刀王二，亦是此类，然皆几笔表过，且力求简净，在全书中，只现一道异彩，一幻即灭，故尚不难写。其次如戏曲中之昆仑奴与铁丐，则为传奇之作，又是一种笔墨，自当别论。如以侠客之行径为全书之枢纽者，除专讲江湖武侠一类之空玄小说外，只有一部《儿女英雄传》较为成功，然收场亦大感困难，落得无精无彩。昔时此类人物在社会上确占重要地位，收入小说中者亦最多，非全为空中楼阁。今则不然，故写今日之社会小说，背景若在上海，所利用青红帮，在关外则利用红胡子，在北京则何所利用，是一问题。关氏父女一流，虽不敢信其必无，然张氏于此流之无相当认识，盖可断定。偶穿一笔，未尝不可，以之作全书之枢纽，无乃太难乎。书中写关寿峰与樊家树之相交，已不自然，然尚不失为一变形之邓九公。至写关秀姑则殊不三不四，既不像隐侠，又不似烈女。至如书房题字、隔窗送花等节，前文既无充分之描写，何来此奇突之行径？正不如山寺除奸之咏一段新闻纸表过之为得体也。要之，作者写关寿峰是想象的，写关秀姑则想象亦不丰富，故写得半死半活，一言以蔽之曰失败。故《儿女英雄传》已不能作现代小说家之蓝本，犹《侠隐记》之不能作西洋新小说之蓝本，其义一也。

（二）就小说《旧时京华》连载敬告读者

张恨水启事

恨水以稗官之业糊口，雕虫小技，原不足道。而同文许其勤敏，各种刊物主者，恒多邀予合作，恨水受此宠遇，惟有益加奋勉，以答知己。不期一月以来，最小女康儿，忽得猩红热症，医药罔效，九日而夭。病时，尚有一男一女遣之出外，十日后，已消毒矣，始归。不料内人又染白喉，大女慰儿次男安儿，同染猩红热，舍妹看护，亦传染之，举室惶惶，天荆地棘，恨水虽铁石心肝，亦万难执笔如旧。至本月六日，大女慰儿又夭折，二十日之间，三儿连失其二，猿肠分断，精力尽疲，对各方许撰之稿，未能呈正，实非得已。好在知交，必可原谅。今幸内人已痊，舍妹又次男，亦有几成恢复原状希望，予恨水以二三日休息，必可少遏悲哀，将稿陆续寄奉，尚乞各方知好怜其境遇，多予宽恕也。

六月八日平寄（小说未完即止）

（原载 1932 年 6 月 14 日《民生报》）

【注】南京《民生报》由成舍我创办。张恨水应邀创作小说《旧时京华》，自 1932 年 1 月 1 日开始连载，至 6 月 11 日中止，共八回一百一十次，未完。此启事说明了小说中止连载的具体原因。此函同时刊发于 1932 年 6 月 12 日《新闻报》，此时小说《太平花》正连载至第十六回第二百一十二次。

一九三三年

（一）致余大雄先生

昨本《晶报》载“龚德柏张恨水下水”一节，事实略有出入，原为王慰三君之事。龚君曾与弟通信二次，略述与秦君龌龊事，弟事外之人，既不能调解，便不应费词，况均好友乎？龚君甚知弟迂拙守成，不能有为，自亦无须一拖。闻京方有同业调解此事，吾人自望化干戈为玉帛也。

弟恨水顿首

（原载 1933 年 2 月 19 日《晶报》）

（二）致郑逸梅先生

逸梅先生文鉴：

奉读手示，采及刍荛，容敢过拂盛意，敬撰短文一则呈正。佣书少暇，当再作贵报补白资料也。

敬颂

文祺

教弟恨水敬

【注】此函是张恨水对郑逸梅来信约稿所作的回复。具体时间不详，应在1932年至1933年之间。

郑逸梅（1895—1992），祖籍安徽歙县，被誉为“报刊补白大王”。

1933年5月10日至11月27日，《金刚钻报》转载了张恨水小说《剑胆琴心》，并改名为《铁血情思》。其时郑逸梅任《金刚钻报》编辑。

此函手稿由郑逸梅孙女郑有慧女士提供。

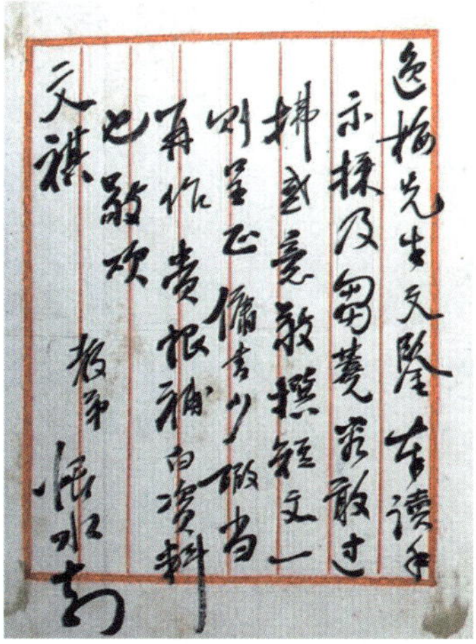
逸梅先生文鉴：奉读手示，兼及留蔓，岂敢过拂盛意，敬撰短文一则呈正。倘书少暇，当再作责恨补白资料也。敬颂
文祺
教弟　恨水　拜

张恨水致郑逸梅信件

（三）敬告《申报》（上海版）读者

张恨水启事

鄙人撰著《啼笑因缘续集》，归上海三友书社出版，已登报预告。近接各界来函，谓坊间亦有人发行《续啼笑因缘》，闻之颇深诧异。兹特郑重声明，除三友书社外，他家如有《续啼笑因缘》出版，完全非鄙人所作，亦未征得鄙人同意。诚恐为影射者所利用，特此奉复函询诸君，借免误会。

（原载1933年2月3日《申报》）

（四）致王益知的信

益知我兄：

钻楼合处，乐共朝夕，一旦分手，倍觉黯然。弟为事实所逼，不得不行。今暂居首都，如断梗之萍，亦未知前途如何是好也。北平终或可去，万一不然，拟择西湖匡庐两处，度此酷暑，现将由秦寓迁居四象桥秣陵饭店，饭店一切，当亦不过在申之数。居停以旧日相知，房两大间（约如君所住者），器具如之，竟允取，值二元以下，可谓廉矣。如有弟信件，乞转该处，不胜感感，即祝俪福。

弟恨水上

二十四日

（原载 1933 年 5 月 27 日《晶报》）

【注】此信记述了张恨水离开上海回北京暂居南京的情况，对自己在上海期间，好友王益知将报社楼上房子借其居住表达谢意，并告知自己在南京的近况。其时，张恨水先客居南京珍珠桥畔秦墨哂家，后迁至秣陵饭店（上海《晶报》记者舒舍予在南京开设），期间撰写了 1933 年三友书社即将出版的《太平花》单行本序言。

此信刊发时附于《张恨水京华小住》（又君）一文之后。该文记载：名小说家张恨水君，遨游首都，倏已近旬，寓城北友人处。其区域闹中取静，有园林花木、小溪绿水，时方初夏，乘风纳凉，颇觉幽雅而恬适。张终日埋首，从事于小说家言。偶一外出，与报界及文艺界相往还。日前亦曾一度作后湖之逍遥。值此平津阽危，张君北望烽火，感慨系之，当可添不少文章也。（附信原题为《张恨水君致王益知君书》）

王益知，原名英烈，字乙之，辽宁沈阳人，生于 1900 年 7 月 8 日。1922 年就读上海大夏大学，攻读政治经济科，并结识张学良。1928 年春，在北京加入由张学良任总司令的第三方面军，任张学良随从秘书兼随军记者。不久回沈阳，任东北边防司令长官公署秘书，主要致力于编辑张学良针对日寇文化侵略而办的《新民晚报》。“九一八”事变后，奉张学良之命前往上海，以《晨报》《晶报》记者身份采访政治新闻，广泛联系报界及在野政界人士，宣传抗日。上海解放后，任上海《亦报》通讯员。1991 年 9 月逝世。

一九三四年

（一）致南京《民生报》读者

写在赴西北之前

不才自幼即慕徐霞客之为人，立志行遍中国。……作小说亦有作小说之道，初非想象凭空、闭门造车、伏案可为之事。写人情必深入社会，写风景必接近自然，间杂一艺术与科学，尤非曾亲身曾研习之不可。余十年来以作品问世，不为不多，然自视所写，则都市生活，十之八九，乡村生活，十之一二。南北二京背景，十之六七，其他背景，亦只十之二三。统计一过，不才之对于中国社会，真是以管窥天，以蠡测海，继此以往，犹不过如是云云，人纵不我责，我亦自惭其空虚矣。为此之故，是以不才，必须寻觅吾人日常生活之另一方面，有以借窥。若言与现代社会文化不接近，物质不接近，殆莫如陕甘，故小说材料之发掘，无如赴西北一行。至于汉唐遗迹，华岳终南之风景，其在人造与自然两方，亦必有以使吾人耳目一新者。方今陇海路直迫潼关，关中大道，亦仅三日之程，奈之何其不往乎？此又不才必行之实在原因也。

（一）不才此行，纯为私人游历，初不带丝毫求官与打抽风之思想。因最初，客有闻不才西行者，辄问是否与戴先生同行。戴先生何人？考试院长季陶先生也。生平与戴先生无一面之缘，无只字之往返，戴先生需我何为？以视班禅大师视我，顶礼而拜之乎？抑牛马走视我，于飞机上为将水浒梁山乎？细一剖之，宁不哑然。

（二）不才此行，非考古，亦非考察科学。以上二事，皆为专门事业，若略识皮毛，便言考察，窃恐为天下笑。将来发表文字，有述及者，亦记他人之言而已。

（三）此行并不乘飞机，走马看花，已嫌促矣，况飞入云端乎？直其路线，大概经潼洛，先至长安，然后南至汉中，北至三原。在长安住以一月或二月，再西行，至兰州，渡黄河第一桥。环境许可，则北至宁夏，南至青海，西至嘉峪关。新疆殆不易去，留待后游矣。回程有二，或取道太原，至大同，看云冈石佛，由张家口返；或东至开封，入鲁上泰山谒孔子墓，至青岛烟台一度海滨之夏。然有友方约匡庐之游，至匡庐山居，以完吾游稿，亦未可知也。

（四）不才已受本报及北平《世界日报》之约，有时间性之闻见，尤其西北农村社会之实况，当随时记录邮寄两报发表。

（五）此行，南北友人，鼓励以成之者不少，深所拜嘉。而雷季尚、马彦冲两先生，且作书为介，使多识关中英俊，以便有所照拂，则由衷铭感，尤非楮墨所能宣也。

（原载 1934 年 5 月 5 日《民生报》副刊《新村》）

【注】此文系张恨水西北之行前所作，告知了此行的目的及基本行程。文前有编者按：恨水先生受本报及北平《世界日报》的共同延请，定明日（因故推迟至 7 日）由平乘平汉车赴郑州，转陇海路，先到西安，再入甘新，考察西北社会的一切情形。此文系张先生临行前所作，读者可由此觇知张先生此行的使命。以后张先生的西北通信，当陆续刊布于本刊。

实则张恨水同时被北平《实报》《世界日报》、上海《晶报》《旅行杂志》及南京《民生报》聘为旅行记者。

（二）致北平《实报》

记者足下：

屡承报纸宣扬，渺小如弟，何以克当，惟恐西北之行，并无所得，不足以副台爱耳。明日为家母戴老夫人五十有八寿诞，后日上午敝校（北平华北美术专门学校，张为校长）师生，开一茶会志别，而弟须于行前发上海稿八千字，摒挡行李，犹不计及。故时间极忙，能否前来拜别，尚未可知。十年知交，当可原谅也。如有《实报》材料，沿途当有以报命。南浦春深，阳关柳碧，把笔惘然，不尽一一。

此颂

晚祺

弟恨水顿首

五日晚

（原载 1934 年 5 月 10 日《晶报》）

【注】张恨水原定于 1934 年 5 月 6 日乘平汉车到郑州，后因故推迟至 5 月 7 日晚 11 时 50 分出发。行前的 5 月 5 日晚，张恨水给北平《实报》记者写信，告知推迟原因。

一九三五年

致郑逸梅函

逸梅先生：

尊稿一件，已交《点心栏》发表，谅达览矣。《花果山》颇需要戏剧界消息，如蒙惠稿，当尽先发表也。

即复并颂

刻祺

弟恨水敬

有特别佳稿每千字酬三元至五元，普通千字二元。

【注】此函手稿选自《郑逸梅收藏名人手札百通》(学林出版社1989年5月出版)。具体时间不详，应在1935年9月至12月之间。

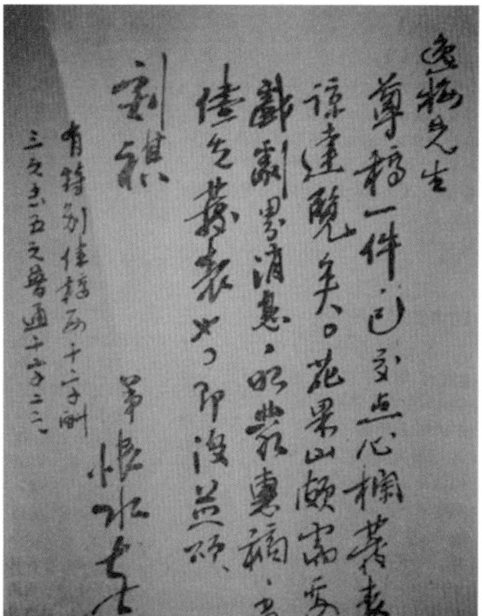

张恨水致郑逸梅信件

一九三八年

敬告《申报》（汉口版）读者

张恨水启事

自上海沦为孤岛后，该处出版界情形甚为复杂，鄙人从未有片纸只字寄往。今据友人告知，上海刊物最近仍有将拙作发表者，殊为诧异。查其来源不外二途，一则将他人著作擅署贱名，一则将旧日拙作删改翻版。鄙人现远客重庆，绵力无法干涉，只得听之，惟人之爱惜羽毛谁不如我？事实在所必明，是非不可不辨，特此声明。敬请社会垂察是幸。

（原载 1938 年 4 月 3 日《申报》）

一九四五年

致《新华日报》编者

武侠小说在下层社会

××兄：

您要我写点杂感，我很为难。我常和朋友约定，别拉我演讲，也别拉我写杂文，硬是推不掉。演讲我就讲落了伍的章回小说，杂文我就写点风花雪月扯淡的东西。我想，你们根本不和人帮闲，我也不好意思在您报纸上扯淡。那末，三句话不离本行，我还是谈点章回小说罢。若是您认为还不算过分敷衍的话，以后，有工夫就谈点章回小说。但是我保证，决不借着章回小说散毒菌。现在，我先来谈散在下层阶级里的章回体武侠小说。手边没书，全是靠记忆写的。如有错误，请代为纠正。下面是我对武侠小说的感想。

中国下层社会，对于章回小说，能感到兴趣的，第一是武侠小说，第二是神怪小说，第三是历史小说。爱情小说，属于小唱本（包括弹词），只是在妇女圈子里兜转。江浙人有一部分下层社会，也爱看爱情故事，但那全是弹词，不属于章回范围，这里不谈。所以概括的说，中国下层社会里的人物，他们的思想，始终有着模糊的英雄主义的色彩，那完全是武侠故事所教训的。这种教训，有个极大的缺憾。第一，封建思想太浓，往往让英雄变为奴才式的；第二，完全是幻想，不切实际；第三，告诉人们的斗争方法，也有许多错误。自然，这里也不是完全没有意义的。武侠小说，曾教读者反抗暴力，反抗贪污，并且告诉被压迫者联合一致，牺牲小我。因为执笔者（包括说话人）他们不能和读者打成一气，他们所说，也只是个“想当然耳”，所以他们的说法和想法，不是下层社会心窝子里的话，也就不能帮助他们什么。

那末，为什么下层阶级会给武侠小说所抓住了呢？这是人人所周知的事。他们无冤可伸，无愤可平，就托诸这幻想的武侠人物，来解除脑中的苦闷。有时，他们真很笨拙的干着武侠故事，把两只拳头，代替了剑仙口里一道白光，因此惹下大祸。这种人虽说是可怜，也非不可教。所以二三百年前的武侠小说执笔人，若有今日先进文艺家的思想，我敢夸大一点说，那会赛过许多平民读本的能力，可惜是恰站在反面。

截至现在为止，武侠小说在下层社会势力最大的，是如下几部：《彭公案》《施公案》《济公传》《七侠五义》及《小五义》，七十一回本《水浒》。此外如《七剑十三侠》《五剑十八侠》《隋唐演义》（瓦岗寨），也拥有相当的读者。《彭公案》《施公案》是康熙雍正年间的说评书人底本，乾隆年间出版。《七侠五义》来源相同，出世稍晚，是北人石玉昆写的，原名《忠烈侠义传》，又名《三侠五义》，俞曲园（俞樾）后加修正，改名《七侠五义》，比较上是有点文艺性的作品。《济公传》，原是明人的《醉菩提》，其原书不过十回。到了清代改为《济公传》，一续再续，有七八续之多，完全是说评书人胡闹的底本，最缺乏文艺性（但《醉菩提》相当幽默）。《水浒》《隋唐》来源，人所周知。《七剑八侠》，无从考证。总括的说一句，都是清初以来盛行民间的书，他们所反映的，也是那个时代的社会。若要找社会背景，倒是《彭公案》《施公案》，含有着丰富的材料。这两书里，告诉了我们奴才主义横行天下，清帝室管“皇粮”，守“皇庄”的小奴才，整百万里的没收人民的土地，而且鱼肉人民，贱视官吏，无恶不作。其次是无官不贪，绿林中人，简直不单称官，而统称之曰“赃官”。保甲长是小奴才的小奴才，和土豪劣绅打成一片。于是乎，农村社会，被迫着只有走上两条路：

其一是各村筑堡自守，但必须一方面敷衍奴才，一方面与盗匪妥协；其二是干脆去当强盗，整个村子化为巢穴。大地主当寨主，佃农和自耕农当喽啰。这样中国变成了寸步难行的国家（至少黄河两岸、淮河两岸是如此）。大路上到处是黑店，商人贩运货物，没有人保镖，休想走。亲民之官，如知府知县，装着一概不知。上面的人更是不管，一切听其自然。文学史上，不是告诉我们，这个时代，由考据到一切文艺（除了伦理学的文艺，因为那包有民族思想问题在内），都在勃兴中吗？而社会却是黑暗到如此。这可见庙堂文艺和人民不关痛痒到什么程度了。

虽然，人民的不平之气，究竟是要喊出来的。于是北方的说书人，就凭空捏造许多侠客锄强扶弱，除暴安良。可是他们不知道什么叫革命，这八个字的考语，不敢完全加在侠客身上。因之在侠客之外，得另行拥出一个清官来当领袖。换一句话说，安定社会的人，还是吾皇万岁爷的奴才。因为如此，所以他们写出来的黄天霸、白玉堂之流，尽管是如何生龙活虎的英雄，见了施大人、包大人就变成一条驯服的走狗。试就《施公案》说，由剪除大恶霸到小土匪的指挥官，都是施大人。而制造恶霸土匪的贪官污吏，却轻描淡写的放过，只是在强盗口里多喊几声赃官而已。这样的武侠小说，教训了读者，反贪污的只有去作强盗。说强盗，又不能不写他杀人放火，反是成了社会罪人，只好再写出一批侠客来消灭反贪污的强盗。而这些侠客呢，他们并非社会的朱家、郭解，都来投入衙门去当“捕快”，充当走狗。以侠客而当捕快，可谓侮辱英雄已极，作者自己大概也难于自圆其说。只有他们是拥护清官，便又写出一批反贪污的强盗，也来投降当走狗。因之，他们的逻辑，是由反贪污当强盗，再由反强盗而当走狗，这才算是英雄。这种矛盾复杂的说教，请问，知识有限，甚至不会识字的下层社会大众，有什么手腕来处理？所以他们崇拜英雄的意识，是十分模糊的。不过，公道究竟还是存在人心的，你只看搬演《施公案》的京戏，在“三义绝交”里面，并没有人同情黄天霸。而对《连环套》这出戏，观众都是百分之百的同情窦尔敦。可见以英雄而当走狗，却非大众所许可。只是武侠小说，并不赞扬民间英雄，读者也无从去学习。你尽管不赞成当走狗，却也不能在走狗以外教你作一个标准英雄。因此，有一部分人，反模糊地走上了绿林的一条路。总括的来说，武侠小说，除了一部分除暴尚有可取而外，对于观众是有毒害的。自然，这类小说，还是下层社会所爱好，假如我们不能将武侠小说拉杂摧烧的话，这倒还是谈民众教育的一个问题。

【注】此文系张恨水应重庆《新华日报》编辑之约而作，署名“张恨水”，原载1945年7月1日重庆《新华日报》，后被1945年11月26日、27日、28日《前线日报》副刊《磁铁》，1945年11月《周刊》第11期以《论武侠小说》为题分别转载。

张恨水在信中就武侠小说在当时下层社会的接受状况提出了自己的见解。一方面，他从辩证的角度说明了武侠小说对下层民众产生的影响；另一方面，他主张用现代化的观点改造武侠小说。张恨水认为，武侠小说之所以在下层社会广受欢迎，一是因为下层民众都有一个英雄梦，有把自己幻想成武侠英雄的思想倾向，希望在武侠小说中找到自己的影子；二是平民百姓内心的不平之气希望借助武侠小说喊出来，渴望通过武侠人物来解除苦闷，武侠小说是他们的精神寄托。但是武侠小说中也存在着不少问题，其封建思想浓厚、内容不切实际，使英雄主义思想蒙上了一层模糊的面纱。

对武侠小说，张恨水既看到了它的消极影响，也看到了它作为人们喜闻乐见的艺术形式之一在社会中的作用。在辩证地认识武侠小说的基础之上，张恨水认为对待武侠小说既不能放任其自由发展，消磨人们的意志，也不能全盘否定其在文学史上的作用。张恨水主张立足于现实，在武侠小说的发展中注入时代精神，使读者在阅读武侠小说的过程中得到关于人生的启迪。

张恨水对于武侠小说创作的理论，使传统的武侠小说叙事模式发生了转变，极大地提升了武侠小说的品格。他通过改良武侠小说的方式，将知识分子的精英意识与家国情怀融入通俗小说，使民众在作品的趣味性中接受启蒙教育。

一九四六年

（一）征联敬告《新民报》读者

征下联

南京重庆成都

凡能以三个地名，将上联对成者，谨酬法币三千元。如不受酬，赠本报三月。

（原载 1946 年 4 月 20 日《新民报》副刊《北海》）

【注】《新民报》于 1946 年 4 月 4 日在北平创刊，张恨水任经理兼副刊《北海》及后来增加的《新民报画刊》（三日一期，每期八开一张，随报赠送）主编。

（二）征联复读者

“南京重庆成都”解

本版以“南京重庆成都”为上联征对，蒙读者不弃，已收到来信二百余封。但对得上的，却依然是没有。这不过调剂读者的兴趣，对得上对不上，并无关系，我们对于发生反应之大，对读者及应征各先生，表示感谢。

这个上联，读者十九已看出它的意义，但相当模糊的也有。现在不妨来解释一下：（一）南京重庆成都，这是一件事，是眼前的一件事。（二）南京之京，是都城，是名词。成都之都，也是都城，是名词。这里含着两个都城。（三）南京是国府首都，重庆是战时首都，成都是古蜀刘蜀孟蜀王蜀的都城，这里含着三个都城。（四）“重庆”两字，在这里当形容词看。而“重庆”两个字本身，“重”字又形容着“庆”字。“重庆”两字，便形容着“成都”的“成”字。这六个字的关键，完全在重庆，更重在那个“重”字。重，第二回也。（五）六个字是平平平仄平平，下对应当是仄仄仄平仄仄。一三五可以不论，但押韵必须是仄声。（六）南京之京，与成都之都呼应。京与都是字面不同而意义相同的名词，下联必对一个字面不同而意义相同的名词。

（原载 1946 年 4 月 26 日《新民报》副刊《北海》）

（三）征联三复读者

征联迄未对出

关于“南京重庆成都”联一事，应对者仍陆续而来，收信已达三百余封。本社编辑部同人，仔细研讨，实无相称之对。虽有以定县一名词对成都者，而联串南京重庆四字，即无法对得恰到好处，且眼前亦无此项新闻可对。至本社同人一般找不到材料，未能随便出之也。知劳应征诸先生垂注，特此奉闻。

编者

（原载 1946 年 4 月 27 日《新民报》副刊《北海》）

（四）致投稿的青年

青年们：

我先向你们表示感谢，感谢你们向《北海》投稿。我知道，你们为发表欲所驱使，报到了手，一定先抢着看《北海》版，要看你们的稿子发表了没有？一天，二天，以至一星期，你们的稿子没有发表出来，你们有点丧气吧？我说不必！编者就是过来人，当我初投稿的时候，就是这样吃闷棍的。

编者对于青年的写作兴趣，是愿极力提倡的，但我们不能把没有成熟的果子拿出来。不登你的稿子，自有不登的原因。技术不佳，意识欠妥，运用的材料不够，总有这么一个原因存在。

失败为成功之母。好兄弟，你们当自省，是不是有上述的原因存在？你们如果明白是由于那一点失败了，你们就在那一点上努力。年华是你们的，光明也是你们的。努力的结果，你们一定会成功的。

写作没有什么要诀，第一个条件是多读书。读过之后，再去体会，再去揣摸，你们再写着试试看。天下没有一篇处女作就成功的，也没有继续努力，而不比处女作更好的，你们不必因落选而丧气。相反的，你们若不落选，怎知道你们的作品没有成熟呢？

你们的理化老师，总告诉过镭锭是怎样找到的，也一定告诉过你们，新大陆是怎样发现的。治文学也是一样呀！你们应当有居里夫人和哥伦布那股精神。别丧气，高兴的日子在等着你们，你们得去迎接它，它像馅儿饼一样，不会从天上掉下来的呀！最后，感谢你们爱好《北海》版的热情。

编者

（原载 1946 年 5 月 17 日《新民报》副刊《北海》）

（五）致虬公柬

接读云笺，恍然一梦。昔在巴渝，确获片羽。履沧桑于一度，伤哀乐之中年。望云树以苍茫，多亲朋之凋落。马首东来，征衫北卸，故国山河，旌旗不改，旧家门巷，姓字都非。纵殊化鹤而归，实有攀条之感也。仆碌碌风尘，健饭如昔，飘零弟妹，卖赋到今。别无所长，聊堪告慰。辱承远注，甚谢不忘。投邮无术，因附刊末。田园大好，敬祝健康。

恨水拜启

（原载 1946 年 7 月 27 日《新民报》副刊《北海》）

（六）致白门友人书

中秋过后，夜窗凉矣。得桂子之两株，杂黄华于四座。银灯燦白，帘影横青，劳人小息，觉幽意之自来。归梦空萦，惟诗魂之可托。漫吟芜句，辄不成章，偶检芸篇，亦仅数页。乃起座而徘徊，燃烟枝之缭绕。真辘轳之百转，徒伤此心；搅乱麻于一团，莫知所忆。卷诗书而出峡，当年喜固沾裳。隔烽火以望家，此日愁还斑鬓。嗟依闾之有人，十年一拜；劳登楼之彼子，百病三秋。老犹作嫁，读留侯传而未思，贫不上书，记东野诗以有感，苦一年之容易，秋风异乡，将百啄以何辞，亡羊歧路。念荻花枫叶之词，大江东去，于参横月落之夜，北雁南飞。神已驰矣，能不伤乎？云间黄雀，觉与世以无争；廊下红娘，笑干卿之底事。纵乏浩然之思，亦添胡不之解。萧斋孤影，不尽思之。永巷空邻，无可语者，既酌凉茗以解五内之焚，遂拈秃毫聊写半夕之感。持熟稻之螯，足醉君乎？食桂花之鸭，当思我也？词固芜然，书不尽意。

（原载 1946 年 10 月 4 日《新民报》副刊《北海》）

第三辑

同事、朋友间通信

一九二三年

（一）张恨水致姚民哀书

（上略）久疏鱼雁，方切劳思，匆奉手翰，愉快无似。走栗碌终岁，压线依然。案牍劳形，久绝歌咏，每承雅嘱，为佐撰录，迁延宋汉，良以惭污。然私衷耿耿，未或忘也。走近兼《益世报》《今报》《世界通讯社》三处书役，又兼皖报驻京职务，耳目兼用，视听为劳，秋山乱草，无兹蓬杂。顷读大札，嘱撰长篇，心虽切感，立无从使，汲深绠短，谓当奈何！然数载神交，平生知己，绵薄所可襄赞，寸知遑敢自秘，会当摭拾见闻，随时陈政。南朝金粉之篇，不妨先为我闻一北里声色之栏也。匆匆草复，不尽所言。（下略）

（原载1923年2月21日《世界小报》）

【附】

恨水：

你的惠稿收到。感谢得很，来书遵命不发表，只求常常赐些大作，报的交换不交换，不成问题。因为交换的本意，亦不过想做几票零拆生意罢了。现在既然上行答应开户立折往来，也无须饭店上汇葱哩。《小红秘史》何日寄来？头颈伸长在此望着，露的口风，小子有些明白，你自说是丑角，大约九阵风和李寿山做凤阳花鼓，尚少一个打扯的人。慈瑞全没空，王长林、萧长华、马富禄多不对工，招呼小子客串。既然老朋友关切，没有不扬白鼻头（这“鼻”字说苏州京话的音总和“笔”字好相混哩）唱这么几句，唱得成唱不成，现在还没把握，只要看了你的本子，准定大胆老面皮，来一下就是了。不过千定烦你多约几个捧场的，不然保定一出场，就要碰家生，吃倒彩，连累全戏减色，这是老实话，并非客气。祝你幸福日进。

一二、三、二五，民哀于上海

（原载 1923 年 3 月 26 日《世界小报》）

（二）张恨水致姚民哀书

（上略）前阅小报，知有大河南北之游，方期把盏南城，痛叙生平。不料事与愿违，先生又中道折回，一面缘悭。其中殆有天耶！昔有交换小照之约，久亦忘之。兹于丛片中检一二寸者，随函敬赠。庶他日天涯相逢，得勿失之交臂。此相于去冬摄影，尚不离乎故我。置芸窗笔砚间，恍末座之忝陪也。恨生平好小说，忍俊不禁，亦尝涂鸦付梓。顾年来身负数役，无暇及此，甚至风清月白时，偶吟短句，欲其稍佳，完卷不得，明日待续，非无暇则忘之矣。某小说家言，人生作得几句文章，都是福气。信然也。京中无甚作手，小报中所载，摭拾巷里故事，用道地京谚述之，颇觉别具风味。然自蔡友梅死后，已无继者。其余下里巴人，不足一观。大报副章，不甚注意杂俎，偶有一二新作，亦一点钟之价值。《京报》附有《小说周刊》，彬彬主之，顾不见创作，常以平大学生之稿，搪塞余白。其论坛中，捧作《儿女英雄传》者甚力，一文一诗，亦必颂赞尽力。而其中之道情十三折，抄郑板桥原稿，则不复论及矣。贵报小凤之作，谅系楚伧先生别署。《民国小说》停止后，此君笔墨，不能常见，殊以为憾。闻舍我言，楚伧甚豪放，放胆文章断命酒，有青莲遗风，甚愿一瞻丰采也。大觉小说话甚佳，何以不能常续？宜勉致之。足下之作，亦久不见于小报，以后能努力振作否？予日望之矣。

（未完）

（原载 1923 年 6 月 28 日《世界小报》）

（三）张恨水致姚民哀书

前敝稿《剪纸论英雄》，仅登三绝，未识何故。谅系君匆遽赴汉，将稿散失，能检出，可补登之。因恨拟觅取原作也。谭富英、诸茹香赴沪，君作何感想？富英却胜乃父，克绳祖武则未必。谭年甚幼，谓多得祖父亲授，亦欺人之谈。叫天在日，富英不过十龄，有何所得？且叫天暮年极懒，决不能为口讲指画之事。总之，富英不甚离谭味。惟经人刻板教授，又借鉴于小余及马连良。譬之以诗，如明七子，非盛唐之谭调也。富英在富连成时，配角甚齐，如唐富尧、尚富霞、马富禄、小金钟等，均老搭档。今骤与海派混合，恐不能措置裕如也。谭出科后，即入新明剧场，叫座力虽佳，而包银则每日十元，其父不乐，要求与小翠花同例，日给四十元。剧场老板难之，富英遂与徐碧云同去。余逆料谭必在京再搭他园，不想仅顶名角之号赴沪，且大红而特红矣。一帆风顺，恐适足以成其骄性也。诸茹香一硬里子耳。年来花衫里子缺乏，始露头角。今来沪演青衫正工戏，岂其艺之猛进耶？抑欺沪人之易与欤？京中连日盛演《逍遥津》，听戏者借他人酒杯，浇自己块垒，听至欺寡人一段，无不击节。乃事为某系所闻，大不快，令警厅取缔再演。吾以为某氏如登大宝，曹家戏，将不复能演于京师矣。一笑。昼长少暇，得接来书，因拉杂所感，为足下道之。忙人评风月，如挑水夫唱过街道情，只觉哼哈，未知调之所在。此惟知己者恕焉。（下略）

（完）

（原载 1923 年 6 月 29 日《世界小报》）

（四）复姚民哀书

（上略）手示敬悉。佣书苦冗，致迟奉复，死罪死罪。《京尘魅影录》，尔时感于人事，略为铺张，信手拈来，本无经纬，事过境迁，都不复记忆，欲其再作冯妇，兴无异驱老马出塞矣。三年来深知著述生涯之苦，早已改作新闻事业，良以摭拾见闻，容易成篇，习之既久，所博亦裕，坦途远征，遂而往返。近来丰沛故人，羁礼下士，听鼓经年，悉谋兼业，既知弟所勾当，乃以其所知，命弟笔录，得有微资，则分谋醉饱，交易而退，各得其所。以是故弟所闻较多，而所纪亦忙，朝三暮四，生张熟魏，但求获选，任意化名，人不见某有述作，不知某之手笔，实日日滥竽报端也。蒙君雅意推崇，常无以报命，亦以为此。迩者枯冬客居，长夜漫漫，意欲剪纸招魂，问选小史，或可成篇，当以奉政，润砚之资，正非所计，譬诸票友，偶然粉墨登场，其目光不在戏份也。郑君醒民之约，暇当拉杂京尘，奉塞篇幅，尚乞见示邮程，借候起居。纸短言长，不尽所怀。

专复并颂

著祺不一

弟张恨水顿首

十二月六日

（原载 1923 年 12 月 15 日《世界小报》）

一九二四年

（一）张恨水致姚民哀书

前上小稿谅达左右，知小报喜随笔材料，亦仿为之。然而十年湖海，张绪已非当年，欲与此群翩翩者流评章风月，殊亦不自量耳（岁月不居，君亦老矣）（过了二十四就算老）。弟已迁居铁门七十三号丁户，赐报请寄此。然而五日一寄，未免过省邮费，仍恢复原状可乎？絮语稿未完，留以待后命也。

即颂

民哀兄著祉

弟心远顿首

（原载 1924 年 4 月 3 日《世界小报》）

（二）张恨水致姚民哀书

民哀老友，前奉手书，拜悉一切。迩以事冗，未遑即复，死罪死罪！前所云之晚报，现已出版百号，兹寄上一卷，请为指正。与《世界小报》之号，仅一字不同（弟职业老与世界发生关系，前在世界通讯社，兹又曰《世界晚报》，可笑）。今之报，何其爱以世界标榜，殆大同之征兆欤。弟年来苦忙，声色之场，绝少涉足，故偶有所作，大半抽象，评章风月，只好让诸后生（人有称君谓世叔者，吾侪焉得不老耶），不得常为小报帮忙，良以此耳。尚有一事，可附告者。此间文人（半为过江之鲫），对自命曹家子建之流，大为不满，谓其骄气凌人，动则指摘他人著作，拷红时一观，当拉杂见闻，以供小报若干材料。然忙人又懒，亦不必大作指望耳。（下略）将联合多士，逐其出于文字界之外。此事虽未必可以办到，而夫己氏之不得于人，可以想见。亦上海洋场才子，捧之过甚之故也。近日彼与莺莺事，其友人争传为佳话，实令人肉麻。按莺初为陈策所眷，颇有偕老之约，一日偕吴大头过访，吴操刀便割，陈满应之，而莺不待陈之许诺，竟坦然就吴。时吴方为议长，包办大选，声势逼人，莺之就吴，乃纯为趋势。窥此一斑，其为人可知。不出三月，恐佳话变成笑话矣。此中经过，秋墨深知，何妨一书相问。（中略）韩世昌人缘甚好，明日偕其全班，出演游艺园（第一日闻为思凡），弟拟于其演佳期（下略）

（原载 1924 年 7 月 31 日《世界小报》）

（三）张恨水致姚民哀函之一重公案

日前予致民哀书，曾述及妓女小莺莺事，意本无他，以为文人于青楼中买一妾，亦极平常事儿。而海上文人，必铺张扬厉，夸为风流佳话，甚觉无聊。因特略叙一二事实，以告民哀，初不料民哀竟公布之，而其文且入所谓东阿之目也。

某见报后，以其中曾谓于君秋墨知之甚详，民哀苟函索之，必可得若干材料云云。大骇，深恐如今春其女弟一案，传播九城。既四访予之行动，又遍觅秋墨之踪迹。友人告予，予甚以为怪，谓某何惶恐若是，及今日晤秋墨，又以是相告，谓某曾托人相问，诘其何以知小莺莺事“甚详”。幸秋墨为健者，三言两语，微中调人之情史，调人亦笑而语他，事遂过去。然而予甚愧对秋墨，无故拉其入此重公案内，致惹若干嫌疑。其实予所云云，固非闻之秋墨，即予所谓秋墨知之甚详者，亦正闻自他处也。

予书至此，为秋墨已洗刷干净，更有一言，谨告某君，双文既已归君，便非闲花野草，可得任人把玩而评论之。故君之朋党，能少减肉麻之喝彩。吾人秉敦厚之旨，亦正毋须多造口孽，愿君善周旋于某厂之中，毋使新人笑而旧人哭。阃以外，可毋念焉。

中元之夕书于北京

（原载 1924 年 8 月 23 日《世界小报》）

一九二五年

（一）张恨水致姚民哀书

民哀兄阁下：

未专函道候者，又数月矣。读小报格式题字，力争上流，精神贯注，于此可见一斑。弟操两世界报尾，偶然小病一二日，不亲自裁缝，即满纸暮气。每展三日一来之报卷，便令人有望洋之叹。阁下奋斗精神，至可佩也。弟虽不学，而潦倒风尘，一肚皮不合时宜，敢窃慕古人，而执笔构思，又非力趋于诙谐不可，强为欢笑，其苦倍常，故断简残篇，概不署名，张三李四，任意注之，此与阁下登台说书时之朱兰庵，固同一苦衷。嗟夫，刘蕡下第，名字都非。人生到此，尚可言哉！奉赠歪诗若干首，虽不佳，百忙中能分余力为之，取其情而舍其文可也。

专颂

文安

弟张恨水书

（原载 1925 年 4 月 17 日《世界小报》）

（二）张恨水致姚民哀函

民哀老友：

迩以事冗，致疏鱼雁，歉甚。故人故知我忙，或不罪也。近读贵报介绍世界日晚报广告，同人均甚感激，惟爱屋及乌，将弟极端誉扬，令弟十分不安。大江南北，无人不知李涵秋君，而君乃曰："今有人与李君抗手，此非骇人听闻之事耶？"六七年前，曾作小说两篇，送载《民国日报》，尔时主笔政为王君大觉，极蒙垂青，后阁下集《小说之霸王》，又令之滥竽充数（民哀谨按，其时民国小说闲话两栏，皆不佞一人主之），在当时一吐为快，颇自负略有价值之作，至今思之，则拔剑张弩，既失诗人敦厚之旨，更非小说冷隽取胜之道，甚为颜汗。盖真好之小说，绝不容有个著作者在中间说话，须通体白描，不夹一段批评，如《儿女英雄传》，犯此类最深，《二十年目睹之怪现状》不若《儒林外史》，亦正坐此。近作之《春明外史》及《新捉鬼传》，颇能秉此著笔。阁下殆因此而许其进益，遂不觉赞之出口欤？数年神交，遥托为知己之列，而屡蒙奖掖，绝少攻错，窃为良友不取也。若论世界日晚报，不敢曰好，同人颇能拼命（不但努力），当不负良友之介绍，社中如弟者，车载斗量（此喻幸勿以伦理学衡之，一笑），弟何足数焉！秦君墨哂，多年至交，属助笔札，亦正老马识途之意（此事京友且不知，未知君何以得悉）。弟性极拙，在京七八年，交友不过数人，家不通庆吊之好，刺不投公卿之门，所以能养八口之家，全仗一支笔，而君又曰，秦君为福尔摩斯，弟为华生，更不相符，何则？盖秦君交游满京华，弟则惟斯人憔悴可咏耳！恨水两字，在上海报纸上，极端少见（露名系制造偶像之第一步），君如此说项，恐为诚者所笑，故特以此函释之，尚望付入报尾，减少张恨水几分罪孽也。

此颂

撰安

弟张恨水书

（原载 1925 年 7 月 11 日《世界小报》）

（三）张恨水致姚民哀书

民哀老友：

久不通音问矣。日前方拟作书致候，而江浙问题适起，因是中辍。近观时局风云，了未知其何日告清，而吾书则又有两事，不容久事默然，故仍付邮，沉浮所不计也。

前晚报刊弟所撰之明星录，有某日报者，次日即转载，且大书特书本报云云，弟恶之，因之芝君续明星录表时，弟乃加按语，干涉京沪报转载。事后思之，若有意与老友开玩笑也者，甚觉多此一举，兹特专函道歉，叨在七八年神交，必可谅也。此一事也。

又一事，则弟之《春明外史》，业已出版，甚思在上海推销，颇拟以此七八年神交之谊，恳兄介绍一二家书铺代售（中略）。如小报能为代售者之一，则亦所乐从，手续费听便，惟有劳清神耳。

晚报上广告，谅已在洞察，能剪下一二则，登诸大报否？高谊无以为报，吾兄如征文时，若先命题，必当遵命交卷。秀才人情，如是而已，或可许乎？犹忆在民国小说栏作小说时，痛骂小说家，今置身局中，能弗自笑，而文人之成名，如是如是，又觉纸老虎遍地皆是矣。江浙不靖，租界外，难免受影响，小世界频当其冲，亦可云不幸矣。尚乞代问贵同事好。

即颂文安

盼复

弟恨水顿首

民哀谨按：恨水此函，嘱弗发表，然余对于此君笔墨，虽片鳞只字亦乐为介绍，何况此洋洋一翰，卒违老友之嘱，而以其文字刊布，与受阅诸君共读了。并先为老友所著《春明外史》张来沪先声，至于分销一事，前曾有函拜复，兹拟由敝报为驻沪总代理，着手进行一切，未稔老友许可否？如其许可，请再函示，一面将外史先寄若干部，当即登报发售矣。

（原载 1925 年 12 月 3 日《世界小报》）

一九二六年

（一）张恨水致姚民哀书

民哀老友：

大札收到，因京津路断，今始函复。得彦祥信，知近来甚属憔悴，为之终日不欢，因二三可与言之人，均如是也。《春明外史》，蒙推销，甚感甚感，但京中日来销数颇好，所存近六七百部。上海方面，至多只能寄来二百部，因弟不愿再版（不赚钱而又麻烦），几百部书，难以分享京中读者也。现因交通尚未恢复，明后日，当先寄四十部至尊寓，销尽之后，不妨再寄。世界书局方面，能代售即代售，否亦不必勉强，均请卓裁，日晚报已改寄尊寓矣。

即颂

冬祺

弟恨水顿首

十二月八日

（原载 1926 年 1 月 7 日《世界小报》）

（二）张恨水致姚民哀书

民哀老友：

前上一函，谅已青及。《春明外史》，先寄上四十部，聊以尝试，如尚有销路，书来即当续寄，存书不过四五百部，稍缓时日，京中不难脱手。上海如不堪推销，即作罢论，亦不必徒烦二三知好分神耳。

兄所拟办法，彦祥已函告，无不遵命。入秋以来，苦忙，风清月白之际，偶有所得，把笔即书，隔日视之，均已化为柴米油盐之元质，不速自拔，匪但埋没性灵，直玷辱斯文矣。留京七八年，文字之交，不及十人，斯真令人感交友之难。吾侪虽缘悭一面，然邮筒往来，神交七年，于兹，亦复可庆也。彦祥书来，欲办游艺杂志，闻此事否？窃以为不出色，不如不办，欲出色，颇费力。彦祥工课甚忙，尚有此余勇乎？此君笔锋犀利，游艺杂志，海派或多一棒喝矣。一笑。

即颂

冬祺

弟恨水顿首

十二月一日

（原载 1926 年 1 月 22 日《世界小报》）

（三）张恨水致姚民哀书

民哀兄惠鉴：

前寄外史四十部，已收到否？如果畅销，望即来函，弟当速寄。彦祥来函，拟办游艺杂志，并云兄拟分担一半责任，确欤？津浦交通，毫无恢复希望，京沪通信，动辄半月得复，甚为焦燥，所谓岁月干戈里，余生患难，中者非欤？

专此即颂

文祺

弟恨水顿首

（原载 1926 年 3 月 2 日《世界小报》）

（四）张恨水复姚民哀书

民哀老哥大鉴：

手示奉悉。广告之事，一听尊便，弟无成见。小报将谋发表，甚善甚善，老哥所嘱长篇小说，非故意违命，实以弟在京兼事太多，至无余暇执笔。去年十月间，《益世报》杜竹轩先生，约作长篇，至今未办，已引为歉。《大同晚报》龚德柏先生，且亲自造舍，殷殷相托，亦迄未报命，而《世界日报》之《新捉鬼传》，全属游戏之笔，停刊过久，主人翁迭次抗议，前昨方始开端广续。凡此诸端，均有实人实事可按，非高抬身价，而欺老友也。近日在枕上构思，拟为长篇三，分济各方：一、《报界钟》，二、《京尘幻影录》，三、《幻海潮》。如果尽克着手，必有一寄载小报，至于酬报，皆此道中人，弟初未因此置意，而未见复也。彦祥处，弟已代撰一稿，成于仓卒间，不成东西，第二期当有以补此过，特此专复。

并颂

撰安

弟恨水顿首

（原载 1926 年 3 月 5 日《世界小报》）

（五）张恨水致姚民哀书

民哀兄：

来示奉悉。外史附赠办法，甚佳。京中只有剩书一百八十部，势难再寄，沪方区区之数，无须大吹大擂，改售为赠，当也（折扣决不计较）。今年九十月间，二集出版，一集决再版一千五百部（或二千部），当再烦吾兄经售，彼时大吹大擂不迟也。小报约作长篇一事，以弟之忙，实不敢依允，而吾兄再三的重托，拒绝又非人情，现只得将《大同晚报》长篇暂搁，而以小报者提前，大概一月内，可以先撰一回奉上。此非弟惺惺作态，《益世报》之《京尘幻影录》，原约三月一号开始，今已误期，不能不先赶办此方也。关于酬费，弟审度自己之劳力，及小报之经济程度，约一办法如下：（一）每千字八元（益世、大同均为三元，决不欺老友）；（二）每日以登五百字附近为度；（三）乃发单行本时，须与弟以相当之利益。此项办法，如吾兄同意，即请随时见复，以便着手。惟大同催稿亦急，能否后尊处发表，尚不敢定，将来或同时发表耳。弟原只顾致力于《春明外史》，另作一滑稽者，以贾余勇，乃不料友朋嗜痴，今长篇特约者，竟达五篇之多。在弟虽无滥竽充数之心，在事实上，恐不免有江郎才尽之叹。奈何奈何！

匆复即颂

撰安

弟恨水顿首

（原载1926年3月9日《世界小报》）

一九三四年

致刘半农函

半农先生大鉴：

日前降舍，适赴南城约会，失迎甚歉。此届画展，闻先生格外奖掖，令弟十分奋勉，以后仍乞力予提携也。兹定于十五日，令全校同学票选总锦标及各系锦标，其他同学亦每人分赠奖品一件，如书籍册页屏轴文房用品等，弟私人除备六个锦标外小件，只能凑齐二三十事，兹拟分向校董教授募集作品及收藏小件若干，共成此举。先生文坛泰斗，能赐一二墨宝，同学自如获珍宝，或有余裕之文物，分惠若干，亦甚拜嘉，如何？之处乞为见示，当派人如期领取也。先生爱护本校非同等闲，故敢以是为请耳。本拟至府面呈，奈弟忙于文债校务，在十日内即当回皖葬（误，应为“祭”）父，甚难抽身。北返后当面谢一切盛意也。

专此奉想，即颂

文祺

小弟恨水敬

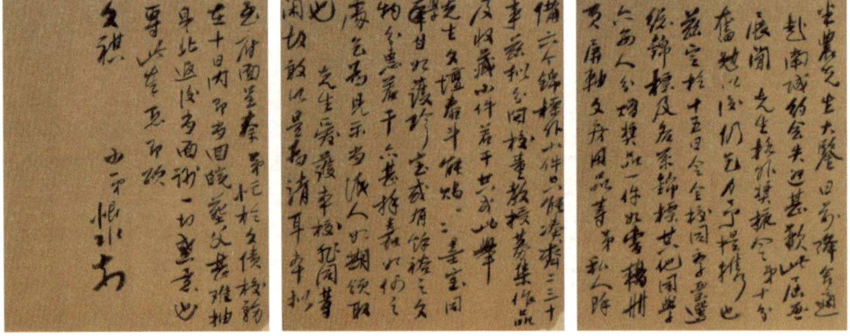

张恨水致刘半农信

【注】1916年暮春，张恨水由上海到苏州，第二次加入文明剧团，得以与刘半农相识。后来，张恨水作为《世界晚报》副刊《夜光》及《世界日报》副刊《明珠》的主编，与刘半农过从甚密。1931年上半年，张恨水用稿费创办了北平华北美术专门学校（简称“北华美专”），1932年，聘刘半农为该校董事，同时负责教授国文课。正是二人这种特殊的关系，才有了这封书信。从相关资料推断，应为1934年1月上旬某日，张恨水书写此信，且托他人当日面呈，故未写上具体日期。详见《新文学史料》2016年第2期刊发的《张恨水两封佚信辑注》（谢家顺）一文。

此函手稿由江苏省江阴市刘氏兄弟纪念馆提供。

一九三八年

复左笑鸿信

宏宏[1]兄：

手示悉。承念，甚感！三四内舍弟[2]，在敌后方工作，早有布置。县府当照预定计划，移至山中□□□[3]矣。弟眷已于十四日入山，暂时恐难得消息。十五日，弟一度发神经，欲飞汉转赴前线，为朋友阻止。书生究是书生。可笑可怜，亦复可耻也。

弟恨水顿首

二十三日

【注】①“宏宏”，即左笑鸿（1905—1986），原名左啸虹，安徽泾县人，现代著名报人。

②“三四内舍弟”，即张恨水三弟张仆野、四弟张牧野。

③“□□□”，应为“打游击”的省略。1937 年 12 月，张恨水自家乡安徽潜山只身至汉口赴重庆，与从南京撤退下来的四弟张牧野会合。牧野提议召集在汉口的潜山青年回家乡打游击，张恨水毅然代表大家呈文武汉国民政府第六部，要求政府承认队伍的合法性，以免和其他武装发生冲突。然而，呈文如石牛入海。

“请缨无门”，激起张恨水的满腔悲愤，不久，他即以这段经历和对家乡战事的了解，先后创作了《疯狂》《潜山血》《游击队》《前线的安徽，安徽的前线》《桃花港》《冲锋》等小说，展现了家乡人民抗战不屈的精神。

抗战期间，左笑鸿曾任香港《立报》编辑，此信原刊发于 1938

年6月28日香港《立报》副刊《花果山》的《张恨水拟赴前线》(宏宏)一文中，现将原文附录如下：

张恨水拟赴前线

前几天，我们曾谈到安徽潜山县，并且说，现任县长张仆野，就是恨水的胞弟。他们都是潜山县人，弟兄三人，老大在后方用笔杆宣传，老三仆野已经实行拿了枪杆抗战，但老四牧野却还不知下落。昨天，接恨水来信，牧野也扛了枪杆了。为国为乡，一门忠勇，真是难得的事！

不仅如此，连恨水还打算上前线呢！来函如下：（原信略，见上）

我知道，恨水的老太太与妻子儿女全都还在潜山，在这炮火连天的时候，叫天涯游子怎能不悬记？幸亏已经入山，否则那真不堪设想了。故乡沦陷，人散家亡，当然是难过的事。可是“匈奴未灭，何以家为？”我想恨水早就晓得，国已千钧一发，家不家的已顾不得许多了。

然而，白发龙钟的老太太还在战区之内，为了国家，为了尽人子之责，而难怪恨水要“发神经”了。

其实，如此“发神经”才不是“神经”呢。假使人人都“发神经”而上前线，那又怕什么外力的侵略？

是的，朋友们应该阻止恨水的走，因为他已经半百了，而且大病初愈，上前线是不相宜的。记得去年在安庆会到恨水，乍一看，十年来的朋友，简直的不认识了。脸上因为风霜而且病未全好，又瘦又黑，腰也弯了。因为得了关节炎的缘故，右手还不能转动自如，写字至少写核桃大小。一直到现在，为了国难家仇，还是不很健康，写字还不能写小。以一双手无缚鸡之力的人，怎能上前线呢？固然，上前线不一定拿枪杆，笔杆也是一样，可是，以拿笔杆而论，前后方还不是一样？所以，我也不主张恨水上前线，有两个弟弟在前方，已经够了。

恨水自认为是书生，惟其为书生，才能“知其不可而为之”！

祝福恨水全家无恙，使他可以安心用他的笔锋抗战！

一九四一年

（一）张恨水致华林

华林吾兄：

会中寄来请平价米清单，已收到。唯弟已在《新民报》领得平价米，虽东籍老母米价贷金未请，未便向文协呈报，只好牺牲利益矣。弟此后若发，仍请代为邮汇。另有恳者，白薇女士，现于南温泉重病，热达四十度，有时昏迷。独身老处女，亲友均无，展转床褥，十分凄惨。除已函蓬子兄在文协存款项下，动用若干，以资救济外，并望吾兄在奖助金会上速提一案，助予医药费若干。弟已代为请西医诊视矣。专此奉闻，并盼见复。

即颂

文祺

弟恨水拜

（一九四一年八月）七日

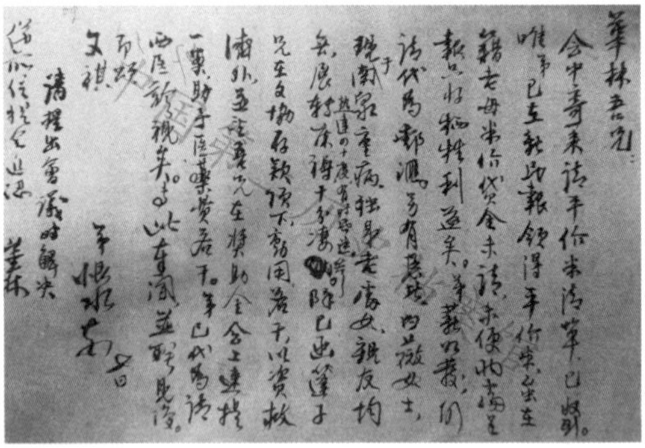

张恨水致华林信

【注】该信末附字："请提出会议时解决并前信提会追认　华林。"华林，中华全国文艺界抗敌协会（简称"文协"）第一次理事会常务理事、总务部副主任，兼文艺奖助金管理委员会（简称"文奖会"）委员。此信原件现藏于中国第二历史档案馆。

（二）张恨水致华林

华林兄：

寄来收条一纸，乞转交。前托代为白薇女士设法一事，未知有办法否？兹据医生告知，彼系猩红热，医药需钱极多。现彼迭托人转弟，向文协方面贷款。弟于会中毫无接洽，曾函蓬子兄，久未见示复，望兄便向文协主持人一言，并望直接函告黄女士兄所知情形，以免白薇疑弟未予转求。她住南温泉民间第一村六号。

即颂

日祺

弟恨水上

（一九四一年八月）十九（日）

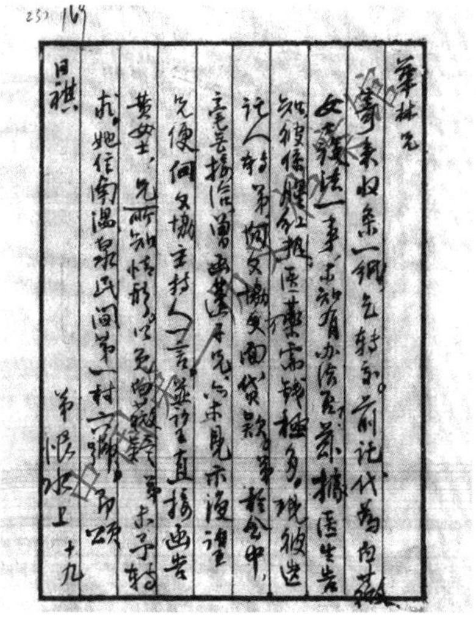
华林兄 寄来收条一纸，乞转交。前托代为白薇女士设法一事，未知有办法否？兹据医生告知，彼系猩红热，医药需钱极多。现彼迭托人转弟，向文协方面贷款。弟于会中毫无接洽，曾函蓬子兄，久未见示复，望兄便向文协主持人一言，并望直接函告黄女士兄所知情形，以免白薇疑弟未予转求。她住南温泉民间第一村六号。即颂 日祺 弟恨水上 十九

张恨水致华林信

【注】1939年初，日机轰炸重庆市区，张恨水一家疏散至重庆南温泉桃子沟，先租借一平房居住，与老舍为邻，后住文协的三间茅草房（南泉新村27号），名为“待漏斋”，又名“北望斋”，至1945年12月离开重庆。张恨水曾创作自传体小说《巴山夜雨》，以纪念这段艰难的时光。

1940年，湖南籍作家白薇（原名黄彰）从北平辗转于广州、武汉、桂林，抵达重庆，一度定居于南温泉。张恨水与白薇成为邻居。白薇孑然一身，无固定工作，且多病。1941年7月31日，患病高烧数日后的白薇，经张恨水延请的西医诊断为猩红热。

白薇之所以请求张恨水代为援助，除去二人的友邻关系，还与张恨水在文协和文奖会的身份有关。1938年3月，文协在武汉成立时，张恨水被选为理事。1941年3月，文协第三次理事选举中，张恨水当选为候补理事，不久补递为正式理事。他尽管未在文协总会直接任职，但因与躲避轰炸而迁来南温泉办公的文协作过邻居，与实际负责文协事务的老舍也有私交。张恨水同时是文奖会文艺组的成员。（参见张智勇《新发现张恨水、白薇等十封书信释读》一文，刊于《现代中国文化与文学》2022年第1期）

一九四三年

复华林

华林兄：

来信收到了。您那番仗义执言，不愧人称是老将。不□□不想把您原信发表了，以免引起文坛上许多好朋友的误会，请您原谅！

关于赈济同人这件事，大概有两种看法。一部分朋友说，我们不食嗟来之食；一部分朋友说，但只要不是去沿门托钵去请求的，同情的赠予，我们是可以接受的。所以对这件事，我们根本不好说什么。

关于赈济款子分配的办法，大家商量商量，求其公允，倒是赞同的。只是这件事，似乎不必在报上公开讨论了。

弟恨水上

（原载1943年9月25日《新民报晚刊》）

一九五〇年

张恨水给余程万的一封信

《亦报》编者按：这封信是中央人民广播电台 1 月 14 日 18 时 45 分播送的，它一方面是忠告余程万，一方面也可以知道一点张恨水的近况，特转刊如此。

程万先生：

重庆握别以后已经有几年了，在这几年中间，以我个人来说，对于人生观上是有一个很大的转变。

回想抗战期间，我所写的一些东西，都是些牢骚的骂或者是抗战斗争中的片段。就以《虎贲万岁》一书来说吧，当时从朋友中间得到了一些有关常德战役中的一些“史实”（这是指当时我所认为的史实），加以穿插，完成了一篇《虎贲万岁》的稿子。当时的用意是唤起民众，积极参加抗战。现在看起来，只不过是小资产阶级的盲目叫嚣而已，当然抗战是应该的，中国伟大的领土是不允许帝国主义越雷池一步的，然而所起的客观作用是什么呢？不过是多增加一些蒋介石匪帮们的一些爪牙和狗腿而已，他利用了这些爪牙不是打日本，而是打人民，打代表人民的政党共产党和人民的武装人民解放军。

稿子刊登以后，先生曾经到南温泉看过我一次。记得当时，我们在那茅草屋里谈到关于蒋廷黻的贪污腐败，都咬牙切齿举起拳头拍着桌子，话很投机，因此以后就成为了书信往来的朋友。

北京解放后，很多老朋友由石家庄来京，我在和他们谈话中得到了不少的新知识，自己也买了许多小册子在家阅读，才知道过去是走了不少的盲目道路。不幸得很，在五月廿八号晚间，我得了脑充血病，一直到今天还不能读书写字。前些日子在无线电广播里听到卢汉将军起义，我非常高兴，以为你一定也在内了。后来小儿由校中回家，和我谈到你不但没有起义，而且跑到了台湾。这使我非常惊讶，从前你说非常恨蒋介石，难道是假的吗？以前你说："抗日是为了保护中国。"今天你跑到蒋介石最后的巢穴台湾，受美帝国主义的利用，也是为了保护"中国"吗？中国是谁的中国呀？是蒋介石的中国吗？先生！你错了！蒋介石是出卖中国的大走狗呀！中国是人民的，反动派们要想看一眼，人民就要挖了他的眼睛。人民政府叫你赶快放下武器向人民低头，我认为这是应该的，必要的。我以十二分的诚意向你提出忠告，赶快的回来吧！放下屠刀立地成佛，只要你率领部队归顺人民，真的向人民请罪，在劳动中改造自己，你仍然是中国的一个好人民，否则就成了千古的罪人了。

张恨水启

一月八日

（原载 1950 年 1 月 21 日《亦报》）

【注】此信由张恨水抱病口述，张小水笔录。据 1950 年 2 月 10 日上海《新民报晚刊》副刊《晚会》《张恨水的病（本报北京专电）》（署名"燕上寄"）一文载："中央人民广播电台十四日晚播送张恨水给余程万的一封信。张曾在抗战时以余为主题，写《虎贲万岁》，对余今天反人民表示痛恨，希望他走向人民，在劳动中改造自己。"《大公报》于 1950 年 1 月 18 日以《张恨水函余程万，希望他走向人民》为题，对此事给予了及时报道。

余程万（1902—1955），广东台山人，号石坚，黄埔军校一期毕业。1934 年任国民党陆军第 49 师第 289 团少将团长。抗战期间，任第 57 师师长，参加常德会战，旋升任第 74 军中将副军长。抗战结束后，任整编第 74 师副师长、26 军军长等。1950 年被免去职务，后定居香港。1955 年在香港被杀。

一九五五年

复人民文学出版社古典部函

同志：

接你来书，知道“整理古典文学名著计划草案”，尚有可商量处，嘱咐寄回，兹寄上。本来计划上，颇可添补之处甚多。现寄回，甚是。

此致

敬礼

张恨水

十七日

【注】人民文学出版社于1951年成立于北京。根据1952年中央人民政府出版总署的文件，确认人民文学出版社是“国家的文学出版机构”，出版任务之一是“校勘整理、翻印古典的文学名著”，尤其是出版古籍整理本。曾与张恨水四度共事的好友张友鸾，于1953年奉调人民文学出版社，从事古典文学研究、整理及编著工作。

1955年，人民文学出版社古典部将“整理古典文学名著计划草案”送与张恨水征求意见，此信即张恨水给出版社的回信。

一九五六年

（一）复张九皋信

九皋仁兄：

日前得接手谕为之一快。去夏赴南，因东野兄在合肥，曾勾留十日。闻兄在文史馆，由东野电询，闻已去芜湖，而地址又不克详告，只好作罢。顷得专示，真是十年之交又在日前也。弟自前六年，曾得脑充血症，四年尾，方始写作。然而为人过旧，所作文体自知太不合时，思想上非彻底改造不可！弟现被邀政协列席，会期约须十日。春节以后，又须下乡，体验生活，是以亦无多少闲暇也。兄所嘱《河图洛书新说明》一稿，历史研究部方面探询。弟不作经理，已经十年，该部方面适无熟人，故无法打听。弟意兄何不直接修书该部，究经（竟）该书如何处置，或者该部有确实答复也。兄年已近古稀，弟亦年过六十，一念来日苦短之言，常通消息，亦人生故人略当常聚之乐乎？

专颂

健安

弟张恨水奉复

一月二十九（日）

【注】此信时间、地址、收信人均全。收信人张九皋是张恨水老友，安徽芜湖《皖江日报》总编辑、芜湖《工商日报》创办人。1918 年春，23 岁的张恨水由好友郝耕仁推荐，到《皖江日报》任编辑，张九皋领其会见了该报经理谭明卿。1919 年秋，张恨水赴北京，张九

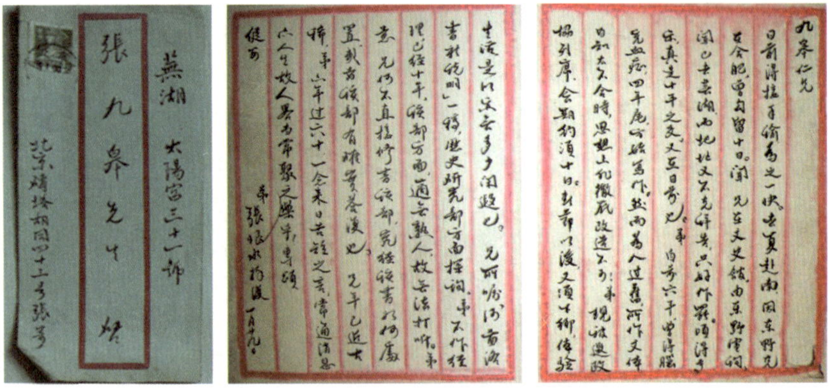

张恨水复张九皋信及信封

皋聘张恨水为《工商日报》驻京记者，并为《工商日报》撰写稿件，二人友情直至晚年。

信中“去夏赴南，因东野兄在合肥，曾勾留十日”，即指1955年夏张恨水只身南游合肥、安庆、南京、上海、济南之事。此信一方面告知了自己近况，另一方面就张九皋来信所托之事给予解释说明，表达了张恨水对“人生故人略当常聚之乐”的感慨。

《河图洛书新说明》是张九皋在晚年研究中国古代先民哲学思想史的一篇论文。这篇文章是寄给中国社会科学院历史研究所杂志社的，久无信息，故张九皋委托张恨水询问原由。

此信手稿由张九皋先生之孙张孝祥提供。

（二）致曹聚仁函

聚仁先生：

悉甚。鄙人自今日清晨至后日下午，均在《北京日报》开会，后日以后，即十九日无事。先生过访，以十九日上午为佳。足下海外同道，非常欢迎。

此致

敬礼！

张恨水上

（一九五六年十月）十六（日）

门牌号为四十三号非四十七号

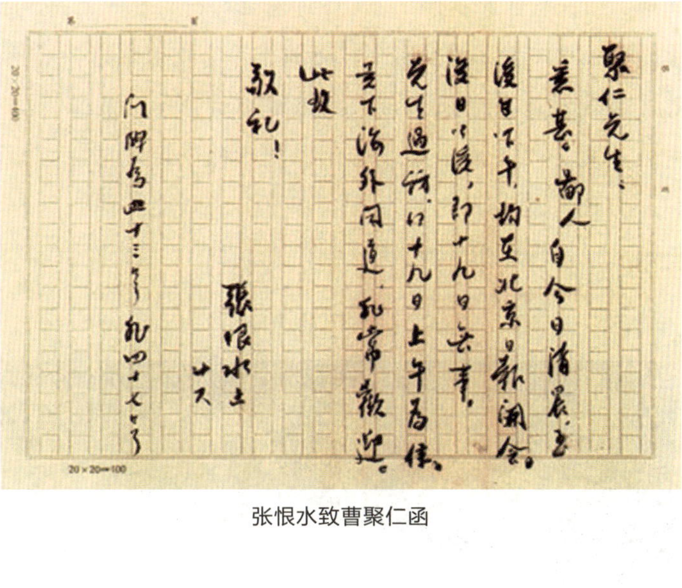
聚仁先生：
悉甚。鄙人自今日清晨至後日下午，均在北京日報開會。後日以後，即十九日無事。先生過訪，以十九日上午為佳。足下海外同道，非常歡迎。
此致
敬礼！
張恨水上
十六
門牌為四十三號非四十七號

张恨水致曹聚仁函

【注】曹聚仁（1900—1972），民国著名记者、作家，浙江兰溪人。1950 年赴香港，任新加坡《南洋商报》驻港特派记者。1956 年 7 月 1 日，曹聚仁以新加坡商贸代表团随团记者的身份，从香港启程赴京，住北京新侨饭店。其间，专程至张恨水家看望老友。此函即为张恨水书信约定来访时间。落款“廿六”，应为“十六”之误。

曹聚仁侄女曹景滇《难忘的日子——追忆与伯父曹聚仁的相处》一文对此次来访做了具体描述：“记得伯父曾带我去过好几个文人和老报人的家，我没留意也记不清他们的姓名。印象较深的有三个人：沈从文、张恨水、周作人。这三人虽然当时都已是深居简出的文人，但伯父对他们的文笔一直很欣赏，过去又曾有交往，十分念旧的伯父忙里偷闲抽空去登门拜访。他的拜访给了寂寞的沈从文很大的安慰，他向周作人约稿造就了文坛上的一段佳话（使周作人的《知堂回想录》得以写作和出版）。我还清楚地记得，当伯父告诉张恨水，张的著作《虎贲万岁》的主角余程万将军（抗战中常德会战的名将）在香港惨遭匪徒枪杀的消息后，张恨水惊讶悲愤的表情。后来他们又感慨地谈起了几位流亡海外的抗日英雄的命运及期盼国共合作的心情……喜欢给别人拍照而自己不喜留影的伯父，那天却饶有兴趣地特地和张恨水合了影。”

张恨水与曹聚仁在北京砖塔胡同家中合影（左为曹聚仁）

一九五七年

复郑拾风先生

拾风先生：

示悉。寄款五百元，收到。谢谢！关于此书第十回洪庭耀出场，立即转入《兴风报》问题，是学《儒林外史》的办法。当然弟的笔力太薄弱，写得草率一点。至今兄读起来，有格格不入之感。是否要添加一小段，请示。好在只添一小段（家中有稿），也不费事。收据一纸，请另交。

即颂

撰安

弟恨水上

六日

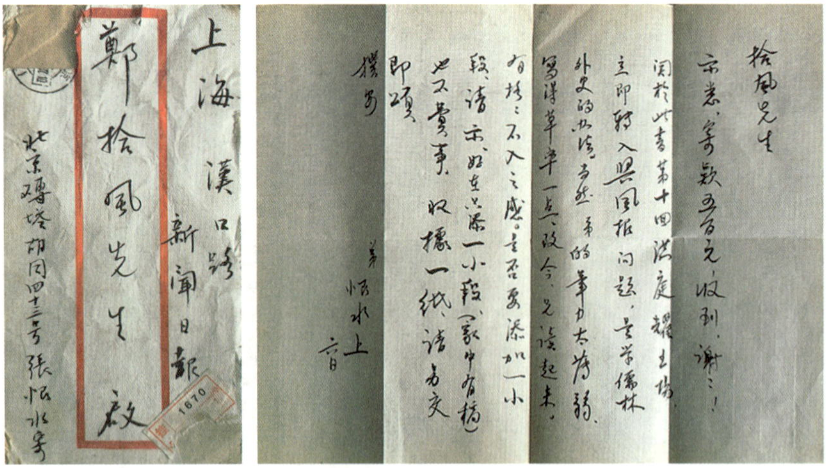

张恨水复郑拾风先生信及信封

【注】郑拾风(1920—1966),原名郑时学,笔名仆欧、令狐畏等,四川资中人。知名报人,曾任职《新民报》《南京人报》《上海戏剧》和《新闻日报》。在重庆《新民报》工作期间,与张恨水共事。

此信是张恨水在收到《新闻日报》汇来的小说《记者外传》稿费后对小说中问题的回复,时郑拾风任该报编辑部主任。从信封邮戳看,此信写于1957年11月。

此信由叶强先生收藏并提供。

一九五八年

复文化部出版局函

函（一）

出版局同志：

关于文学稿酬的规定草案“著作稿千字4—15元、翻译稿千字3—10元，印数稿每千册按基本稿酬8%付给”，我觉得很好，没有意见。

此致

敬礼！

张恨水上

一九五八年七月二日

函（二）

出版局同志：

关于文学稿酬的规定草案，我觉得很好，没有意见。至科学方面，我想，也可以吧。

此致

敬礼！

张恨水上

（一九五八年七月）十四日

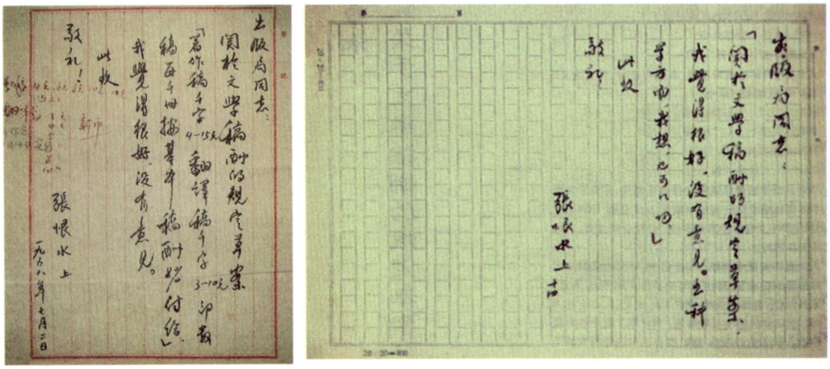
出版局同志：
「關於文學稿酬的規定草案」
「著作稿千字4-15元 翻譯稿千字3-10元 印數稿每千冊按基本稿酬8%付給」
我覺得很好，沒有意見。
此致
敬禮！
張恨水上
一九五八年七月二日

出版局同志：
「關於文學稿酬的規定草案」，我覺得很好，沒有意見。
此致
敬禮
張恨水上

张恨水两次意见的影印件

【注】1958 年 7 月，文化部颁发《关于文学和社会科学书籍稿酬的暂行规定草案》，此前曾征求部分作家意见。张恨水先后两次复函出版局，表达了自己的意见。

第四辑

与亲属、子女间通信

本辑收录的书信，时间涉及二十世纪五六十年代，表达了张恨水的亲情与爱心。

（一）给桂凝露、张其范的信（三封）

第一封

凝露、其范弟同览：

茶叶我早已收到矣。我曾已声明，茶叶托弟买，价钱却由我给。等候回信，一星期过去，又一星期，值至现在依然没有回信，是茶叶送我，不待明言，真正感谢之至！这茶叶似瓜片，实非瓜片，是我家乡的细茶，我弟分润。兄十余年不尝此味，今日得尝之，我弟之情，跃然纸上矣。

四弟在劳动中，很好。兄已前后寄五十元，言明款买些点心，给四弟吃。三弟现在新乡师范专科学校教书，我处无非寄信一二封而已，当然此事在他自由。

凝露之信，谈到赵君，此君号纯继，原在南京《新民报》任总编，

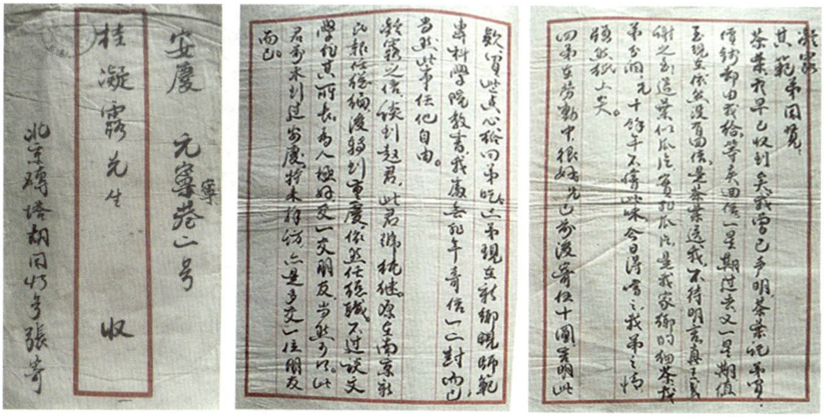

安慶　元寧巷二号
桂凝露先生　收
北京磚塔胡同43号張寄

凝露
其範弟同覽：
茶葉我早已收到矣。我曾已聲明，茶葉託弟買，
價錢卻由我給。等候回信，一星期過去，又一星期，值
至現在依然沒有回信，是茶葉送我，不待明言，真正感
謝之至！這葉似瓜片，實非瓜片，是我家鄉的細茶，我
弟分潤。兄十餘年不嘗此味，今日得嘗之，我弟之情
躍然紙上矣。
四弟在勞動中，很好。兄已前後寄伍十圓，言明此
款買些點心給四弟吃。三弟現在新鄉師範
專科學院教書，我處無非寄信一二封而已，
當然此事任他自由。
凝露之信，談到趙君，此君號純繼，原在南京新
民報任總編，後調到重慶，依然任總編。不過談文
學他是所長，為人極好，交一交朋友，當然可以。此
君未到過安慶，將來相訪，亦是多交一位朋友
而已。

张恨水给桂凝露、张其范的信及信封

后转到重庆，依然任总职，不过谈文学非其所长。为人极好，交一交朋友，当然可以。此君前未到过安庆，特来拜访，亦是多交一位朋友而已。

信封：

安庆元宁巷二号

桂凝露先生收

北京砖塔胡同 43 号张寄

【注】此信不全，写于 1960 年至 1961 年间。桂凝露是张恨水大妹张其范的丈夫，1902 年生，别名惜秋，安徽桐城市双港铺人。时全家住在安庆市。此信手稿由张恨水女儿张正女士提供。

第二封

凝露、其范两弟览：

弟来信，兄已阅及。两首七绝，我看还可以。至其他白话诗，我是外行，此无法答复矣。

房钱，此小事，留存，我极同意。不过我有一要求，就是此间茶叶，龙井，碧螺春，瓜片，早已无有。我想安庆，瓜片或亦有之。若有，请为我买之，纸包包裹寄来。至于价格多少，望弟务必言明。兄立刻由邮汇来，兄决不失言也。

此祝

俪福！

兄恨水言

八日

信封：

安庆元宁巷二号

桂凝露 张其范先生收

北京砖塔胡同 43 号张寄

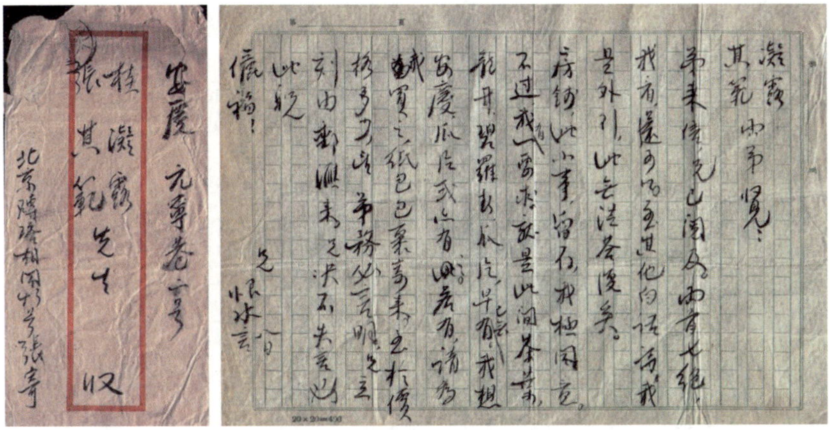

张恨水给桂凝露、张其范的信及信封

【注】此信是张恨水给桂凝露、张其范夫妇的回信，大意有三，其一，肯定了桂凝露所写的两首七绝诗；其二，赞同张恨水安庆故居租金暂由桂凝露、张其范夫妇代为保管；其三，张恨水嗜茶，委托桂凝露、张其范夫妇代购家乡茶叶六安瓜片。

安庆元宁巷 2 号（后改 5 号）故居系张恨水于 1933 年 9 月购置，供原配夫人徐文淑居住。直至 1958 年 9 月，徐文淑在安庆去世。1947 年，桂凝露、张其范夫妇在安庆购买的房产紧邻张恨水故居，故徐文淑去世后张恨水委托妹夫代为管理故居。信中所指房钱即故居的房租。

此信写于 1964 年前，左为信封，右为书信。此信手稿由桂凝露之子桂力太提供。

第三封

凝露老弟、其范吾妹：

来信收到，弟等思我，我亦思弟，所以信到，更合吾心。凝露之病，可惜吾皖未有明（名）医，若有明（名）医，肺病算不得病。小儿小水，以及二水，都患肺病，小水更沉重，但是未能消减，回校有半年，照样工作。所以凝露最好练习气工（功），在家修养，更是放心去作。你们有封信给小水，我已转去矣。至于我患高血压病，在六月初，患病二百三十度，后来我练气工（功），一度落到一百三十度，真是惊人。后来我连续开会，开了一个多月。会后重新去诊，量血压涨到一百八九十度，低压一百零八度，据医生说，我血压最好一百七十度，但我高二十度，略微高一点，然亦无大碍也。

力刚春节结婚，甚是。二水也打算春节结婚。儿女成人，我们希望早点结婚，我们了却一番心事也。其伟心思不坏，可是一点考虑没有，说了就作，结果很坏。力和能考取汽车制造厂，那就很好。至于我各个儿女，蓉蓉金秋考大学，张正今夏小学毕业考中学，小仝就是我最小的儿子，现在小学四年级。可是我照中国算法，翻过年已有六十七岁，这些儿女，怎样盼得大乎？这只有看一年是一年而已。凝露有病不要紧，只要心里放宽一点，这就比吃药一样，自然病就好得多也。

此祝

弟妹问好！

兄张恨水书

十二日

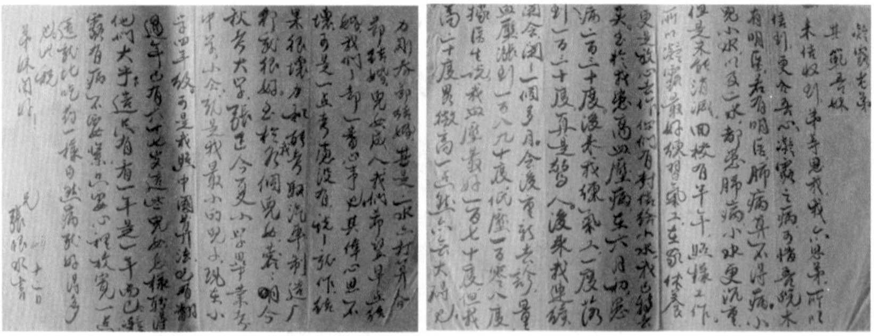

张恨水给桂凝露、张其范的信

【注】此信应写于 1961 年，是张恨水给桂凝露、张其范的回信，主要交流身体状况以及彼此小孩学习与工作情况，从中可以看出张恨水晚年的生活、家庭及思想情况。此信手稿由桂力太提供。

（二）给张孝纯的信

孝纯：

信悉，这里寄给你三元钱，望你收下。信是用你奶奶的名字寄的。这里附带告诉你一声。

即祝一路福星！

张恨水
廿九

保价信函：

收信人住址：北京水力发电学校水工 317

收信人姓名：张孝纯

保价金额：叁元

寄信人住址姓名：北京砖塔胡同四十三号　周南

1957.10.30.

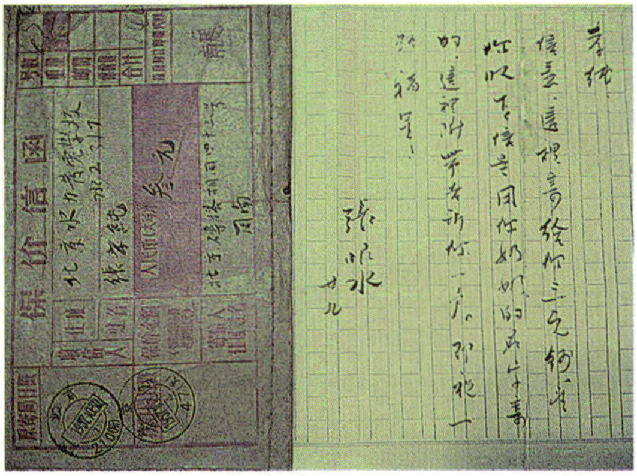

孝纯

信悉，這裡寄給你三元錢，望你收下。信是用你奶奶的名字寄的。這裡附帶告訴你一聲。

即祝一路福星！

張恨水

廿九

张恨水给张孝纯的信

【注】2017 年 8 月，张孝祥先生向笔者推荐了其堂弟张孝杰，说张孝杰收藏有张恨水寄给其堂兄张孝纯的汇票和信，随之将原件拍成照片发给了笔者。

张孝纯系张九皋的堂侄孙、张孝祥堂兄，20 世纪 50 年代在北京水力发电学校上学，因张九皋介绍，去拜望张恨水。之后，张孝纯常去张恨水家里玩。这封信是 1957 年 10 月 29 日张恨水写给张孝纯的。这封信见证了张恨水和张九皋之间的友情，更说明张恨水对一个晚辈的关爱之心。信是张恨水委托周南所寄。

（三）给张明明的信（十三封）

第一封

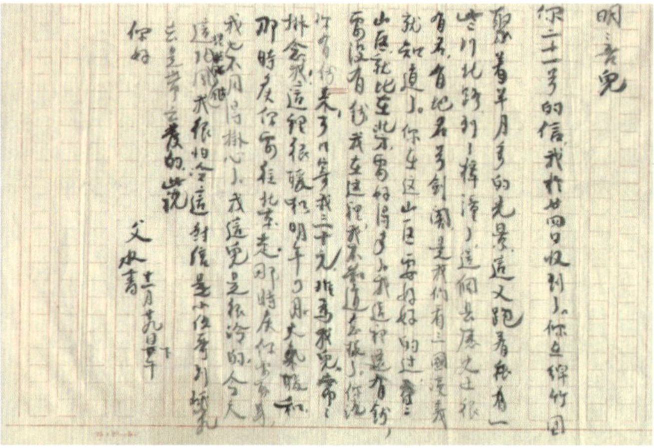

张恨水给张明明的信

明明吾儿：

你二十一号的信，我于二十四日收到了。你在绵竹团聚着半月多的光景，这又跑着一些川北路，到了梓潼了，这个县历史上很有名，有地名为剑阁，是我们看《三国演义》就知道了。你在这山区要好好的过，看看山区，就比在北方要好得多了。你说你有钱来，可以寄我。难为我儿，常常挂念我！这里很暖和，明年三月，天气暖和，那时候你要往北京走。那时候你要动身，我也不用得挂心了。我这儿是很冷的，今天这里刮北风，我很怕冷。这封信是小伍哥到研究（院）带去发的。

此祝

你好

父水书

（一九六五年）十一月廿九日下午

第二封

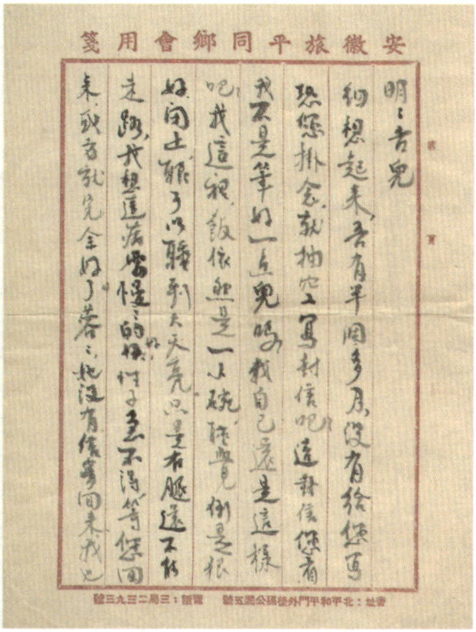

安徽旅平同鄉會用箋

明明吾兒

細想起來吾有半個多月沒有給您寫恐您掛念就抽空寫封信吧這封信您看我不是筆好一點兒嗎我自己還是這樣吧我這裡飯依然是一小碗睡覺倒是很好閉上眼可以睡到大天亮只是右腿還不能走路我想這病要慢慢的好性子急不得等您回來或者就完全好了蓉蓉她沒有信寄回來我也

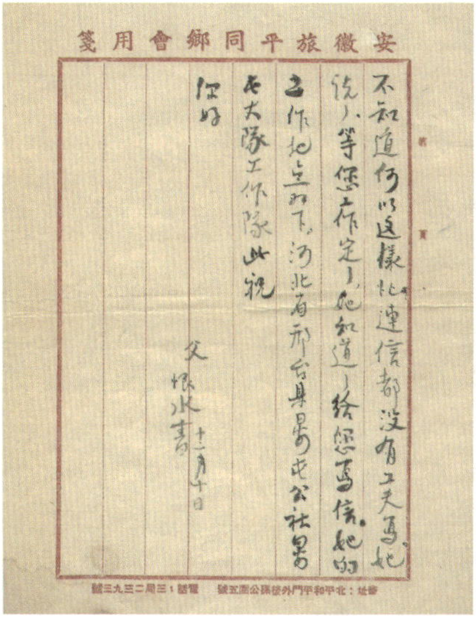

安徽旅平同鄉會用箋

不知道何以這樣忙連信都沒有工夫寫她說了等您工作定了她知道了給您寫信她的工作地點在河北省邢台县署屯公社署屯大隊工作隊 此祝

你好

父 恨水書 十二月十日

张恨水给张明明的信

明明吾儿：

细想起来，吾有半个多月，没有给您（“你”字之误，下同）写，恐您挂念，就抽空写封信吧！这封信您看我不是笔好一点儿吗？我自己还是这样吧！我这里，饭依然是一小碗，睡觉倒是很好，闭上眼可以睡到大天亮。只是右腿还不能走路，我想这病要慢慢的好。性子急不得，等您回来，或者就完全好了。蓉蓉，她没有信寄回来。我也不知道何以这样忙，连信都没有工夫写。她说了，等您工作定了，她知道了给您写信。她的工作地点如下：河北省邢台县晏屯公社晏屯大队工作队。

此祝

你好

父恨水书

（一九六五年）十二月十日

明明吾儿：

第三封

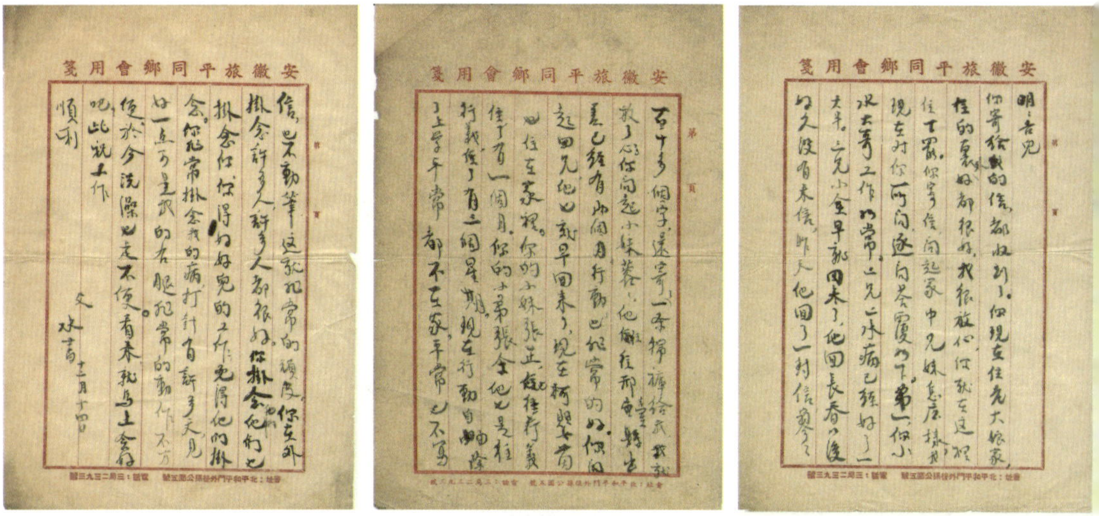

张恨水给张明明的信

你寄给我的信，都收到了。你现在住老大娘家，住的里外都很好，我很放心，你就在这里住下罢。你寄信，问起家中兄妹怎么样，我现在对你所问，逐问答复如下。第一，你小水大哥工作如常。二兄二水病已经好了一大半。三兄小全早就回来了，他回长春以后好久没有来信，昨天他回了一封信，寥寥百十多个字，还寄了一条棉裤给我，我就放了心。你问起小妹蓉蓉，她往邢台县出差已经有两个月，行动也非常的好。你问起四兄，他也就早回来了，现在柯茵婴也住在家里。你的小妹张正，也往行义住了有一个月。你的小弟张全他也是往行义，住了有三个星期，现在行动自由，除了上学平常都不在家，也不写信，也不动笔。这就非常的顽皮。你在外挂念许多人，许多人都很好。你挂念他们，他们也挂念你。你得好好儿的工作，免得他们挂念。你非常挂念我的病，打针有许多天，见好一点。可是我的右腿非常的动作不方便，于今洗澡也是不便。看来，就马上会好吧？

此祝

工作顺利

父水书

（一九六五年）十二月十四日

第四封

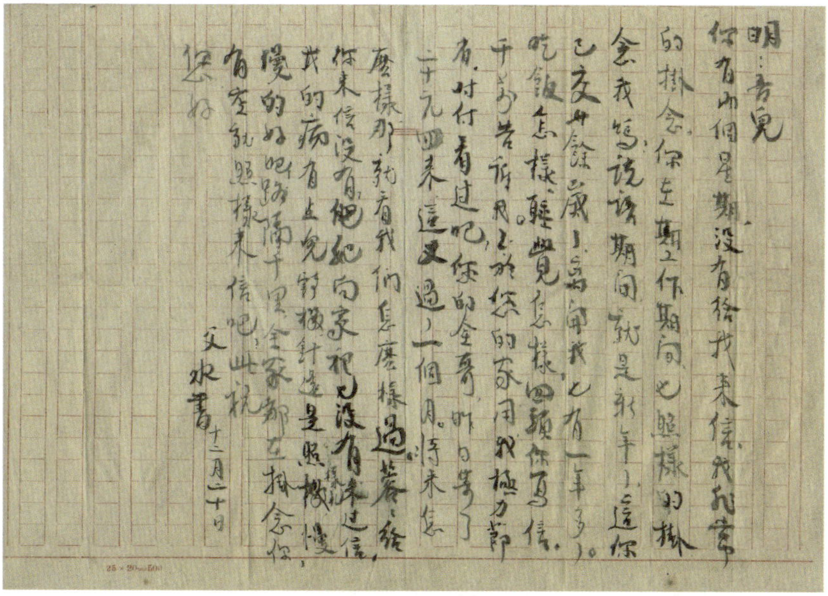

明明吾兒：

你有四個星期沒有給我來信，我很常常的掛念。你在工作期間，也照樣的掛念我。你寫說該期間就是新年了，這你已交廿餘歲了，離開我已有一年多了。吃飯怎樣，睡覺怎樣，回頭你寫信。千萬苦，所以於你的家用，我極力節省，對付著過吧。你的全哥昨日寄了二十九回來，這又過了一個月。將來怎麼樣那，就看我們怎麼樣過著。給你來信沒有？他們向家裡沒有來過信。我的病有點兒好，打針還是照樣慢慢的好吧。路隔千里，全家都在掛念你，有空就照樣來信吧。此祝

你好

父水書

十二月二十日

张恨水给张明明的信

明明吾儿：

你有两个星期，没有给我来信。我非常的挂念。你在工作期间也照样的挂念我吗？说话期间就是新年了，你这已交二十余岁了，离开我也有一年多了。吃饭怎样？睡觉怎样？回头你写信千万告诉我。至于您（“你”字之误，下同）的家用，我极力节省对付着过吧。你的全哥，昨日寄了二十元回来，这又过了一个月。将来怎么样，那就看我们怎么样过。蓉蓉给你来信没有？她向家里也没有来过信。我的病有点儿转机，针还是照样扎，慢慢地好吧！路隔千里，全家都在挂念你。有空就照样来信吧。

此祝

您好

父水书

（一九六五年）十二月二十日

第五封

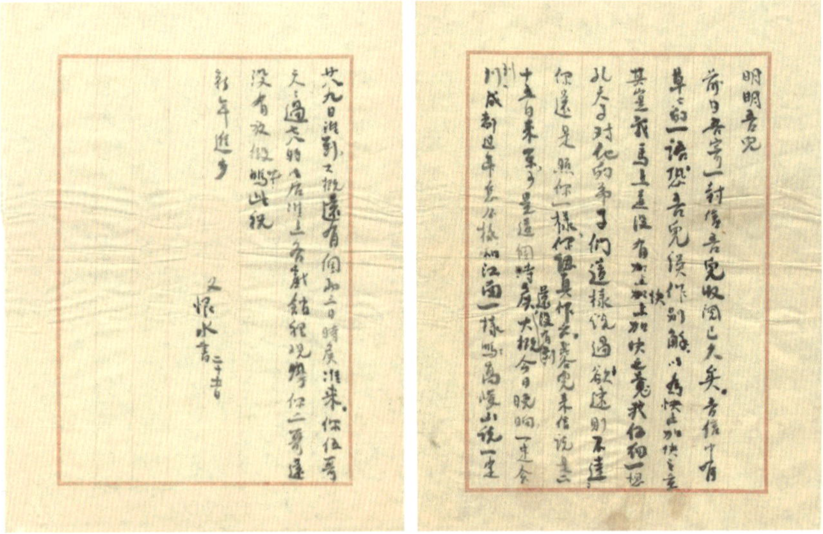

明明吾儿

前日吾寄一封信吾儿收阅已久矣。吾信中有草草的一语，恐吾儿误作别解，以为快上加快之意 [illegible]

[illegible] 欲速则不达。你还是照你一样，你跟真作去。[illegible]

[illegible]

廿九日我到了，大概还有个两三日时候准来。[illegible] 没有放假吗？此祝

新年进步

父 恨水书 二十五日

张恨水给张明明的信

明明吾儿：

前日吾寄一封信，吾儿收阅已久矣。吾信中有草草的一语，恐吾儿误作别解，以为快上加快之意。其实我马上并没有加上快上加快之意。我仔细一想孔夫子对他的弟子们这样说过：欲速则不达。你还是照你一样，你认真作去。蓉儿来信说是二十五日来京，可是这个时候还没有到，大概今日晚晌一定会到。成都过年怎么样，和江南一样吗？高峻山说一定廿八九日准到，大概还有个两三日时候准来。你伍哥天天过七八时以后准上各戏馆里观摩，你二哥还没有放假吗？

此祝

新年进步

父恨水书

（一九六五年十二月）二十五日

第六封

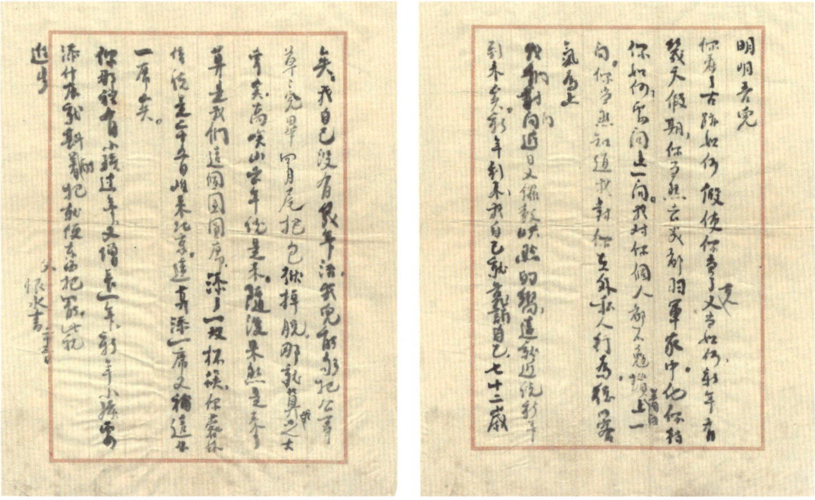

张恨水给张明明的信

明明吾儿：

你看了古迹如何？假使你当了古人又如何？新年有几天假期，你当然去成都羽军家中。他们待你如何？要问上一问。我对你个人都不勉（免）琐（碎）着问上一问。你当然知道我对你在外私人行为，总以客气为上。

我们对门近日又锣鼓哄然的响，这就近说新年到来矣。新年到来，我自己就告诉自己，七十二岁矣。我自己没有几年活。我儿能够把公事草草完毕四月尾把包袱掉脱（脱掉），那就算我之大幸矣。高峻山去年说是来，随后果然是来了，算是我们这个团圆席，添了一双杯筷。你蓉妹信说是二十五日准来北京，这算添一席又补这么一席矣。

你那里有小孩过年，又增长一年，新年小孩要添什么就斟酌着把就便东西把罢。

此祝

进步

父恨水书

二十三日

【注】此信写于 1966 年 1 月 14 日，农历乙巳年十二月二十三。

第七封

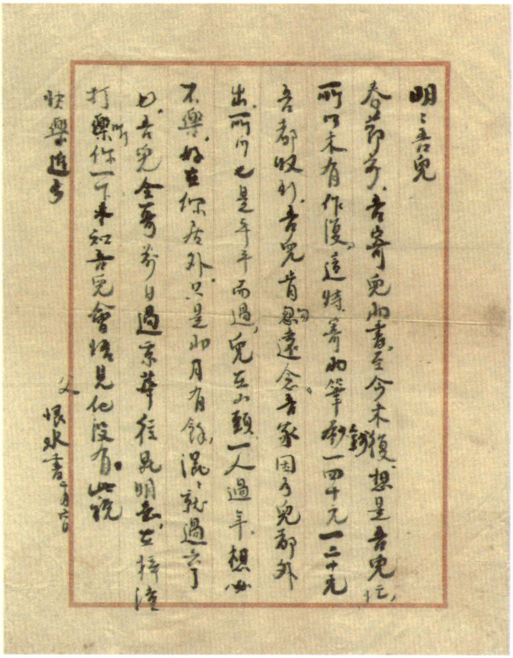
明明吾兒
春節前，吾寄兒兩書至今未復，想是吾兒忙，所以未有作復。這時寄兩筆錢一四十元一二十元吾都收到，吾兒肯勿遠念。吾家因為兒都外出，所以也是平平而過。兒在山頭一人過年，想必不樂。好在你居外只是兩月有餘，混混就過去了。吾兒全哥前日過京華往昆明去，在梓潼打聽你一下，未知吾兒會晤見他沒有。此祝
快樂進步
父 恨水書 二月六日

张恨水给张明明的信

明明吾儿：

春节前，吾寄儿两书，至今未复。想是吾儿忙，所以未有作复。这时寄两笔钱一四十元一二十元吾都收到。吾儿肯勿远念。吾家因为儿都外出，所以也是平平而过。儿在山头一人过年，想必不乐。好在你居外，只是两月有余，混混就过去了。吾儿全哥前日过京华往昆明去，在梓潼打听你一下，未知吾儿会晤见他没有。

此祝

快乐进步

父恨水书

（一九六六年）二月六日

第八封

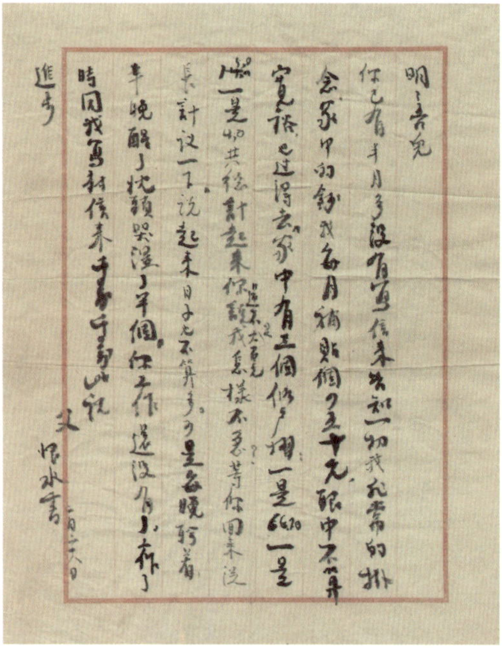

张恨水给张明明的信

明明吾儿：

你已有半月多没有写信来告知一切，我非常的挂念。家中的钱我每月补贴个四五十元，眼中不算宽裕，也过得去……说起来日子也不算多。可是每晚盼着，半夜醒了枕头哭湿了半个。你工作还没有了，工作了时同我写封信来。千万千万。

此祝

进步

父恨水书

（一九六六年）二月二十八日

第九封

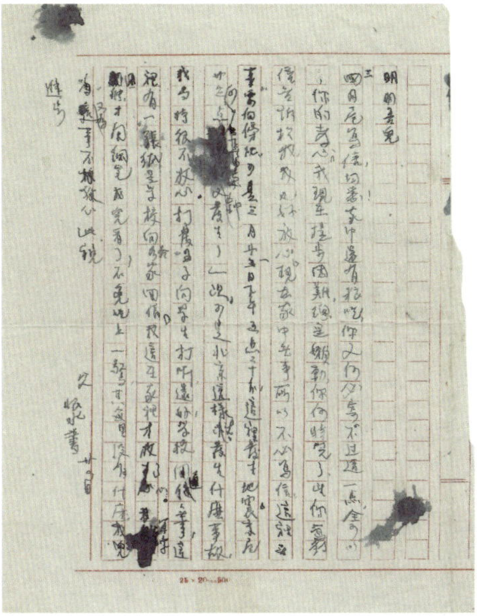

张恨水给张明明的信及邮戳

明明吾儿：

三月尾写信，均悉！家中还有粮吃，你又何必寄？不过这一点全可以看（出）你的孝心。我现在提步困难，总是懒动，你何时完了，望你写封信告诉我，我也好放心。现在家中无事，所以不必写信。这里无事要你傍（“帮”字之误）忙，可是三月二十一日下午五点二十分，这里发生地震。未尾二十三四钟又发生了一次，可是北京这样就未发生什么事故。我当时很不放心，打发伍子向学生打听，还好，学校回信无事，这里有一张纸是学校向各家回信，我这在家里才放了心。我写字困难，才用钢笔，我儿看了，不免吃上一惊，其实没有什么，我儿勿又为这事不放心。

此祝

进步

父恨水书

（一九六六年三月）二十四日

【注】1966年3月21日、23日河北邢台发生地震，其时，张蓉蓉正在邢台，张恨水不放心，写了一封信给张明明告知详细情况。此时张恨水已不能用毛笔写信，只能用钢笔。

第十封

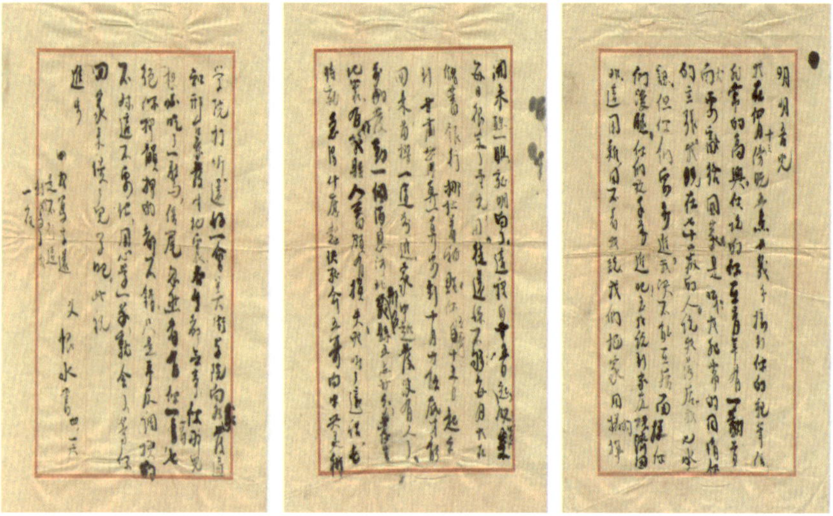

张恨水给张明明的信

明明吾儿：

我在四月十三傍晚五点十几分接到你的亲笔信，非常的高兴。你说的你在青年有一翻（番）贡献要献给国家。是呀！我非常的同情（意）你的主张。我现在（是）七十二岁的人。说我落后，我也承认。但你们要前进，我决不能在后面拉你们后腿。你们放手前进吧！至于说到家庭经济困难，这困难用不着我说。我们把家用的掸开瞧一瞧，就明白了。这里自十五日起，做买菜每日很定了一元用，徒还嫌不够。每月在储蓄银行挪扯着补贴。你伍哥十五日起去到甘肃宁县，算一算要到十月方能（“方能”二字多余）底才能回来。茵婴一道前进，家中越发没有人了。前日发动（表）一个消息，河北邢台几县五点二十分发生地震，有好几县人畜颇有损失。我听了这话，顿时就急得什么（似的），赶快就命五（应为伍）哥向中央美术学院打听，还好一会美术学院向各家发通知，邢台县发生地震，学生都无事。你那儿想必吃了一惊，信尾忽然看有你一首七绝，你压韵压的都不错，只是平仄调换的不对，这不要忙，用心学一学就会了。等你回家来慢慢儿学吧。

此祝

进步

我写字还是不行，这封信写了我一夜。

父恨水书

（一九六六年）四月十六日

第十一封

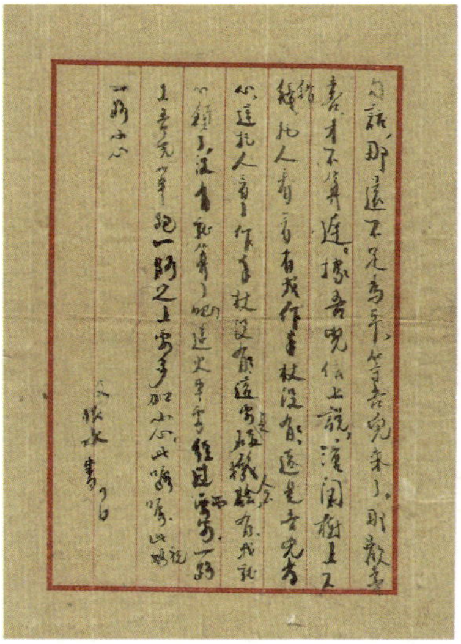
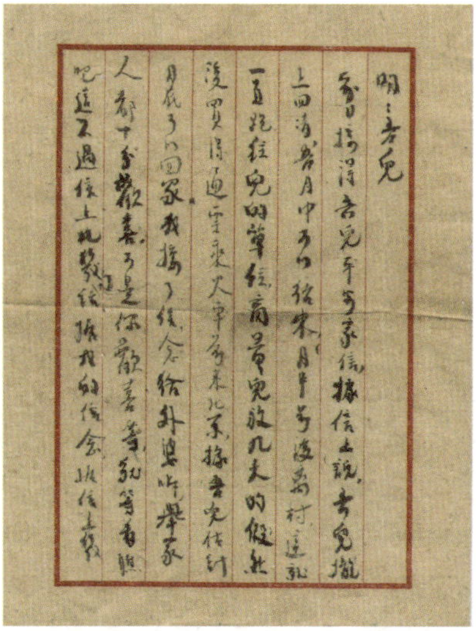

张恨水给张明明的信

明明吾儿：

前日接得吾儿平安家信，据信上说，吾儿拢上四清，吾（五）

月中可以结束，月中前后离村，这就一直跑往儿的单位，商量儿放几天的假，然后买得通票乘火车前来北京，据吾儿估计月底可以回家。我接了信，念给外婆听，举家人都十分欢喜。可是你欢喜等，就等着瞧吧，这不过信上几句话。据我的信念，据信上几句话，那还不足为平（凭），等吾儿来了，那欢喜才不算迟。据吾儿信上说，潼关树上不错，托人看看有（能给）我作手杖（的）没有？这是吾儿孝心，这托人看了（有）作手杖（的）没有？这要是碰机会，有，我就心领了，没有就算了吧。这火车要经过西安，一路上吾儿此事（次）跑，一路之上要多加小心。此嘱。

此祝

一路小心

父恨水书

（一九六六年五月）四日

第十二封

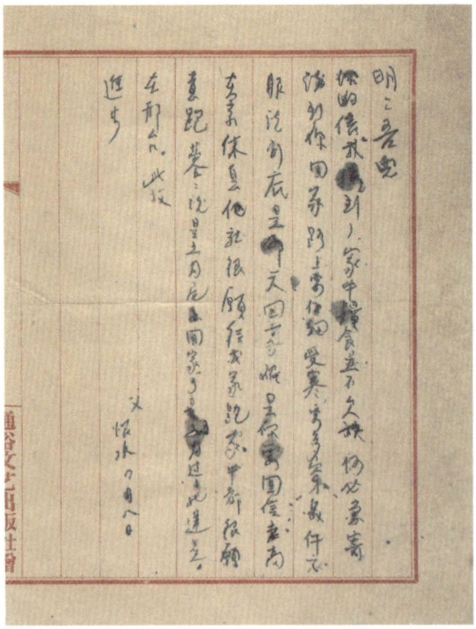

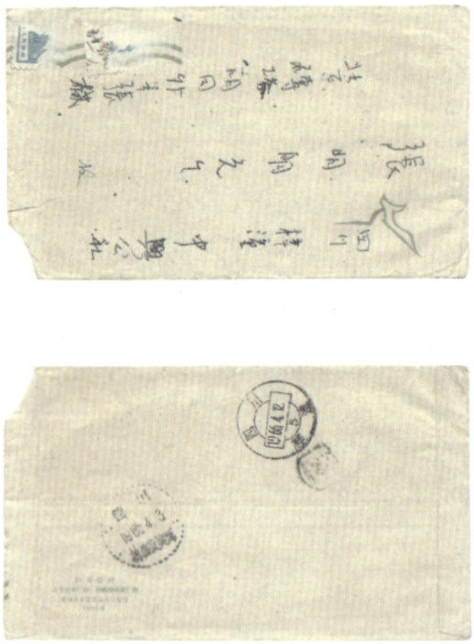

张恨水给张明明的信及信封、邮戳

明明吾儿：

你的信我接到了。家中粮食并不欠缺，何必急寄？说到你回家路上要仔细受寒，要多穿几件衣服，说到底是那（哪）天回家，确是（实）你要回信。老高在京休息，他就很愿往我家跑。家中都很愿意跑。蓉蓉说是五月尾回家，可是五月过了她还是在邢台。

此致

进步

父恨水

（一九六六年）四月八日（可能是六月）

第十三封

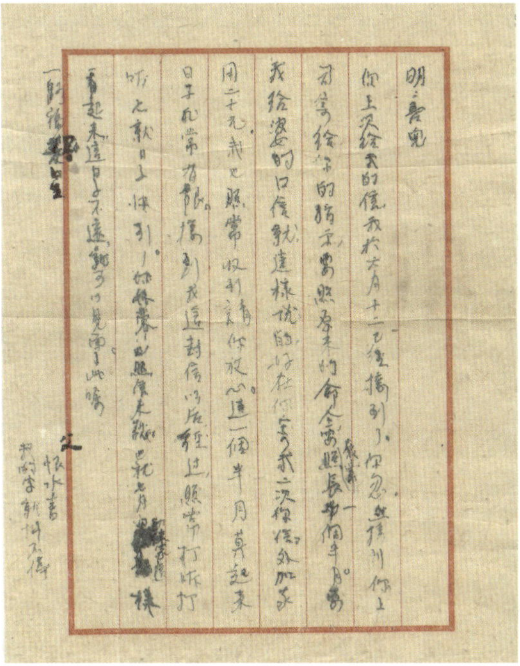

张恨水给张明明的信

明明吾儿：

你上次给我的信，我于六月十二已经接到了。你忽然接到你的上司寄给你的指示，要照原来的命令，要照长（常）一个半月。要我给婆的口信就这样说的。好在你寄我两次你信，外加家用二十元。我也照常收到，请你放心。这一个半月算起来日子非常有限。接到我这封信以后，经过，照常打听打听也就日子快到了。你妹蓉蓉也照信来说，也就七月初来家。这样看起来，这日子不远就可以见面了。此嘱。

一路福星呈

父恨水书

（一九六六年六月）

我的字就抖不停

【注】1963 年至 1966 年，张恨水曾经三次脑血管痉挛，每次均昏迷不醒，经医院抢救，住院月余。康复后，张恨水记忆力减退、说话口齿不清、握笔困难。尽管如此，他仍坚持给女儿写信，以抒解思念之情，虽然已词不达意，但舐犊之情洋溢纸上。至今读来，仍令人感动不已。

1964 年夏，张明明从中央工艺美术学院毕业，被分配到北京的中国民航总局工作。按规定，大学生须到基层去接受“再教育”一年，张明明被二次分配到位于四川广汉县的民航高级航校。之后再次分配到航校的基层单位、位于新津县的训练飞行员的维修大队，当了一年的飞机维修工。

1965 年，全国推行社会主义教育运动，张明明被派到四川农村去参加社教活动，经绵阳、剑阁到梓潼县的一个山村生活了一年。张明明常常写信向父亲报告自己在农村的经历和见闻，而张恨水回信先是用毛笔，后来用钢笔，最后他已经手颤到不能写信了。

（四）给张蓉蓉的信（两封）

第一封

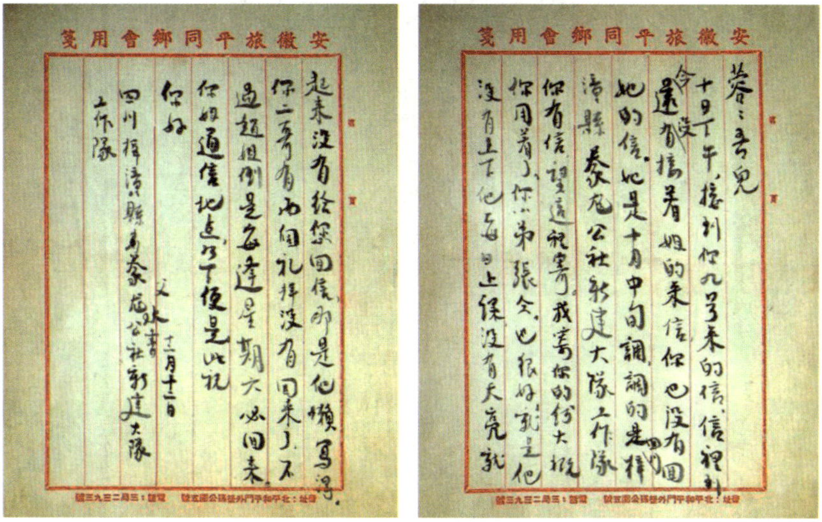

张恨水给张蓉蓉的信

蓉蓉吾儿：

十日下午，接到你九号来的信，信里到今还没有接着（你）姐的来信，你也没有回她的信。她是十月中旬调，调的是四川梓潼县豢龙公社新建大队工作队。你有信，望（往）这里寄。我寄你的钱大概你用着了。你小弟张仝，也很好。就是他没有上下，他每日上课，没有天亮就起来，没有给您（“你”字之误）回信，那是他懒写得。你二哥有两个礼拜没有回来了，不过赵姐倒是每逢星期六必回来。你姐通信地点，如下便是。

此祝

你好

父水书

（一九六五年）十二月十二日

四川梓潼县豢龙公社新建大队工作队

第二封

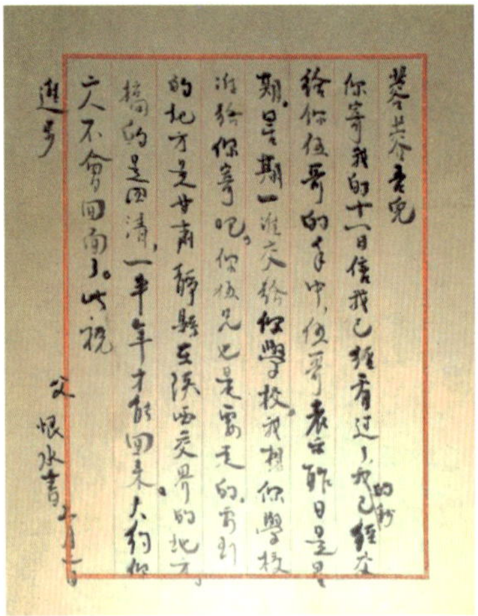

张恨水给张蓉蓉的信

蓉蓉吾儿：

你寄我的十一日信，我已经看过了，我的钱已经交给你伍哥的手中，伍哥表示昨日是星期，星期一准交给你学校，我想你学校准给你寄吧。你伍兄也是要走的，要到的地方是甘肃静（宁）县。在陕西交界的地方，搞的是四清，一半年才能回来，大约你二人不会回（会）面了。

此祝

进步

父恨水书

（一九六六年）二月二日

【注】1966年，张恨水身体更加虚弱，行动、说话愈加困难，常闷坐书房，与《四部备要》为伴。张恨水给张蓉蓉两封书信手稿由张蓉蓉收藏保存，洪克珉提供。

附　录

总答谢

——并自我检讨

谢谢各位前辈，谢谢各位朋友，谢谢文艺抗敌协会，谢谢新闻学会。

用甲子推算，今年是不才五十岁，又以试学写作（实在谈不上创作）的日子计算起，东涂西抹今已有三十四年。实行作新闻记者之日算起，今已有二十六足年。朋友们觉得我这辈子太苦了，要替我作五十岁，安慰一下。而把写作整数外的零头，加入当新闻记者的年月，则各得三十年，又要借贱辰和我作三十年的写作与从业的纪念。我是乙未年旧历四月二十四日出生，当朋友打听我这个日子时，我总是瞒着。但我心里又搁不住事，日子久了，我终于说出来："我是某日生，谁要和我作生日，谁就是骂我。"而朋友的答复更幽默："我们就骂你一次。"这真无法了，我就预拟了个计划，学学要人，届时来个避寿，溜之大吉。

在这个过程中，一班老朋友，已暗暗地拟好了庆祝大会的节目。乃是《新民报》成渝两社，分在成渝茶会，几张刊物出特刊。而文艺界抗敌协会，以不才是第一届理事，至今是会员。新闻学会以我是监事，又以我是同行中的一个老跑龙套，也要加入作茶会的主人。照说，这种光荣的赐予，我应当诚恳的接受。可是我想到物价的数字，我也立刻想到不应当由我这百无一用的书生而浪费。而且我的朋友，不是忙人，就是穷人。对忙朋友，不应当分散他的时间；对穷朋友，不应当分散他的法币，于是我变为恳切的婉谢。几位老朋友劝之不行，总是说我过分的矫情。而且特刊的文字，都已预约好了，《万象》周刊，且已排版。无法，我只好默许了文字的奖励，当为拜领，其他一切仪式从免。朋友仍不许可，直到贱辰的前两日，依然僵持，而茶会请柬，已不能发出，方才罢休。可是成都方面的仪式，我又无法阻止，也只有遥遥地敬领了。

在重庆虽一切仪式无从实行，但朋友的盛意，我是万分感激的。而成都方面的仪式中，大概有许多是神交已久未曾谋面的朋友，尤其让我感谢。就是重庆方面，也有许多神交，纷纷到新民报社祝贺，致令扑空而回，更让我惶悚无地。至于过重的赠与，不敢捧领，当一一璧回。以上这些话无关文艺，我不能不有个交代，占去报纸许多篇幅，我是引为歉然的。其次，对特刊朋友的溢美的奖许，我愿借这个机会，自我检讨一下，更求以后长期的指教。

一、写述方面。不才写了三十四年的小说，日子自不算少，其累积到将近百种，约莫一千四五百万字，毋宁说那是当然，何况写作，并不重量，这无足为奇。关于散文，那是因我职业关系每日必在报载上若干字，急就章的东西应个景儿而已，有时简直补白作用，因之毫无统计，只当下了字纸篓。这个，朋友也替我算过，平均以每年十五万字计算，二十六年的记者生涯，约莫是四百万字。这就是朋友谬奖我二千万言的写述。若果如此，那末杂货店的流水账，也可算作立言，三十年的时间，谁又不能拿出数十万字的文章来呢？此外，朋友又谈到我的词曲和诗。诗，我曾弄过一点消遣，从前，一年可写百十首，多近体，近七八年来，写诗比文人打牙祭的次数还少，无足称道。词，我是二十四岁才学的，恐怕至今没有成熟。曲，我不懂音律，生平不曾填过十个散套，不知朋友怎会把制曲来许我？

我报过了量，再谈质罢。我毫不讳言地，我曾受民初鸳鸯蝴蝶派的影响，但我拿稿子送到报上去登的时候，上派已经没落，《礼拜六》杂志风行一时了。现代人不知，以为鸳鸯蝴蝶派就是礼拜六派，其实那是一个绝大的错误。后者比前派思想前进得多，文字的组织也完密远过十倍。但我这样说，并不以为我是礼拜六派，远胜鸳蝴派。其实到了我拿小说卖钱的时候，已是民国八九年，礼拜六派，也以五四文化运动的巨浪而吞没了。我就算是礼拜六派，也不是再传的孟子，而是三四传的荀子了。二十年来，对我开玩笑的人，总以鸳鸯蝴蝶派或礼拜六派的帽子给我戴上，我真是受之有愧。我决不像进步的话剧家，对“文明戏”三字那样深恶痛绝。

在五四的时候，几个知己的朋友，曾以我写章回小说感到不快，劝我改写新体，我未加深辩。自《春明外史》发行，略引起了新兴文艺家的注意。《啼笑因缘》出，简直认为是个奇迹。大家有这一个感想，丢进了毛厕的章回小说，还有这样问世的可能吗？这时，有些前辈，颇认为我对文化运动起反动作用。而前进的青年，简直要扫除这棵花圃中的臭草，但是，我依然未加深辩。

我为什么这样缄默？又为什么这样冥顽不灵？我也有一点点意见。我觉得章回小说，不尽是要遗弃的东西，不然，红楼、水浒，何以成为世界名著呢？自然，章回小说，有其缺点存在，但这个缺点，不是无可挽救的（挽救的当然不是我）。而新派小说，虽一切前进，而文法上的组织，非习惯读中国书、说中国话的普通民众所能接受。正如雅颂之诗，高则高矣，美则美矣，而匹夫匹妇对之莫名其妙。我们没有理由遗弃这一班人，也无法把西洋文法组织的文字，硬灌入这一批人的脑袋。窃不自量，我愿为这班人工作。有人说，中国旧章回小说，浩如烟海，尽够这班人享受的了，何劳你再去多事？但这里有个问题，那浩如烟海的东西，他不是现代的反映，那班人需要一点写现代事物的小说，他们从何觅取呢？大家若都鄙弃章回小说而不为，让这班人永远去看侠客口中吐白光，才子中状元，佳人后花园私订终身的故事，拿笔杆的人，似乎要负一点责任。我非大言不惭，能负这个责任，可是不妨抛砖引玉（砖抛甚多，而玉始终未出，这是不才得享微名的原故），让我来试一试，而旧章回小说，可以改良的办法，也不妨试一试。我向来自视很为渺小，失败了根本没有关系。因此，我继续的向下写，继续的守着缄默。意思是说，不必把它当一个什么文艺大问题，让事实来试一试，值不得辩论。若关于我个人，我一向自嘲草间秋虫，自鸣自止，更不必提了。

为了上述的原因，我于小说的取材，是多方面的，意思就是多试一试。其间以社会为经，言情为纬者多，那是由于故事的构造，和文字组织便利的原故。将近百种的里面，可以拿出见人的，约占百分之七八十，写完而自己感觉太不像样的，总是自己搁置了。也有人勉强拿去出版的，我常是自己读之汗下，而更进一步言之，所有曾出版的书新近看来，都觉不妥，至少也应当重修庙宇一次。这是我百分之百的实话。所以人家问我代表作是什么，我无法答复出来。

关于改良方面，我自始就增加一部分风景的描写与心理的描写，有时也写些小动作，实不相瞒，这是得自西洋小说。所以章回小说的老套，我是一向取逐渐淘汰手法，那意思也是试试看。在近十年来，除了文法上的组织，我简直不用旧章回小说的套子了。严格的说，也许这成了姜子牙骑的“四不象”。由于上述，质是绝不能和量相称，真是“虽多亦奚何为”？

二、从业方面。在十八九岁的时候，我对新闻事业，发生了兴趣。二十岁到汉口，有些朋友，正是新闻记者，因此我常写些不高明的稿子给他们补白。大概是旧诗、游记、戏评等类。直到二十四岁，我才到芜湖《皖江日报》当总编辑，兼编副刊。那个时候，在内地当记者，用剪刀得来的材料，比用笔写的多百分之八九十。所以总编辑者，那是个纸老虎。同年秋天，我到了北平，本打算入北大作旁听生（许多人疑我是北大学生，其故在此）。但到了以后，在一个上海驻京记者那里帮忙，地在南城，到北大太远，原意暂搁，不久入北京《益世报》助理编辑，专职熬夜看大样，更谈不到求学，是后曾在世界通信社、联合通信社、《今报》当编辑，并继续在《申报》驻京记者处帮忙。《益世报》早已调我为天津《益世报》通信，同时，又为上海《申报》《新闻报》通信，我又干上采访了。至民国十三年，入《世界晚报》编副刊，十四年兼编《世界日报》副刊，并曾一度任总编辑。十七年任北平《朝报》总编辑，到十八年，我在南北各报，特约的长篇小说增多，我才把世界日、晚报的副刊事务辞去。中间相隔一个极长的距离，到二十三年，我才任上海《立报》的编辑。二十五年，我在南京，自创《南京人报》，至南京撤退，报始停刊。入川后，在《新民报》编了两年副刊。以后只写写东西而已。根据上述的经过，我是内外勤及经理部都干过的人，透着职务不专。在这样长的时间中，我竟没有写过一本新闻学的书，未免太不长进。

写述三十四年，成绩如彼，当新闻记者二十六年，成绩又是如彼，朋友要和我纪念，我自己问心，不惭愧吗？假如茶会真开了，一个面白无须，身着旧川绸长衫的措大，在许多来宾中公然受贺，那窘状是不可想象的。朋友说我矫情，不如说我知趣，朋友，以为如何？虽然，十六日那天，许多老朋友终于请着夫人和小天使，不嫌长途跋涉，光顾到建文峰下，把三间茅屋涨破了，“桃花潭水深千尺”，我无法形容老友给我的温暖。“上苍假我数年”，到了六十岁以及七十岁，那时，我当在北平中央公园的来今雨轩，备一杯茶，请老友赏晚开的牡丹。或者在南京后湖公园，请老友吃樱桃，以补偿今日的慢待。

最后，对于《新民报》蓉社茶会，蒙各位先生赐顾，未能亲到道谢，并志歉忱。还敬祝一切朋友健康！

【注】1944 年 5 月 16 日，为庆祝张恨水五十寿辰与创作三十周年，《新民报》重庆、成都两社分别举行茶会祝贺，《新民报》等报出版纪念特刊。此文于 5 月 20 日、21 日、22 日分上、中、下三次连载于重庆《新民报》。

后　记

作为现代作家的史料研究，作家书信可谓“直接的史料”，对了解作家的人生经历、生活环境、文学创作等具有不可替代的作用。这已形成现代文学史料研究界的共识。作为兼具报人与作家身份的张恨水，当然也不例外。

就社会环境来说，张恨水历经清朝、辛亥革命、北洋政府、抗日战争、解放战争和社会主义建设各阶段，一生颠沛流离，为生活而奔波。就个人来说，张恨水足迹遍及江西、安徽、上海、江苏、湖北、北京、重庆、辽宁、陕西、甘肃等地。新闻职业支撑起了他的文学创作，也使他具有了广泛的社会交往与阅历。

要全面、深入了解张恨水，除阅读其小说、散文、诗词外，还必须研究其书信。从2003年起，笔者就开始关注并收集张恨水书信，但因年代久远，加上战争动荡等原因，众多书信均已散失。本书将迄今为止所能收集到的314封张恨水书信，按年代先后排列，分“编辑、读者间通信”“与报刊编辑通信”“同事、朋友间通信”和“与亲属、子女间通信”四辑，对了解张恨水的编辑思想、人生观、文学观等，具有第一手史料价值。通过这些书信，我们可以发现一个别样的张恨水。

本书的辑注，力求尽可能多地对书信的时代背景、涉及的人物加以注释，并附录与书信内容相关的材料，以便于读者理解。本书为笔者与张恨水四子张伍先生、长女张明明女士合作的成果。值得提及的是，就在本书即将付梓之际，张伍先生在北京的家中溘然长逝，在此深表哀悼。

往事依依，此情可感。此书能顺利出版，首先要感谢黄山书社以及本书责任编辑刘莉萍女士；其次要感谢张恨水小女张正女士、小儿张仝先生、女婿洪克珉先生，以及亲属张羽军、张立学、桂力太先生，桂力敏、张一莉、史南平女士，还有郑逸梅先生的孙女郑有慧女士。感谢从事收藏事业的徐国卫、叶强、宋海东、张孝祥诸先生，以及为本书出版提供帮助的朋友。

尤其要特别感谢的是，华东师范大学中文系教授陈子善为本书撰写了序言，北京大学中文系教授陈平原为本书封面题签。

还要感谢的是，池州学院、安徽新华学院及相关部门的关心与大力支持，安徽省张恨水研究会、池州学院通俗文学与张恨水研究中心同仁的鼎力协助。

最后，我要说明的是，张恨水大量手稿尚散落民间，期盼各位朋友予以关心、关注并提供线索。

谢家顺

2023 年 1 月 1 日于池州寒暄斋